Jürgen Seibold
Rote Belladonna

PIPER

Jürgen Seibold

ROTE BELLADONNA

Die Apothekerin ermittelt

PIPER

Mehr über unsere Autoren und Bücher:
www.piper.de

Wenn Ihnen dieser Kriminalroman gefallen hat, schreiben Sie uns unter Nennung des Titels »Rote Belladonna« an *empfehlungen@piper.de*, und wir empfehlen Ihnen gerne vergleichbare Bücher.

Von Jürgen Seibold liegen im Piper Verlag vor:
Kinder

Allgäu-Krimis:
Band 1: Rosskur
Band 2: Gnadenhof
Band 3: Landpartie
Band 4: Pferdefuß
Band 5: Schandfleck
Band 6: Spritztour
Band 7: Volltreffer

Die Apothekerin ermittelt:
Band 1: Schwarzer Nachtschatten
Band 2: Rote Belladonna

Lesen auf eigene Gefahr:
Band 1: Schneewittchen und die sieben Särge

FSC
www.fsc.org
MIX
Papier aus verantwortungsvollen Quellen
FSC® C083411

Originalausgabe
ISBN 978-3-492-31379-7
Dezember 2020

Redaktion: Annika Krummacher
Satz : Kösel Media GmbH, Krugzell
Gesetzt aus der Adobe Garamond
Druck und Bindung: CPI Books GmbH, Leck
Printed in the EU

Zitternd führte sie das Glas an ihre faltigen Lippen. So starken Durst hatte sie schon lange nicht mehr verspürt. Ihr Mund war trocken, und kaum hatte sie das Wasser getrunken, noch im Stehen vor der Spüle, füllte sie das Glas nach und trank erneut. Ihre Kehle schmerzte bei jedem Schluck, und während sie vorsichtig hinüber ins Wohnzimmer schlurfte, überkam sie ein leichtes Schwindelgefühl. Sie ließ sich in den Polstersessel sinken, nippte noch einmal am Wasser und fühlte Übelkeit aufsteigen. Das Glas stellte sie auf den Couchtisch, mit unsicherer Hand setzte sie es etwas zu hart auf, und dann versuchte sie mit bedachten, tiefen Atemzügen ihre innere Unruhe zu bekämpfen.

Die Luft im Zimmer war abgestanden, aber samstags, wenn vor ihrem Haus der Oberstadtmarkt für Trubel sorgte, ließ sie die Fenster lieber geschlossen. Sie liebte ihre Ruhe und war schnell genervt vom Getrappel der Schuhe auf den Pflastersteinen, von den Rufen der aufdringlicheren Händler und dem nervtötenden Schlagen von Metall auf Metall, wenn die Marktstände abgebaut und die Einzelteile auf die Ladeflächen der Transporter geworfen wurden. Und seit sie allein lebte, seit ihre Tage in gemächlicher Eintönigkeit verliefen und seit sie diese Eintönigkeit wie einen schützenden Mantel um jeden ihrer einsamen Tage schlang, mochte sie diese Geräusche noch viel weniger.

Mühsam erhob sie sich.

Mehrmals hatte sie erwogen, aus dem Zentrum von Marburg wegzuziehen, sich am Stadtrand oder in einem der umliegenden Orte eine Wohnung im Erdgeschoss zu nehmen. Damit würde sie sich auch das immer mühsamer werdende Treppensteigen ersparen. Aber hier war sie so viele Jahrzehnte glücklich gewesen, und letztlich hatte sie das Gefühl, sie würde ihren Mann und das gemeinsame Leben verraten, wenn sie die Räume zurückließe, in denen sie gelacht und geweint, geliebt und gestritten hatten – und in denen er schließlich langsam und elend gestorben war.

Es war nun schon früher Nachmittag, und durch die geschlossenen Fenster sah sie die Marktbesucher zu den Essensständen schlendern. Sie folgte mit ihrem Blick einem jungen Paar, das zwischen sich ein kleines Mädchen an der Hand führte. Ihnen kam eine dicke Frau entgegen, die sich mit prall gefüllten Taschen abmühte und alle paar Schritte stehen blieb, um zu verschnaufen. Obwohl sie selbst eher hager war, konnte sie die Fremde im Moment gut verstehen. Sie tat sich schon seit einer Stunde schwer mit dem Atmen, und es kam ihr so vor, als müsse sie einen immer stärkeren Widerstand überwinden, um genug Luft in ihre Lungen zu pumpen. In diesem Moment bog ein hoch aufgeschossener Mann mit dünnem weißem Haar um einen der Marktstände, und ihr blieb fast das Herz stehen. War er das? Lebte er? Hatte sie sich seinen Tod nur eingebildet? Sie blinzelte. Nun sah der Weißhaarige plötzlich ganz anders aus, und als er schließlich im Markttreiben verschwand, hatte er nicht mehr die geringste Ähnlichkeit mit ihrem verstorbenen Mann.

Sie wandte sich um und musste sich am Fensterbrett festhalten, bis das Schwindelgefühl nachließ. Dann wischte sie sich über die Augen und machte zwei, drei unsichere Schritte hinein ins Zimmer. Übel war ihr nun, und sie kam gerade noch zum Sessel, bevor ihr die Knie weich wurden. Es war Zeit für die nächsten drei Globuli. Sie griff nach dem Glasröhrchen und fummelte den weißen Kunststoffdeckel ab. Natürlich kullerten auch diesmal zu viele Kügelchen auf ihre Handfläche, aber es waren ohnehin die letzten im Röhrchen gewesen, also beschloss sie, diesmal einfach ein paar mehr einzunehmen. Die Globuli begannen sich auf ihrer Zunge aufzulösen, und der süße Geschmack vertrieb für ein, zwei Minuten das flaue Gefühl in ihrem Magen.

Die Unruhe dagegen wollte sich nicht legen, sie wuchs, in Wellen, die ihr einen Augenblick lang Angst machten und dann doch wieder verebbten, um bald darauf etwas stärker einzusetzen und wieder zu verebben. Sie schloss die Augen und lehnte den Kopf zurück. Das Bild des Fremden unten auf dem Marktplatz löste sich aus dem Dunkel, ihr Mann sah sie an und winkte ihr zu, dann verwandelte er sich, zerstob wie durch einen Windhauch und löste sich in grellbunte Schlieren auf.

Wenig später zuckten nur noch vereinzelt Blitze hinter ihren Lidern, schwer hob und senkte sich ihr Brustkorb, und dann machte sich die Übelkeit wieder bemerkbar. Eine Weile versuchte sie noch, das unangenehme Gefühl konzentriert wegzuatmen, doch ihr Herz schien zu rasen, und sie fühlte fast schmerzhaft, wie es in schnellem Pulsschlag das Blut durch ihren Körper jagte.

Als sich plötzlich starker Harndrang bemerkbar machte, öffnete sie die Augen und drückte sich aus dem Sessel hoch. Ein-, zweimal musste sie mit der Hand an die Wand fassen, um sich abzustützen. Endlich im Bad angekommen, ließ sie sich auf die Toilette sinken, doch es wollte kein einziger Tropfen Urin kommen. Schließlich gab sie auf und kehrte ins Wohnzimmer zurück. Die Tür zum Flur zog sie hinter sich zu, weil die Wasserspülung seit heute früh nachlief. Das würde sie gleich morgen dem Hausmeisterehepaar sagen müssen.

Aus dem Eichenschrank holte sie Likör, goss ihn großzügig in ihr Wasserglas und trank bedächtig. Sie war sich nicht sicher, ob sich die Unruhe dadurch etwas legte, aber müde wurde sie, und mit geschlossenen Augen gab sie sich nur zu gern den Schatten hin, die nach ihr griffen.

Sie schlief unruhig und nicht sehr lange. Sie träumte von ihm, wie er sie mit dem Lächeln erwartete, das sie so an ihm geliebt hatte. Sie musste eine steile Treppe hinaufsteigen, um ihm näher zu kommen, und schon nach wenigen Schritten war sie so außer Atem, dass sie stehen blieb und verschnaufte wie vorhin die Dicke auf dem Marktplatz. Doch ihr Puls beruhigte sich nicht, sondern sie musste stärker als je zuvor nach Luft ringen. Ihr Mann sah sie ermunternd an, aber etwas Trauriges legte sich auf sein Lächeln, und dann riss sie ihre Augen und ihren Mund auf. Es war etwas dämmrig geworden, und der Eichenschrank schien sich von ihr wegzubewegen und gleichzeitig immer größer zu werden.

Ihr Herzschlag beschleunigte sich, auch das Schlucken tat ihr weh, und dann wurde ihr bewusst, dass sie ihre Atemnot nicht geträumt hatte. Sie versuchte verzweifelt, ihre Lungen zu füllen, doch kein Hauch schaffte es durch ihre Luftröhre, so sehr sie sich auch abmühte. Der Schwindel nahm zu, die Lungen schmerzten, der Puls raste, und sie spürte förmlich, wie ihre Augäpfel hervortraten. Sie krallte ihre Finger um die Lehne des Sessels, rang nach Luft, und dann stieg die Dunkelheit vor ihren Augen auf, schwarz und endlos und bedrückend und erstickend wie ein Schlund, der alles Leben verschlingt.

I

Heribert Ursinus lehnte behaglich in seinem Liegestuhl und sah von der etwas erhöht angelegten Terrasse aus in den Garten, wo seine Frau Hildegard vor einem Kräuterbeet kniete, die Feuchtigkeit des Bodens mit den Fingerspitzen prüfte, immer wieder zärtlich über die Rosmarin- und Salbeiblätter strich und dabei so leise vor sich hin murmelte, dass er es auf seinem Platz nicht hören konnte. Neben ihm saß Maja, seine in München lebende Großnichte, die vor zwei Stunden in Neumarkt in der Oberpfalz angekommen war. Auch sie schaute stumm der Tante zu und nippte von Zeit zu Zeit am Kaffee, der inzwischen nur noch lauwarm war.

Maja war hübsch, eine schlanke, sportliche Frau von Anfang dreißig, aber für ihren größten Trumpf hielt Heribert ihre freundliche, offene Art. Zwar machte sie sich manchmal unnötig Sorgen oder hielt sich für die Schuldige in Auseinandersetzungen, die sie gar nicht verursacht hatte. Doch sie war ein verlässlicher Mensch, meistens unkompliziert, und wenn sie etwas auf dem Herzen hatte, waren er und seine Frau die Menschen, denen sie sich anvertraute – viel eher als ihren Eltern. Weder ihren Vater, der seine Tochter nach seinem Vorbild formen und ihr die Leitung der Familienapotheke in Füssen aufzwingen wollte, noch ihre Mutter, die dem Vater immer recht gab, hätte sie im Zweifelsfall um Rat oder Unterstützung gebeten. Seit einiger Zeit gab es außer Heribert und Hilde noch jemanden, der in Majas Leben eine wichtige Rolle spielte: Markus Brodtbeck, Kommissar der Münchener Kripo. Die beiden wohnten im selben Haus in München-Laim – Markus in seiner eigenen Wohnung und Maja direkt nebenan in ihrer WG.

Als sie bemerkte, dass ihr Onkel sie beobachtete, sah sie ihn fragend an. Heribert erwiderte ihren Blick ruhig, und fast gleichzeitig breitete sich auf den Gesichtern der beiden ein Grinsen aus.

»Jetzt frag schon, was du fragen willst«, sagte Maja.

»Warum bist du allein zu uns gekommen und nicht, wie ursprünglich angekündigt, mit deinem Freund Markus?«

»Der hat einen Rückzieher gemacht«, antwortete sie, ohne zu zögern. Offenbar hatte sie genau mit dieser Frage gerechnet.

Wie gut sie sich doch kannten.

»Wieso das denn?«, hakte er nach.

»Wir haben uns gestritten.«

»Worüber?«

»Ich habe schon vor Längerem für die nächsten beiden Wochen Urlaub eingereicht, und wir wollten zusammen verreisen. Aber er steckt noch in einem Fall fest, und als ich mich gerade damit abgefunden hatte, dass wir erst in meiner zweiten Urlaubswoche zusammen wegfahren können, hat er mir gebeichtet, dass er vielleicht nicht einmal dann Urlaub bekommt. Daraufhin habe ich ihm wohl etwas zu deutlich gesagt, wie blöd ich das finde. Na ja, und jetzt tut mir ein bisschen Abstand zu Markus vielleicht ganz gut.«

»Abstand? Wär's nicht besser, ihr redet miteinander, und du entschuldigst dich bei ihm?«

Maja zuckte mit den Schultern.

»Man sollte nie im Streit auseinandergehen«, fuhr er fort. »Und was man klären kann, sollte man klären, und zwar möglichst bald.«

»Soso, Onkel Heribert. Habt ihr das auch jedes Mal so gehalten, du und Tante Hildegard?«

Er verzog das Gesicht, als hätte er in eine Zitrone gebissen, doch dann musste er lachen.

»Dir erzähl ich noch mal was über unsere Ehekrisen!«, versetzte er in gespielter Empörung. »Die Anekdoten von damals sollten dir nur als Beispiel dienen. Ich wollte dich wissen lassen, dass du nicht die Einzige bist, der mal das Herz schwer wird.«

Maja legte eine Hand auf seine.

»Das weiß ich doch, Onkel Heribert. War auch nicht böse gemeint. Außerdem dachte ich, ihr freut euch, wenn ich komme, auch ohne Markus.«

»Natürlich freuen wir uns!« Er legte seine andere Hand auf ihre und drückte sie leicht. »Sehr sogar. Hildegard weiß auch schon, was sie dir morgen kochen will. Ich darf's dir nicht verraten, aber ich freu mich selbst schon sehr drauf.«

Er lehnte sich im Stuhl zurück und faltete die Hände über dem Bauch. Eine längere Pause entstand, in der sie wieder schweigend auf den Garten schauten. Schließlich stand Maja auf, um neuen Kaffee zu holen. Ihr Blick blieb an ihrem Onkel hängen, und sie forschte einen Moment lang in dem faltigen Gesicht, das ihr so vertraut und so lieb war.

»Du hast Sorgen, oder?«

Er zuckte nur mit den Schultern. Sie ging in die Küche und kehrte bald darauf mit zwei frisch gefüllten Kaffeetassen zurück, gab ihm die eine und drehte ihren Gartenstuhl so, dass sie genau vor ihrem Großonkel saß.

»Erzähl«, sagte sie. »Was bedrückt dich?«

»Erinnerst du dich an Elisabeth Wenderoth?«

Maja stutzte, dann fiel ihr wieder ein, in welchem Zusammenhang sie von dieser Frau gehört hatte.

»Die Kommilitonin, mit der du …« Sie unterbrach sich. »Ich wollte wirklich keine alte Geschichte aufrühren, Onkel Heribert, tut mir leid. Bitte entschuldige, dass ich vorhin davon angefangen habe. Ich …«

»Schon gut, das ist alles längst vorbei, und Hildegard hat mit dieser … nun ja … Episode und sogar mit Elisabeth selbst ihren Frieden gemacht. Wir schreiben uns gelegentlich, telefonieren alle paar Monate, und vergangenen Herbst waren Hildegard und ich für zwei Tage in Marburg, um sie zu besuchen und uns von ihr die Gegend zeigen zu lassen.«

»Das ist gut. Aber warum macht dir die Geschichte von damals trotzdem noch Sorgen?«

»Nicht die Geschichte, Maja, sondern Elisabeth.«

»Ist sie krank?«

»Nicht, dass ich wüsste. Aber sie hat berufliche Sorgen. Ich habe dir sicher mal erzählt, dass sie seit vielen Jahren eine Apotheke in Marburg führt.«

»Immer noch? Hat sie sich nicht zur Ruhe gesetzt wie du und Tante Hildegard?«

»Nein, leider nicht.«

»Leider? Ist was passiert?«

»Die Frage ist gar nicht so einfach zu beantworten.«

»Ich habe Zeit«, sagte Maja, »und ich habe frischen Kaffee. Ich hör mir gern alles an, du kannst ruhig auch etwas ausholen.«

»Ohne das wird's nicht gehen, fürchte ich.«

Und so erzählte Heribert Ursinus von der Freundschaft zu seiner früheren Kommilitonin, von der einen oder anderen Lebenskrise, durch die er ihr mit Briefen oder langen Telefongesprächen geholfen hatte, streifte kurz auch die Affäre mit ihr, über die er seiner Nichte gegenüber schon mal gesprochen hatte.

»Elisabeth hatte viel Erfolg mit ihrer Apotheke«, fuhr er fort. »Vor allem für ihre selbst hergestellten homöopathischen Mittel wurde sie regelrecht berühmt in Marburg und im weiteren Umkreis. Sie fand es immer besonders lustig, dass sie diesen Erfolg ausgerechnet in der Stadt hatte, wo der Marburger Bund gegründet wurde. Du weißt ja, dass der ärztliche Berufsverband nicht gerade als homöopathiefreundlich gilt, und die in der Stadt ansässigen Pharmafirmen halten von Globuli natürlich auch nicht viel. Aber Elisabeth war erfolgreich, sehr sogar, teils mit den Globuli, teils mit ihren hausgemachten Salben. Und ich fürchte, es ist ihr auch ein bisschen zu Kopf gestiegen. ›Elisabeth, die Kräuterhexe‹ – selbst in den Spottbezeichnungen ihrer Gegner schwang Bewunderung oder mindestens Respekt mit. Das ist auch der Grund, warum sie bisher ihre Apotheke nicht loslassen konnte.«

»Du hast gerade gesagt: ›Sie war erfolgreich.‹ Ist sie das denn nicht mehr?«

»Im Moment macht sie eine schwere Zeit durch. Eine ihrer Stammkundinnen ist vor drei Wochen verstorben.«

»Und was hat das mit ihr zu tun?«, fragte Maja.

»Diese Kundin, eine ältere Dame, hatte Mitte Februar Nachschub für ihre homöopathische Hausapotheke bestellt, und Elisabeth brachte ihr zwei Tage später die Globuli nach Hause. Die alte Dame war nicht mehr so gut zu Fuß und wohnte im zweiten Stock eines Hauses in der Innenstadt. Solchen Kunden liefert Elisabeth die Bestellungen ganz gern persönlich nach Hause, denn in den Gesprächen, die sie bei diesen Gelegenheiten führt, erfährt sie viel darüber, was ihren Kunden seelisch zu schaffen macht. Manchmal hilft ein solches Gespräch mehr als ein Medikament, eine Salbe oder Globuli.«

»Was ist dann passiert?«

»Einige Tage später ist einer jungen Frau im selben Haus aufgefallen, dass die ältere Dame ihr nicht, wie sonst jede Woche, einen Einkaufszettel unter der Wohnungstür durchgeschoben hatte. Normalerweise erledigte die junge Frau nämlich den Wocheneinkauf für sie. Besorgt klopfte sie an ihre Tür und wandte sich dann an das Ehepaar, das für den Hauseigentümer die Hausmeisterarbeit übernimmt. Als die beiden mit dem Nachschlüssel in die Wohnung gingen und die geschlossene Tür zum Wohnzimmer öffneten, raubte ihnen der Gestank fast den Atem. Die alte Frau saß tot in ihrem Sessel, mit weit geöffnetem Mund, verkrampften Fingern und hervorgetretenen Augäpfeln.«

»Und die Verbindung zur Apotheke deiner Studienfreundin waren die Globuli?«

»Ja und nein. Zwar stammten alle Globuli im Haushalt der Toten aus Elisabeths Apotheke, aber neben ihr auf dem Couchtisch lag ein leeres Glasröhrchen ohne Etikett. Der Arzt, der den Tod feststellte, wies die Polizei darauf hin, dass in solchen Röhrchen kleinere Mengen Globuli ausgegeben werden, als Pröbchen oder als Bestandteil einer kleinen homöopathischen Hausapotheke. Im Labor wurden darin allerdings nur Reste von Globuli entdeckt.«

»Konnte denn wenigstens festgestellt werden, welchen Wirkstoff die Globuli enthielten?«

»Die Grundsubstanz war Belladonna. Die Obduktion der alten Dame hat ergeben, dass sie an einer Atropinvergiftung gestorben ist.«

»Belladonna enthält zwar Atropin, aber wenn die Globuli zum Beispiel als D6-Potenz hergestellt wurden, kommt ein Tropfen Belladonna auf eine halbe Badewanne Flüssigkeit – das ist himmelweit von einer tödlichen Menge entfernt.«

»Eben.«

»Kann sich deine Studienfreundin denn erklären, wie ihre Kundin die letale Dosis abbekommen haben könnte?«

»Nein, außerdem sagt sie, dass das Glasröhrchen nicht aus ihrer Apotheke stamme – denn sonst wäre es ja etikettiert gewesen wie die anderen Globulifläschchen in der Wohnung der alten Dame.«

»Hat die Polizei herausgefunden, wo das Röhrchen herstammt?«

»Das weiß ich nicht. Eine Hausdurchsuchung in der Salus-Apotheke direkt nach dem Tod der alten Dame hat nichts zutage gefördert, und Elisabeth ist irgendwann nicht weiter zum Tod der Dame befragt worden. Aber einer der Beamten konnte wohl den Mund nicht halten, seither gehen Gerüchte in der Stadt um, Elisabeth könnte schuld sein am Tod der alten Frau. Entsprechend schleppend laufen nun die Geschäfte in ihrer Apotheke.«

Er seufzte, nahm einen Schluck Kaffee und sah seine Nichte gespannt an. Maja dachte nach, trank ebenfalls Kaffee und ließ den Blick über den Tassenrand in die Ferne schweifen. In ihren Augen blitzte es, die Geschichte schien ihr Interesse geweckt zu haben. Und auch wenn Heribert Ursinus ein schlechtes Gewissen hatte, sie gleich zu Beginn ihres Urlaubs mit den Sorgen von Elisabeth Wenderoth behelligt zu haben: Sollte Maja auf den Vorschlag eingehen, den er ihr noch machen wollte, könnte das seiner Studienfreundin aus einer sehr unangenehmen Situation heraushelfen. Aber mit dem Vorschlag wollte er sie nicht gleich überfallen.

Am nächsten Tag hatte seine Frau zum Mittagessen Zoiglbraten zubereitet, einen Schweinebraten nach einem Oberpfälzer Rezept mit einer Soße aus dem untergärigen Zoiglbier, und als sich Maja pappsatt auf ihrem Stuhl zurücklehnte, stand Hildegard auf und ging in die Küche, um ihnen noch einen Kaffee zu kochen.

»Du hast mir das von deiner Studienfreundin gestern Abend nicht ohne Hintergedanken erzählt, stimmt's?«

Maja lächelte ihren Onkel an, und der war froh, dass er nicht länger mit seiner Absicht hinter dem Berg halten musste.

»Stimmt. Ich glaube nämlich, dass du Elisabeth helfen kannst. Und ich hatte gehofft, dass dich die Angelegenheit so sehr reizt, dass du das auch versuchen willst.«

»Dann schieß mal los. Was hast du dir denn vorgestellt?«

»Elisabeth habe ich immer wieder von dir erzählt, und sie hat außerdem von einer Bekannten an der Münchner Uni gehört, dass du als Pharmazeutin einen guten Ruf hast und dich mit pflanzlichen Wirkstoffen fabelhaft auskennst.«

»Das sollte ich ja auch, immerhin habe ich über pflanzliche Wirkstoffe promoviert und in diesem Bereich geforscht, bevor mein Vater dafür gesorgt hat, dass ich den Job an der Uni verliere.«

»Auch das hat Elisabeth beeindruckt: dass du nicht dem Willen deines Vaters nachgegeben hast, nach Füssen zu kommen, und stattdessen lieber in der kleinen Apotheke in München geblieben bist.«

Maja rollte mit den Augen.

»Du musst mir keinen Honig ums Maul schmieren, Onkel Heribert«, versetzte sie spöttisch. »Sag einfach, was du dir ausgedacht hast.«

Heribert Ursinus holte tief Luft, als wappne er sich für den Sprung vom Fünfmeterbrett.

»Ich weiß gar nicht mehr, ob es nun Elisabeths Idee war oder mein Vorschlag«, begann er zögernd, bevor er endlich zum Punkt kam. »Ich wollte dich fragen, ob du dir vorstellen könntest, für eine Weile in Elisabeths Apotheke mitzuarbeiten. Du könntest dich nach Hinweisen umschauen und umhören, die darauf hindeuten, was wirklich hinter dem Tod der alten Dame steckt.«

Majas Grinsen verriet, dass sie genau so etwas erwartet hatte. Ihr Onkel musterte sie, konnte aber nicht ausmachen, was sie von dem Vorschlag hielt, und schob deshalb nach: »Ich hatte den Eindruck, dass es dir durchaus Spaß gemacht hat, nach den Morden an deinem Ex-Freund und an deiner Nachbarin selbst zu ermitteln.«

»Na ja, Spaß …«, protestierte sie lahm.

»Ich weiß schon, du wolltest der Polizei auch deshalb eine Spur zum Täter anbieten, weil du selbst zu den Tatverdächtigen gezählt hast. Aber du hast es auch genossen, ein bisschen nachzuforschen, oder etwa nicht?«

»Ja, schon.«

Heribert Ursinus nickte und lächelte.

»Und jetzt stellst du dir vor, dass ich die Hintergründe des Todes der alten Dame in Marburg aufkläre? Ich bin Apothekerin, keine Privatdetektivin.«

Ihr Widerspruch klang halbherzig, und das Lächeln ihres Onkels wurde breiter.

»Warum habe ich das Gefühl, dass du mich längst überredet hast?«, fragte sie schließlich und erwiderte sein Lächeln. »Und als Nächstes würdest du mich vermutlich darauf hinweisen, dass Markus ja zumindest in der ersten Woche meines Urlaubs ohnehin nicht freibekommen hat.«

Er nickte.

»Und jetzt willst du mir vorschlagen, dass ich diese Zeit nutze, um mich in Marburg umzusehen.«

»Muss ich das denn noch?«

Sie zuckte mit den Schultern.

»Nein, eigentlich nicht, du hast mich längst am Haken, fürchte ich.«

»Freut mich zu hören. Ich telefoniere gleich nachher mit Elisabeth. Aber eine Bedingung habe ich noch.«

»Eine Bedingung?« Maja hob die Augenbrauen.

»Ich lasse nicht zu, dass du nach Marburg verschwindest, ohne vorher mit deinem Freund reinen Tisch gemacht zu haben.«

Sie seufzte.

»Am besten rufst du ihn gleich an, dann trinkst du noch gemütlich Kaffee mit uns, fährst anschließend nach München und verbringst den Abend mit deinem Markus.«

»Ach, der hat bestimmt schon was vor, nachdem ich zu euch gefahren bin.«

Heribert Ursinus grinste.

»Okay«, ergab sie sich, »versuchen kann ich's ja mal.«

Da Markus den Anruf nicht annahm, hinterließ Maja eine kurze Nachricht. Die Tante schenkte Kaffee ein, und gerade als sie den ersten Schluck getrunken hatten, rief Markus zurück. Maja machte eine entschuldigende Geste, stand auf und ging ins Nachbarzimmer. Als sie wiederkam, wirkte sie erleichtert und zerknirscht zugleich.

»Heribert hat mir schon Bescheid gegeben«, sagte Tante Hildegard. »Du fährst nach dem Kaffee wieder nach München.«

»Tut mir leid, wenn ich euch schon wieder allein lasse.«

»Papperlapapp!«, widersprach Tante Hildegard und zwinkerte ihrer Großnichte zu. »Über deine Besuche freuen wir uns immer, auch wenn sie mal kürzer ausfallen.«

Eine Stunde später lenkte Maja ihren Wagen aus der Parklücke vor dem Haus und winkte durchs Seitenfenster noch einmal ihrem Großonkel und ihrer Großtante zu, die auf dem Gehweg standen und ihr nachschauten.

Der Streit wegen des Urlaubs war schneller beigelegt, als Maja gedacht hatte. Das Pastagericht, das Markus zur Versöhnung gezaubert hatte, war so lecker, dass sie sich sogar etwas Nachschlag nahm, obwohl sie vom Mittagessen ihrer Großtante noch ziemlich satt war. Hinterher saßen sie mit einem Glas Wein auf dem Balkon, und die Stimmung war gut genug, um Markus von der geplanten Fahrt nach Marburg zu erzählen. Maja erwähnte den Tod der älteren Stammkundin, aber nicht den Vorschlag ihres

Onkels, vor Ort undercover zu ermitteln. Stattdessen behauptete sie, dass Heriberts alte Studienfreundin am Boden zerstört sei, weshalb sie tagsüber ein wenig in der Apotheke mitanpacken und abends ein bisschen für Trost und Aufmunterung sorgen wolle. Markus hörte sich alles an, unterbrach sie kein einziges Mal, aber am Ende schlich sich ein Grinsen auf sein Gesicht.

»Soll ich die Kripo in Marburg schon mal vorwarnen, dass sie es mit einer freiberuflichen Kollegin zu tun bekommen?«

»Meinst du mich?«, gab sie lachend zurück. »Niemals würde ich meine Nase in so eine Angelegenheit stecken!«

»Stimmt, das ist völlig undenkbar«, sagte er und hob sein Glas. »Aber bitte pass auf dich auf, ja?«

Die Nacht war schön gewesen, und sie schliefen lange. Gerade als Markus am späten Sonntagvormittag mit zwei Bechern Kaffee ans Bett kam, erhielt Maja eine SMS von ihrem Onkel, in der er ihr schrieb, dass Elisabeth Wenderoth ihr ein Gästezimmer hergerichtet habe und sie irgendwann am Abend erwarte. Angehängt war die Adresse mit dem Hinweis, dass in dem etwas abgelegenen Haus sowohl die Wohnung als auch die Apotheke untergebracht seien.

Gegen fünfzehn Uhr fuhr sie los. Auf den Autobahnen war in ihrer Richtung längst nicht so viel los wie auf der Gegenfahrbahn, wo die Pendler sich auf den Weg in den Süden machten, zu ihren Arbeitsplätzen und Zweitwohnungen. Kurz vor Würzburg meldete das Navi einen Unfall auf der A 3 nahe Aschaffenburg und schlug ihr eine alternative Route vor. Leichter Regen setzte ein, der sie bis Fulda begleitete, und als sie gegen halb acht den Wald östlich von Marburg erreichte, war es dort dämmrig und feucht. Die tief hängenden Wolken ließen diesen Märzabend noch düsterer wirken, zwischen den Bäumen schwebten hier und da Nebelschwaden. Sie hatte Elisabeth Wenderoth unterwegs angerufen, um ihre Ankunftszeit etwas genauer anzukündigen, und die Frau war ganz zufrieden mit der Strecke gewesen, die Maja nun nahm.

»Dann müssen Sie gar nicht durch die Stadt fahren«, hatte sie gesagt und ihr beschrieben, wo sie von der Landstraße abbiegen musste. »Direkt an der Heiligen Eiche geht's links ab, und kümmern Sie sich nicht um das Schild ›Privatweg‹ – zu mir darf man durchfahren.«

Die Heilige Eiche entpuppte sich als Baumruine, neben der eine Sitzbank aufgestellt war. Einen Moment lang war es Maja, als hätte sich im diffusen Rand des Scheinwerferlichts etwas bewegt, aber dann war sie auch schon vorbeigefahren und folgte dem schmalen Privatweg, der schnurgerade in den Wald hineinführte.

Nach etwa dreihundert Metern gelangte sie zu einer Lichtung. Neben einem offen stehenden schmiedeeisernen Tor war ein Schild mit der Aufschrift »Salus-Apotheke Elisabeth Wenderoth« angebracht. Durch das Tor erreichte Maja einen großzügigen Vorplatz, auf dem ein dreirädriger Lieferkarren und ein älteres Cabrio standen. Der Platz wurde links von einer Doppelgarage und rechts von einem eingeschossigen Gebäude mit Fachwerk, kleinen Fenstern und steilem Dach begrenzt, das auf Maja wie eine altertümliche Werkstatt wirkte. Am eindrucksvollsten fand sie aber das Haupthaus, das die ganze Breite des Vorplatzes einnahm. Mit seiner Freitreppe, die zum Haupteingang in der Mitte hinaufführte, den schmalen Gauben und den Schornsteinen auf dem Dach erinnerte es sie an ein Herrenhaus oder eine Fabrikantenvilla.

Als Maja ihren Wagen neben dem Cabrio ausrollen ließ, war die Hofbeleuchtung angesprungen, die den Vorplatz und die Häuserfront in grelles Licht tauchte. Von den Fenstern des Hauptbaus waren nur drei erleuchtet. Sie stieg aus, atmete die würzige Waldluft ein und ging zur Freitreppe hinüber. Erst als sie direkt vor dem Haupteingang stand, bemerkte sie den Zettel, der zwischen das schrundige Holz der Haustür und den Rahmen geklemmt war.

»Ich erwarte Sie vorn an der Eiche, und wenn Sie diesen Zettel lesen, haben wir uns verpasst. Spazieren Sie doch einfach das kurze Stück zu mir, dann zeige ich Ihnen einen meiner Lieblingsplätze.«

Elisabeth Wenderoth hatte eine schöne Handschrift, und auch das Papier des Zettels war nicht einfach aus einem Block gerissen, sondern fühlte sich wie hochwertiges Briefpapier an. Maja faltete das Blatt zusammen, steckte es ein und machte sich auf den Weg. Der Zufahrtsweg war asphaltiert, und nach den ersten Schritten versuchte Maja unwillkürlich, ihre Schuhe vorsichtiger aufzusetzen. Das Klackern der Absätze hallte unangenehm laut in der Stille nach, die sie umgab. Die Luft war feucht und frisch, ab und zu wehte ein Windstoß einen Nebelfetzen zwischen den Bäumen hervor. Auf der Hinfahrt hatte sie gesehen, dass der Weg keine Schlaglöcher aufwies, daher reichte das Dämmerlicht, in dem sie erkennen konnte, wo der Weg vor ihr verlief.

Etwa auf halbem Weg zur Eiche hatte Maja das Gefühl, jemand sei in ihrer Nähe. Sie blieb stehen, horchte und drehte sich langsam um sich selbst. Doch so angestrengt sie ihre Blicke auch in den dunklen Wald bohrte und sosehr sie auch mit angehaltenem Atem auf das kleinste Geräusch achtete: Mehr als das Knicken eines Ästchens konnte sie nicht ausmachen, dann vernahm sie ein Kratzen wie von Krallen auf Rinde. Es raschelte im Laubwerk über ihr, etwas Dunkles schwang sich in die Luft und war schon im nächsten Augenblick über den Wipfeln verschwunden. Dann kehrte wieder die ruhige Stimmung ein, in der sich nur weit entfernte und leise Geräusche in die Stille mischten.

Sie ging weiter. Nach einer Weile konnte sie weiter vorn den Verkehr rauschen hören, und dann sah sie links von sich auch schon den bizarren Umriss der Heiligen Eiche, der sich noch ein wenig vom Abendhimmel abhob. Inzwischen war es schon recht dunkel geworden, und das letzte Restlicht verlieh dem arg mitgenommenen Stumpf wirklich etwas Mystisches. Maja wollte die Stimmung nicht durch die Taschenlampenfunktion ihres Handys stören, und so bemühte sie die Erinnerung daran, wie der Baum weiter unten auf sie gewirkt hatte, als ihn die Scheinwerfer ihres Wagens für einen Moment aus der Dämmerung geschält hatten: Nur einige zersplitterte Aststummel ragten noch aus dem löchrigen, teils schwarz verfärbten Stamm.

Der direkte Weg zum Baum wurde ihr durch dicht stehende Sträucher verwehrt, ob ein Pfad hindurchführte, konnte sie im Dunkeln nicht erkennen, deshalb umging sie das Gebüsch und tastete sich mit den Füßen vorsichtig voran. Schließlich erahnte sie rechts des Baumes die Umrisse der Sitzbank, arbeitete sich an ihr vorbei und stand schließlich nur noch eine Armeslänge von der toten Eiche entfernt. Sie glaubte die Aromen von Verfall und Asche erschnuppern zu können, und als sie die Hand ausstreckte, um mit ihren Fingerkuppen die Rinde zu berühren, knackte es direkt neben ihr, und ein Schatten näherte sich.

»Frau Ursinus?«, fragte eine sanft und freundlich klingende Frauenstimme.

»Ja«, antwortete Maja leise. Kurz darauf streckte sich ihr eine Hand entgegen.

»Elisabeth Wenderoth. Ich hoffe, ich habe Sie nicht allzu sehr erschreckt. Hier sieht man abends manchmal die Hand vor Augen nicht. Vielleicht ist das auch genau der Grund, warum ich so gern hierherkomme.«

Maja ergriff die Hand. Sie war weich und kühl.

»Vielen Dank übrigens, dass sie kein Licht gemacht haben«, fügte Elisabeth Wenderoth hinzu. »Die meisten, die mich hier treffen, leuchten mit ihren Handys auf dem Boden herum, damit sie nicht stolpern, und tauchen dadurch auch die Eiche selbst ins Licht.«

Inzwischen hatten sich Majas Augen so weit an die

Dunkelheit gewöhnt, dass sie einige Gesichtszüge der Frau zumindest vage ausmachen konnte.

»Warum haben Sie das nicht gemacht?«, fragte Elisabeth Wenderoth, und Maja glaubte ein listiges Lächeln auf ihrem Gesicht zu erkennen.

»Ich wollte die Atmosphäre nicht zerstören. Der Baum wirkt im Dunkeln ... wie soll ich sagen ... irgendwie magisch.«

Ein leises Lachen, ein Nicken, dann drückte Elisabeth Wenderoth Majas Hand fester, bevor sie sie losließ.

»Ich glaube, wir werden gut miteinander zurechtkommen«, sagte sie. »Kommen Sie mal.«

Damit war sie auch schon aus dem Blickfeld verschwunden. Vorsichtig setzte Maja einen Fuß vor den anderen, bis sie neben der betagten Kollegin auf der anderen Seite der Eiche stand. Die Ältere nahm ihre Hand, führte sie bis zum Baum und ermutigte sie, die Rinde zu erkunden. Majas Finger wanderten über die schrundige Oberfläche, zeichneten Risse und aufgeplatzte Aufwölbungen nach und erkundeten schließlich die Ränder eines Loches, die früher wohl mal schroff und schartig gewesen sein mochten, nun aber von vielen Händen und von Wind und Wetter abgeschliffen waren.

»Was ist passiert?«, fragte Maja.

»Der Baum muss mehr als siebenhundert Jahre alt sein und hat immer schon etwas mitgenommen ausgesehen. Er wirkte eindrucksvoll, das schon, aber gemessen an seinem mächtigen Stamm war auch früher das Geäst viel zu dünn – als hätte ein Blitz den Baum getroffen und ihm die alte stolze Krone genommen und als hätte der Stumpf danach trotzig neue, dünnere Äste hervorgebracht. Diese Vorstellung hat mir immer gut gefallen und hat mir selbst Mut gemacht, wenn mich etwas wie ein Blitz aus heiterem Himmel getroffen hat. In den Neunzigern haben dann spielende Kinder den Baum angezündet, davon hat er sich nicht mehr erholt.«

Maja hatte ruhig zugehört und sehr wohl bemerkt, wie sich der Tonfall der Stimme veränderte, wie die Stimme mit dem Satz von den spielenden Kindern etwas schärfer zu werden schien. Elisabeth Wenderoth verstummte, legte eine Hand auf die Rinde und fuhr unablässig die Verletzungen der hölzernen Haut nach. Schweigen breitete sich zwischen ihnen aus.

»Heute könnten Sie den trotzigen Baum von früher gut brauchen, stimmt's?«

»Sie haben mehr recht, als Sie ahnen, Frau Ursinus.«

Die Stimme der alten Frau klang nun so brüchig, wie sich die Rinde der toten Eiche anfühlte, und Maja ließ wieder einige Zeit schweigend verstreichen. Irgendwann kamen die Finger der anderen auf der Rinde zur Ruhe, und Elisabeth Wenderoth wandte ihr das Gesicht zu.

»Sieht ganz so aus, als müsste ich lernen, mir selbst zu helfen«, murmelte sie. »Denn irgendwann nimmt mir ein Sturm auch noch das Letzte, das von der Eiche übrig ist.«

Ein Seufzen, abgrundtief, dann trat sie einen Schritt vom Baum zurück.

»Wollen wir zum Haus gehen?«, fragte sie, und noch

bevor Maja auch nur hätte nicken können, setzte sie sich in Bewegung, sah nicht zurück und folgte mit gesenktem Kopf dem Weg in den nächtlichen Wald hinein.

Elisabeth Wenderoths Haus stand still und dunkel da, nur aus den drei Fenstern, die vorhin schon beleuchtet waren, drang Licht nach draußen. Als die beiden Frauen durchs geöffnete Hoftor traten, sprang die Außenbeleuchtung an, und Elisabeth Wenderoth steuerte direkt auf die Freitreppe zu.

»Soll ich das Tor schließen?«, fragte Maja, aber Frau Wenderoth winkte nur ab.

»Das lohnt die Mühe nicht«, erklärte sie, während sie die Freitreppe hinaufgingen. »Morgen früh kommen meine Mitarbeiter, und auch die Kunden stellen ihre Autos am liebsten im Hof ab, obwohl wir auf der anderen Straßenseite viel bequemere Parkplätze haben. Nur keinen Meter zu viel gehen, dabei würde das etlichen von ihnen guttun. Außerdem wäre es ein bisschen albern, vorn das Tor zu schließen, während rund um mein Grundstück kaum mehr als ein Meter Zaun steht, nicht wahr? Die meisten Pfosten sind mir weggefault, und den anderen haben ein paar Wildschweine den Rest gegeben – da habe ich der Natur eben ihren Lauf gelassen.«

»Schalten Sie das Licht nicht aus, wenn Sie gehen?«

»Nur im Wohnzimmer bleibt es an. Ich finde es gemütlicher, wenn beim Nachhausekommen nicht alles dunkel ist.« Die alte Apothekerin zeigte auf eine Empfangstheke, die die eine Seite der großen Diele einnahm, in der sie standen. »Dort hinein geht's zur Apotheke und da hinauf zu meiner Wohnung und zu Ihrem Zimmer.«

Sie nahm die geschwungene Treppe mit kräftigen Schritten, und von hinten hätte sie wie eine Frau um die vierzig gewirkt, wäre nicht ihr langes Haar, das sie zu einem lockeren Knoten geschlungen hatte, völlig weiß gewesen. Sie zeigte Maja die verglaste Tür zu ihrer eigenen Wohnung im ersten Stock und führte sie dann unters Dach, wo ein hübsches Zimmer mit eigenem Bad für sie hergerichtet war. Zwei Gauben öffneten sich nach Osten zum Garten hin, der Raum war keineswegs klein, aber das Bett war so unter die schräge Decke geschoben, dass das Ganze fast wie eine Schiffskoje wirkte und Maja sich fragte, wie gut ihre Platzangst sie hier wohl schlafen lassen würde.

»Soll ich Ihnen mit dem Gepäck helfen?«, bot die Gastgeberin ihr an.

»Danke, aber ich hab nicht allzu viel dabei, das schaff ich schon allein.«

»Gut, dann kommen Sie doch nach unten in mein Wohnzimmer, wenn Sie so weit sind, ja? Ich mache uns was zu essen. Möchten Sie vorher noch duschen?«

»Wenn Sie mich auch so aushalten, würde ich das gern auf morgen früh verschieben«, erwiderte Maja lächelnd.

»Kein Problem. Dann erwarte ich Sie in ... sagen wir ... zwanzig, dreißig Minuten.«

Während Frau Wenderoth in ihre Wohnung im ersten Stock ging, holte Maja ihren Koffer und ihre Reisetasche aus dem Wagen. Sie wuchtete das Gepäck nach oben unters Dach, hängte ihre Kleider in den geräumigen Schrank und richtete sich ein wenig ein. Dann machte sie sich frisch, zog sich um und erkundete die anderen Räume im Dachgeschoss. Es gab ein identisches zweites Gästezimmer, ebenfalls mit eigenem Bad, dazu ein gemütlich eingerichtetes Zimmer mit Polstermöbeln und Bücherschrank. Mehrere kleinere Räume gingen zum Innenhof hinaus. Früher waren sie vielleicht von den Hausangestellten bewohnt gewesen, nun aber waren sie als Bügelzimmer oder Abstellraum eingerichtet. Ein Zimmer war voller Regale und Schränke, in denen sich Tischwäsche und Bettzeug stapelten, und im letzten Raum stand eine Staffelei mit einem beinahe fertiggestellten Landschaftsbild, das sich durch kräftige Farbtöne auszeichnete, aber nicht auf allzu großes malerisches Talent schließen ließ. Es roch nur noch ganz schwach nach Farbe in diesem Zimmer, die Pinsel lagen auf einem kleinen Beistelltischchen gesäubert und getrocknet nebeneinander. Wenn die Malerei das Hobby der alten Apothekerin war, dann hatte sie sich dafür zuletzt keine Zeit mehr genommen.

Schließlich machte sich Maja auf den Weg in den ersten Stock. Sie öffnete die Wohnungstür und gelangte in einen langen Flur, von dem links und rechts weitere Türen abgingen und der geradewegs ins Wohnzimmer führte, das vorhin im ansonsten dunklen Haus beleuchtet gewesen war. So hatte Maja keine Gelegenheit, sich absichtlich zu verlaufen, um sich auch in der Wohnung etwas umzusehen. Die letzte Tür, an der sie auf dem Weg ins Wohnzimmer vorbeikam, gab den Blick auf eine große, etwas altmodisch eingerichtete Küche frei. Elisabeth Wenderoth hantierte dort mit einer großen Schüssel und wandte sich zu ihr um, als sie ihre Schritte hörte.

»Nehmen Sie doch bitte schon am großen Tisch im Wohnzimmer Platz. Ich bin gleich fertig, und dann essen wir zusammen. Sie haben hoffentlich Hunger?«

»Sehr sogar«, antwortete Maja, betrat den großen Raum am Ende des Flurs und ließ kurz ihren Blick umherschweifen. Auch hier war die Einrichtung etwas aus der Zeit gefallen, aber die schweren, dunklen Möbel, die ausladenden Polstersessel und der Couchtisch wirkten gemütlich und passten zueinander. Ein langer Tisch aus dunklem Holz, um den herum zwölf Lehnstühle mit Lederbezug aufgestellt waren, beherrschte den Raum. Vor zwei Stühlen standen Wein- und Wassergläser, mehr war noch nicht eingedeckt.

»Entschuldigen Sie bitte, dass ich etwas länger gebraucht habe«, sagte Elisabeth Wenderoth, während sie mit einer großen, dampfenden Schüssel eintrat. »Wären Sie so nett und würden drüben aus dem Sideboard noch Teller und Besteck holen?«

Während Maja der Bitte ihrer Gastgeberin nachkam, sah sie aus dem Augenwinkel, wie Frau Wenderoth auf die Verbindungstür zur Küche zusteuerte, unterwegs jedoch ihre Schritte verlangsamte und mit den Fingerspitzen sachte über einen Tiegel aus Glas und einen aus Metall strich, die auf einem schmalen Holzbord unter einem Ölgemälde aufgestellt waren. Danach setzte sie ihren Weg in die Küche fort und kam mehrmals mit Schüsseln und schließlich mit je einer Flasche Rotwein und Wasser ins Wohnzimmer. Das alles erledigte sie so schnell, dass Maja in derselben Zeit gerade mal zwei Teller, zwei Löffel, Gabeln und Messer geholt und platziert hatte.

»Kann ich noch was helfen?«, fragte sie.

»Nein, jetzt sollte alles da sein. Nehmen Sie Platz, und greifen Sie zu!«

Es gab Ratatouille und Pasta in einer würzigen Sahnesoße. Frau Wenderoth reichte ihrem Gast ein Schüsselchen mit kross gebratenem Speck, den Maja auf das Gemüse legen und mit geriebenem Parmesan bestreuen sollte.

»Ich hoffe, Ihnen ist die Mischung nicht zu seltsam«, sagte die Gastgeberin und schenkte ihnen die Gläser voll. »Ich experimentiere gern ein bisschen, gebe Honig an den Braten oder etwas mehr Zucker ins Gulasch als üblich.«

»Es schmeckt vorzüglich«, versicherte Maja nach den ersten Bissen und stieß mit Frau Wenderoth an. »Was hat es denn mit den beiden Tiegeln dort drüben auf sich?«, fragte sie dann und nickte zu dem Holzbord an der Wand.

Elisabeth Wenderoth war eine gut aussehende Frau von Mitte siebzig, und Maja konnte durchaus nachvollziehen, dass sich ihr Großonkel vor langer Zeit einmal in sie verguckt hatte. Sie hatte ein schmales, angenehmes Gesicht, dem die Falten gut standen, womöglich sah sie heute viel interessanter aus als in ihrer Jugend – und besser als auf dem Foto der Apotheken-Homepage, das wohl schon vor einigen Jahren entstanden war. Ihre großen Augen hatten vergnügt gefunkelt, als sie von ihren Kochrezepten erzählte – doch jetzt, als Maja die beiden Behälter ansprach, presste sie für einen Moment die Lippen zu einem schmalen Strich zusammen. Offensichtlich hatte Maja einen wunden Punkt angesprochen.

»Tut mir leid«, entschuldigte sie sich, obwohl sie die Reaktion ihrer älteren Kollegin vor allem interessant fand. »Ich wollte Ihnen nicht zu nahetreten, und es geht mich ja auch nichts an.«

»Nein, alles gut«, stammelte Frau Wenderoth. »Alles gut, ich ...«

Sie räusperte sich, schob etwas Gemüse und Pasta in den Mund, kaute sehr sorgfältig und trank Wein. In der Zwischenzeit entspannte sich ihr Gesicht wieder ein wenig, und am Ende zwang sie sich sogar zu einem Lächeln.

»Alles gut, wie gesagt. Das sind Erinnerungsstücke.«

Und dann begann Frau Wenderoth in einem anfangs noch bemüht unbeschwerten Tonfall über die beiden Behälter zu plaudern und darüber, dass die Tiegel aus Quarzglas und aus Platin ihr während des Studiums und danach gute Dienste geleistet hätten.

»Dass das Gemälde über den Tiegeln Samuel Hahnemann darstellt, ist Ihnen sicher schon aufgefallen.«

Maja nickte. Das etwas feiste Gesicht des Mannes, dessen Schädel von buschigen Locken eingerahmt wurde, hatte sie gleich erkannt. Der Begründer der Homöopathie war auf zahlreichen Gemälden verewigt.

»Es ist das einzige Original, das ich mir jemals gekauft habe. Alles andere, was Sie an den Wänden in meiner

Wohnung sehen, sind Kunstdrucke, aber das Hahnemann-Bild wollte ich mir einfach gönnen.«

Maja wollte schon fragen, warum Elisabeth Wenderoth keines ihrer eigenen Gemälde aufhängte, aber sie konnte es sich gerade noch verkneifen, denn damit hätte sie ja verraten, dass sie sich im Dachgeschoss umgesehen hatte.

»Der Mann, der mich inspiriert hat, und zwei meiner besten Arbeitsmaterialien«, fuhr Frau Wenderoth versonnen fort. »Eigentlich sollte dort auch noch meine alte Tiegelzange liegen, aber die ist mir vor einem Jahr gestohlen worden.«

Sie wandte sich wieder ihrem Gast zu, und als ihr auffiel, dass Maja sie fragend ansah, schob sie schnell hinterher: »Oder vielleicht habe ich die Zange auch einfach nur verlegt und finde sie irgendwann wieder, wenn ich gar nicht mehr damit rechne. Ich bin manchmal ein ziemlicher Schussel.«

Maja hakte nicht nach. Dann plauderten sie über das Thema von Majas Promotion, Elisabeth Wenderoth erzählte von ihren Anfängen als Pharmazeutin und von den schweren ersten Jahren als Betreiberin der Salus-Apotheke.

»Wie kam es denn, dass Sie die Apotheke mitten im Wald eröffnet haben und nicht unten in der Stadt?«

»Ich war auf den Kräutergarten scharf, den der damalige Besitzer des Anwesens angelegt hatte und der mir nach wie vor gute Dienste leistet. Auch er hatte schon Salben, Pülverchen und Cremes aus allem hergestellt, was er rund ums Haus anbaute. Er verkaufte die Mittel, belieferte damit aber vor allem Apotheken in Marburg und Umgebung, selbst hatte er nur wenige Endkunden. Als ein junger Mann starb und der Arzt, der den Tod feststellte, den Verdacht äußerte, er könne an einem Pulver gestorben sein, das hier im Haus gemischt worden war, wollte auch keine Apotheke mehr etwas von dem Besitzer kaufen. Ich hatte mich erst gewundert, dass das Haus und das Grundstück so günstig zu haben waren, aber der Verkäufer war mir sehr sympathisch gewesen. Er hatte mir anvertraut, dass er das Geld aus dem Verkauf dringend brauche, denn er wollte sich mit seinen knapp siebzig Jahren zur Ruhe setzen – und in das Haus und den Garten hatte ich mich da ohnehin schon bis über beide Ohren verliebt. Na ja, und als ich als Ortsfremde endlich von den Gerüchten erfuhr, war der Kaufvertrag schon unterschrieben – und ich brachte es nicht übers Herz, dem Vorbesitzer deswegen Schwierigkeiten zu machen. Lange hätte ich dafür auch nicht Zeit gehabt: Keine vier Monate nach dem Verkauf wurde er in der Wohnung, die er sich genommen hatte, tot aufgefunden. Es war wohl Selbstmord gewesen, aber ich habe nichts Genaueres dazu erfahren können.«

»Was für eine tragische Geschichte«, murmelte Maja. »Wie lange ist das jetzt her?«

»Ich habe das Haus vor vierzig Jahren gekauft, jetzt im Mai hätte ich ein großes Jubiläum gefeiert, mit Vorträgen, Kräuterwanderungen, Lesungen. Tja, daraus wird wohl nicht viel werden, nachdem nun auch eine meiner Kundinnen gestorben ist und es Gerüchte gibt, dass ich …«

»Wollen Sie mir davon erzählen?«

Elisabeth Wenderoth sah sie lange an, und mit einem traurigen Lächeln schüttelte sie schließlich den Kopf.

»Nicht heute Abend«, sagte sie. »Morgen stelle ich Sie erst einmal den anderen vor, und am Abend erzähle ich Ihnen alles, was es zu der verstorbenen Kundin zu erzählen gibt.«

»Und vielleicht auch zu allen, die Ihnen Böses wollen. Denn es kann ja sein, dass das Gerücht mit den tödlichen Globuli mit Absicht gestreut wurde – da wäre es schon gut, wenn ich wüsste, wem Sie und Ihre Arbeit ein Dorn im Auge sind. Onkel Heribert hat etwas in dieser Richtung angedeutet.«

»Ja, der Bert ist ein Guter«, sagte Frau Wenderoth, und ihre Stimme wurde ganz weich. »Vielen Dank übrigens, dass Sie sich auf diese Geschichte einlassen. Eine ältere Mitarbeiterin, die ich eingeweiht habe, hat sich mir zuliebe krankgemeldet. Die offizielle Version für die anderen ist, dass Sie für sie einspringen. Sie ist zuständig für die Laborarbeit mit pflanzlichen Wirkstoffen – genau Ihr Spezialgebiet.«

»Die Kollegin wird das niemandem erzählen?«

»Nein, auf sie ist Verlass. Sie ist seit vielen Jahren meine rechte Hand.«

»Gut. Wann geht's denn morgen los in der Apotheke?«

»Ich bin meistens schon um halb acht unten, die anderen fangen kurz vor oder kurz nach acht an, aber es reicht gut, wenn Sie um halb neun kommen.«

Die Flasche Wein war noch nicht ganz leer, und Elisabeth Wenderoth, die sehr müde wirkte, schlug Maja vor, sich den Rest doch mit aufs Zimmer zu nehmen. Und so stand Maja wenig später mit dem Weinglas in der Hand vor einem der Gaubenfenster und atmete die frische Waldluft ein. Das Zimmerlicht hatte sie ausgeschaltet, um ungestört die Dunkelheit vor sich genießen zu können. Erst fiel grelles Licht aus einem Fenster fast direkt unter ihr, und die Bewegungen der Silhouette, die draußen als Schatten hin und her huschte, ließen erahnen, dass sich dort unten die Hausherrin im Bad bettfertig machte. Als dieses Licht erlosch, drang ein gedämpfteres Licht aus zwei Fenstern des Nachbarzimmers, und schließlich wurden die Lampen auch dort ausgeschaltet. Der Garten versank in der Dunkelheit, und es dauerte eine Weile, bis Majas Augen wieder Konturen ausmachen konnten. Den kleinen Teich, in dem sich ab und zu das fahle Mondlicht spiegelte, wenn es durch die Wolkenlücken drang. Die Büsche und Bäume, zwischen denen sie eine Wiese und einige Kräuterbeete hatte liegen sehen.

Sie schloss die Augen, lauschte wieder auf die Geräusche des Waldes. Mal hüllte sie eine fast bedrückende Stille ein, dann wieder war es ihr, als habe eine Brise das Geräusch eines fahrenden Autos durch den Wald herübergeweht. Sie leerte das Glas und betrachtete das tief unter die Dachschräge gerückte Doppelbett. Der schwere Wein hatte sie entspannt und schläfrig werden lassen. Wenn sie das Fenster über Nacht offen ließ, sollte sie sogar so dicht unter der Zimmerdecke in den Schlaf finden können.

Als sie sich unter die Daunendecke kuschelte, dauerte es trotzdem lange, bis sie das erstickende Gefühl der Enge mit tiefen, regelmäßigen Atemzügen überwunden hatte. Allmählich waren auch ihre Füße warm genug, und wann immer es der kühle Nachtwind ins Zimmer schaffte und über ihr Gesicht strich, verscheuchte das auch den letzten Rest der Angst, womöglich nicht genug Luft zu bekommen.

Fast wäre sie eingeschlafen, da drang ein Geräusch an ihr Ohr, das sie aufschrecken ließ. Noch einmal knackte draußen ein Ast. Sie schlug die Decke zurück und huschte ans offen stehende Gaubenfenster. Inzwischen war die Wolkendecke an vielen Stellen aufgerissen, und der Garten wirkte viel heller als zuvor. Irgendwo flatterte ein Vogel durchs Blätterdach und war einen Moment lang als Schemen am Himmel zu sehen, aufgeschreckt, wovon auch immer. Sonst war jetzt nichts mehr zu hören, und der Garten lag verlassen unter ihr. Sorgfältig inspizierte sie den Rand der Lichtung, auf der sich Haus und Garten befanden, aber nirgends konnte sie eine Bewegung ausmachen.

Erst als sie das zweite Mal ihren Blick über die dunkle Wand der Bäume schweifen ließ, meinte sie, genau gegenüber von ihrem Fenster eine kleine Fläche zu erkennen, die eine Spur heller zu sein schien als ihre nachtschwarze Umgebung.

Sie fixierte die Stelle und starrte in die Nacht, bis ihr die Augen schmerzten.

Was war das dort im Dickicht? Ein Gesicht? Jemand,

der sie beobachtete? Jemand, der vorhin dürre Zweige zertreten hatte? Jemand, den sie womöglich schon früher am Abend auf dem Weg zur Eiche in ihrer Nähe gespürt hatte?

Sie sah auf ihre Finger, die das Fensterbrett umklammerten. Fahles Mondlicht schimmerte auf ihrer Haut, und es würde auch ihr Gesicht genug beleuchten, damit es sich vor dem schwarzen Hintergrund des dunklen Zimmers abzeichnete. Sie hob den Blick wieder und suchte die helle Stelle am Waldrand, die ihr gerade aufgefallen war.

Aber da war nichts mehr.

2

Es wurde eine unruhige Nacht. Lange dachte Maja darüber nach, ob sie sich den hellen Fleck drüben am Waldrand nur eingebildet oder ob dort wirklich jemand auf der Lauer gelegen und das Haus beobachtet hatte. Und womöglich auch sie. Als sie endlich eingeschlafen war, schreckte sie jedes ungewohnte Geräusch in dem still und abgeschieden gelegenen Haus auf. Sie träumte wirr, auch von dunklen Gestalten, die ins Haus eindrangen, um Tiegelzangen zu stehlen.

Einmal fühlte es sich so real an, dass ein Gesicht direkt über ihrem schwebte und funkelnde Augen sie anstarrten, dass sie mit pochendem Herzen hochfuhr und schwer atmend den Blick durchs Zimmer schweifen ließ. Natürlich war sie allein, aber ihre Haut war mit kaltem Schweiß bedeckt. Ihr Herz schlug rasend, und nur ganz allmählich konnte sie ihren Atem beruhigen und sich zwingen, an andere, schöne Dinge zu denken. Es gelang ihr nicht besonders gut. Erst als die Nacht vor dem Fenster erste graue Konturen bekam, schlief sie ruhig, entspannt und traumlos.

Schritte im Innenhof und das Schlagen der Haustür weckten sie gegen halb sieben. Sie stand auf und stellte sich ans Fenster. Der Garten war leer, erste Sonnenstrahlen drangen durch das Geäst des Waldes. Es versprach ein schöner Märztag zu werden. Maja drehte eine kleine Runde durch die übrigen Räume des Dachgeschosses. Gerade als sie in einem der kleinen Zimmer zur Zufahrtsstraße hin stand, spazierte Elisabeth Wenderoth auf dem asphaltierten Privatweg heran. Sie hatte die Haare zu einem Pferdeschwanz gebunden und trug weit fallende Kleidung, einen bunten Stoffumhang und eine wollene Hose. Vielleicht war sie wieder an der Heiligen Eiche gewesen, oder sie hatte irgendwo einen anderen Lieblingsplatz, an dem sie morgens Yoga oder Meditationsübungen machte. Maja bemerkte, dass die alte Apothekerin die Augen hob, und trat einen Schritt in den Raum zurück. Vielleicht schaute sie einem auffliegenden Vogel nach, ihr Blick streifte jedoch auch die Fenster des Dachgeschosses, bevor sie ins Haus ging.

Maja legte sich wieder hin, konnte aber nicht mehr einschlafen, und als die Geräusche in der Etage unter ihr nahelegten, dass Frau Wenderoth in die Apotheke hinuntergegangen war, zog sie sich an und schlich zur Treppe. Im Haus war es still, nur im Erdgeschoss waren ab und zu Schritte zu hören. Leise ging Maja die Stufen hinunter zur ersten Etage. Die Wohnungstür war unverschlossen, und der große Tisch im Wohnzimmer war für sie gedeckt. Brotkorb, Marmelade und eine Thermoskanne mit Kaffee standen bereit, und ein handgeschriebener Zettel wies darauf hin, dass sich Wurst, Käse und Butter im Kühlschrank befanden. Maja schenkte die Tasse halb voll und bestrich eine Brotscheibe mit Butter, doch dann beschloss sie, vor dem Frühstück die Gelegenheit zu nutzen, sich ein wenig in den Räumen ihrer Gastgeberin umzuschauen.

Lange hatte sie darüber nachgedacht, ob sie hinter dem Rücken der Hausherrin in deren Wohnung herumschnüffeln durfte, wo sie ihr doch vor allem helfen wollte. Aber dann hatte der Wunsch die Oberhand gewonnen, sich ein eigenes Bild von dieser Frau zu machen, ungetrübt von den Beschreibungen ihres Großonkels, der natürlich nicht objektiv über seine frühere Geliebte urteilen konnte. Immerhin hatte die Kriminalpolizei die Apothekerin zumindest vorübergehend im Verdacht gehabt, der alten Dame die tödlichen Globuli überreicht zu haben. Was, wenn Elisabeth Wenderoth doch mit dem Tod ihrer Stammkundin zu tun hatte, auf die eine oder andere Weise?

Maja lauschte, ob sich im Treppenhaus Schritte näherten, aber nach wie vor war nichts zu hören außer den gedämpften Geräuschen, die aus dem Erdgeschoss an ihr Ohr drangen. Nein, es gab keinen Grund für ein schlechtes Gewissen: Sie würde sich selbst ein Bild machen, von Elisabeth Wenderoth und all ihren Mitarbeitern, von Leuten, die ihr gewogen waren, und jenen, die ihr vielleicht schaden wollten. Sie würde für die Herkunft der tödlichen Globuli alle Möglichkeiten in Betracht ziehen – und beginnen würde sie mit der Wohnung der Apothekerin.

Der Grundriss des ersten Stocks ähnelte dem des Dachgeschosses, aber hier waren einige Zimmer großzügiger geschnitten. Die kleinen Abstellräume von oben waren in Elisabeth Wenderoths Wohnung zum Wohnzimmer zusammengefasst, und wo sich eine Etage höher das Malzimmer befand, war hier offenbar die Küche.

Die Wohnung roch frisch gelüftet, das Aroma des Kaffees hatte sich mit dem Duft von Tannennadeln und taufeuchtem Gras vermischt. Im Bad, das neben der Küche lag, kam noch der Geruch von Seife und Zahnpasta hinzu und von Wäsche, die in einer Ecke des geräumigen Badezimmers zum Trocknen aufgehängt war. Natürlich war hier kein Medikamentenschränkchen an die Wand geschraubt wie sonst in vielen Wohnungen: Pharmazeuten bewahrten ihre Medikamente in der Regel kühl und trocken auf. Elisabeth Wenderoth benutzte eine herkömmliche Zahnbürste und hatte auf einem schmalen Brett über dem Waschbecken Pflegemittel aufgereiht, die ohne künstliche Aromen auskamen. Einige von ihnen hatte die Hausherrin vermutlich selbst angemischt.

Das Schlafzimmer lag genau unter den beiden Gästezimmern im Dachgeschoss. Von dem großen Doppelbett aus konnte man durch bodentiefe Fenster auf den Garten und den sich dahinter erhebenden Wald blicken. Die Zimmerdecke und ein Teil der Wände waren verhüllt von halb transparenten bunten Schals und Tüchern, die dem Raum die Atmosphäre eines Beduinenzelts verliehen und sich leicht in der Luft bewegten. Der Luftzug, der durch die gekippten Fenster ins Zimmer gelangte, kräuselte auch die Federn eines Traumfängers, der von der Decke baumelte. Er war schön, aber nicht so gleichmäßig gearbeitet wie die Exemplare, die man in einschlägigen Läden kaufen konnte. Der Weidenring war nur annähernd kreisrund, und zwischen den Federn waren bunte Holzperlen und einige sehr kleine Haarbüschel befestigt. Ob sie von einem Tier oder von einem Menschen stammten, konnte Maja nicht erkennen.

Das geräumige Zimmer war ansonsten nur mit einem riesigen Kleiderschrank aus dunklem, altem Holz möbliert und einem hüfthohen Regal, in dem Buddhafiguren in unterschiedlicher Größe sowie mehrere Klangschalen untergebracht waren. Neben dem Bett stapelten sich Bücher auf dem Boden: pharmazeutische und medizinische Sachbücher, Romanklassiker und zerlesene Reiseführer in verschiedenen Sprachen.

Vom Flur gingen außer dem schmalen WC zwei weitere Zimmer ab. Die Tür links von Maja führte in einen Raum, in dem eine Waschmaschine und ein Bügelbrett standen. Hinter der Tür direkt vor ihr befand sich ein kleines Zimmer mit einem Schrank, der einige Sommerkleider, Wolldecken und einen kleinen Koffer enthielt. Vorsichtig zog sie ihn hervor. Er war abgeschlossen und erstaunlich leicht, und als sie ihn vorsichtig schüttelte, war ein leises Rascheln wie von Papier zu hören. Maja schob den Koffer wieder in den Schrank und ging wieder auf den Flur hinaus. Dabei trat sie auf eine lose Stelle des Parkettbodens, und das laute Knarren der Diele ließ sie mitten im Schritt erstarren.

Mit klopfendem Herzen kehrte sie in die Küche zurück

und stöberte dort ein wenig herum. In den Wandschränken fand sie etliche Kochbücher und hinter einer schmalen Tür eine kleine Speisekammer mit stattlichen Vorräten an getrockneten Hülsenfrüchten, eingedünstetem Obst und Gemüse. Hier lagerten frischer Ingwer, Knoblauch, Zwiebeln und Kartoffeln, und von der Decke hingen an Schnüren mehrere Sträuße getrocknete Kräuter. Halb verdeckt von einigen Flaschen erspähte Maja ganz hinten im Weinregal eine Plastiktüte. Sie enthielt neben selbst gedrehten Zigaretten, Tabak und Zigarettenpapierchen ein kleines Päckchen, welches nahelegte, dass Elisabeth Wenderoth für ihre Selbstgedrehten nicht immer ausschließlich Tabak verwendete. Maja schloss die Tür der Speisekammer, wandte sich um – und stand vor Elisabeth Wenderoth, die sie einen Moment lang mit eigentümlicher Miene musterte, bevor sie sich lächelnd entschuldigte, weil Maja vor Schreck zusammengezuckt war.

»Tut mir leid, Frau Ursinus«, sagte die Apothekerin, behielt sie aber aufmerksam im Blick. »Mir wurde schon oft vorgeworfen, dass ich mich sehr leise durchs Haus bewege und damit meine Übernachtungsgäste manchmal fast zu Tode erschrecke.«

Sie lachte, aber ihre Augen blieben ernst.

»Alles gut«, entgegnete Maja, »und entschuldigen Sie bitte, dass ich so neugierig bin – mein Onkel hat mir von Ihren Kochkünsten erzählt, und auch Sie hatten ja gestern erwähnt, dass Sie gern herumexperimentieren. Da wollte ich einfach mal sehen, was Sie an Vorräten haben. Ich koche selbst ganz gern, aber leider fehlen mir meistens irgendwelche Zutaten, um auch mal etwas Neues auszuprobieren.«

»Ingwer sollten Sie immer im Haus haben, Sojasoße, Knoblauch und Zwiebeln, und dazu eben das Gemüse, das gerade Saison hat.«

Elisabeth Wenderoth lächelte ein wenig spöttisch, aber ihr Blick war nach wie vor stechend.

»Aber dass Sie so früh am Tag schon ans Kochen denken, überrascht mich«, fuhr sie fort. »Mehr als einen Kaffee und vielleicht ein kleines Brot bringe ich morgens noch nicht hinunter.«

Sie sah kurz zum Wohnzimmertisch hinüber.

»Haben Sie denn schon gefrühstückt?«

»Ich wollte gerade anfangen«, beeilte sich Maja zu antworten. »Ich brauchte noch Zucker für den Kaffee, und als ich deshalb in die Küche ging …« Sie zuckte mit den Schultern und nickte mit einem entschuldigenden Lächeln zur Speisekammertür. Noch einen Moment lang sah ihre Gastgeberin sie prüfend an, dann schien aller Argwohn zu verfliegen. Lächelnd griff sie in ein Regal neben Maja und reichte ihr eine kleine Zuckerdose aus Porzellan.

»Ich trinke Kaffee ohne Zucker«, sagte sie, und ihre Stimme klang weich und liebenswürdig. »Deshalb habe ich wohl vergessen, Ihnen welchen auf den Tisch zu stellen. Dann gehe ich wieder runter in die Apotheke. Ich wollte nur nachsehen, ob Sie auch alles haben, was Sie brauchen.«

»Vielen Dank«, erwiderte Maja lächelnd und hob die Zuckerdose an. »Jetzt hab ich ja alles.«

Elisabeth Wenderoth verabschiedete sich und ging die Treppe hinunter. Maja atmete tief durch und trug die Zuckerdose zum Wohnzimmertisch, um nun wirklich zu frühstücken und sich danach ebenfalls in die Apotheke zu begeben.

Neben der Thermoskanne lagen auf einem kleinen Teller mehrere Papiertütchen mit weißem und braunem Zucker.

Nach dem Frühstück duschte Maja, und als sie sich anzog, hörte sie, wie es im Erdgeschoss allmählich lauter wurde. Ein Lieferwagen mit auswärtigem Kennzeichen fuhr vom Gelände, seine Ankunft hatte sie unter der Dusche vermutlich überhört. Gerade wollte sie nach unten gehen, da fiel ihr ein, dass sie ihrem Freund Markus ja noch nicht einmal geschrieben hatte, dass sie gut angekommen war. Das holte sie nach, musste aber feststellen, dass er die Nachricht auch nach fünf Minuten noch nicht gelesen hatte – vermutlich war er schon wieder bis über beide Ohren mit seinem aktuellen Fall beschäftigt.

Maja betrat die Apotheke um zwanzig nach acht. Während die Empfangstheke noch verwaist war, wuselten in den Räumen dahinter die Mitarbeiter geschäftig hin und her. Im Verkaufsraum war eine auffallend hübsche junge Frau damit beschäftigt, Lücken in einigen Holzregalen mit Teeschachteln und Bonbondosen aufzufüllen und kleine Pappaufsteller mit Werbung zurechtzurücken. Ein Durchgang führte in ein Zimmer, das größer als der Verkaufsraum war, aber enger wirkte, weil an den Wänden ringsum Medikamentenschränke standen, die bis unter die Decke reichten.

Ein aufgedunsener Mann um die fünfzig stellte gerade eine Plastikkiste auf einem Tisch ab. Er streifte sie mit einem interessierten Blick, sagte aber nichts und verschwand durch eine offen stehende Tür nach hinten in den nächsten Raum. Von dort kam ihm eine weitere junge Frau entgegen, eine graue Maus mit nicht allzu modischer Kleidung und einer Brille, die nicht zu ihrem Gesicht passte. Auch sie trug eine Kiste, die sie auf der anderen abstellte. Sie nickte Maja freundlich zu und ging dann zur Empfangstheke, wo sie sich an einem PC zu schaffen machte.

Aus dem Raum hinter dem Zimmer mit den Medikamentenschränken trat nun eine Frau mit streng nach hinten gebundenem schwarzen Haar, die im Gehen ein Klemmbrett vor sich hielt und mit dem Bleistift Positionen auf einer Liste abhakte. Sie war so auf ihre Unterlagen konzentriert, dass sie Maja gar nicht beachtete, sondern sich sofort daranmachte, Medikamentenschachteln aus den beiden Kisten in die Schubladen der Schränke zu sortieren. Die Gesichter der Mitarbeiter kannte Maja von den Fotos auf der Homepage der Apotheke, aber die Namen konnte sie ihnen aus der Erinnerung nicht mehr zuordnen.

Elisabeth Wenderoths Stimme erklang aus einem Zimmer weiter hinten. Sie gab jemandem Anweisungen, unmittelbar danach fiel eine Tür ins Schloss, und im Hof waren Schritte zu hören. Maja kehrte in den Verkaufsraum zurück, wo die hübsche junge Kollegin inzwischen auf eine Trittleiter gestiegen war, um ein bisschen an den Gardinen herumzuzupfen, die die großen Fenster einrahmten. Das machte sie sehr sorgfältig, allerdings hatte Maja an den Gardinen auch zuvor schon alles in Ordnung gefunden.

Durch eines der Fenster zum Innenhof sah sie einen schlanken Mann mittleren Alters, der mit leicht gebeugter Körperhaltung auf das Nebengebäude zueilte, das auf sie gestern wie eine alte Werkstatt gewirkt hatte. Er trug einen offenen, dünnen Apothekermantel, dessen Schöße hinter ihm herflatterten, und ein leichter Wind zerzauste ihm die spärlichen Haare. Der verrückte Wissenschaftler aus *Zurück in die Zukunft* kam ihr in den Sinn, der Mann dort draußen wirkte wie eine jüngere und weniger euphorische Version dieser Filmfigur.

»Das ist Thomas Lonitzer«, sagte Elisabeth Wenderoth leise.

Maja fuhr auch diesmal zusammen, weil sie nicht gehört hatte, dass sich die Apothekerin direkt neben sie gestellt hatte.

»Er hat gerade keine leichte Zeit«, fuhr Frau Wenderoth fort. »Seine Scheidung ist nicht lange her, doch als ich ihm angeboten habe, eine Weile freizunehmen, hat er abgelehnt. Die Arbeit scheint ihm Halt zu geben, gerade in solchen Zeiten. Und ich bin sehr froh, dass ich ihn habe. Sie beide müssten sich eigentlich gut verstehen: Er ist ein Ass, wenn es darum geht, pflanzliche Arzneimittel herzustellen. Aber mit ihm mache ich Sie später bekannt, im Moment hat er etwas Stress: Er hat gestern vergessen, eine Bestellung vorzubereiten, die in zwei Stunden abgeholt wird.«

Elisabeth Wenderoth zupfte Maja leicht am Ärmel und gab ihr mit einem Blick zu verstehen, dass sie sie nun den anderen vorstellen wollte. Als die beiden sich umwandten, standen die Mitarbeiter schon erwartungsvoll vor ihnen, nur die Frau mit den schwarzen Haaren und dem Klemmbrett sortierte weiter Medikamente in den Schrank ein.

»Ich komme gleich dazu, Frau Wenderoth«, rief sie herüber, ohne aufzusehen. »Nur noch ein paar Minuten, aber ich höre ja auch hier alles, was Sie sagen.«

»Dann will ich Sie mal miteinander bekannt machen«, begann Elisabeth Wenderoth und deutete zu der Schwarzhaarigen am Medikamentenschrank. »Unsere Fleißigste ist Meret Rogler, die dienstälteste PTA in meiner kleinen Apotheke. Und um ehrlich zu sein: Der Laden würde manchmal eher ohne mich als ohne sie auskommen.«

Meret Rogler winkte lächelnd ab und räumte weiter ein. Die beiden anderen jungen Kolleginnen hatten den kleinen Wortwechsel durchaus mitverfolgt. Während die Hübschere der beiden sichtlich gelangweilt war, schien der anderen das überschwängliche Lob für Meret Rogler einen kleinen Stich zu versetzen. Das hatte auch Elisabeth Wenderoth bemerkt, weshalb sie sich nun ihr zuwandte.

»Das hier ist Lea Busch, die ihre Ausbildung bei uns absolviert hat und auf einem guten Weg ist, in ein paar Jahren in Merets Fußstapfen zu treten. Das klappt nicht mit jeder PTA, die hier gelernt hat – Leas Vorgängerin musste ich vor einigen Jahren entlassen, weil es einfach nicht gepasst hat. Umso mehr freue ich mich, dass Lea bei uns ist.«

Ein Lächeln huschte über das Gesicht der jungen Frau, während die Apothekerin mit einer etwas weniger freundlichen Miene auf die gut aussehende blonde Kollegin neben Lea Busch blickte.

»Saskia Conradi hat ihre Ausbildung zur PTA in einer Apotheke in der Marburger Innenstadt gemacht und ist danach zu uns gewechselt. Ihr Vater ist ein guter Freund seit vielen Jahren und leitet heute die Anästhesie am Universitätsklinikum.«

Die Angesprochene hatte sich alles gleichmütig angehört, nur als die Sprache auf ihren Vater kam, schien sich auf ihr schönes Gesicht ein Schatten zu legen. Unterdessen deutete Elisabeth Wenderoth auf den rundlichen Mann um die fünfzig, der neben Saskia Conradi stand.

»Günther Heegen hat wie Sie Pharmazie in München studiert, und er ist seit einigen Jahren eine wahre Stütze dieser Apotheke. Er wird Ihnen nachher alles zeigen und erklären, und natürlich können Sie uns alle immer fragen, wenn noch etwas unklar ist.«

Heegen nickte Maja zu und versuchte sich an einem freundlichen Lächeln, das ihm aber misslang. Stattdessen taxierte er ihre Figur und sah schnell weg, als sie deswegen die Augenbrauen hob. Dieser Mann war ihr auf Anhieb unsympathisch.

Während Elisabeth Wenderoth ihrem Team nun die

neue Kollegin auf Zeit vorstellte, machte Maja sich ein Bild von den Mitarbeitern.

Saskia Conradi war nach ihrer Ausbildung in die Salus-Apotheke gewechselt – was bedeuten konnte, dass die andere Apotheke die junge Frau nach der Ausbildung nicht übernommen hatte. Die Stelle hier hatte sie möglicherweise vor allem dem Umstand zu verdanken, dass die Chefin ihren Vater gut kannte. Saskia schien sich auch keine große Mühe zu geben, besonders engagiert und interessiert zu wirken. Vermutlich verließ sie sich darauf, dass der Einfluss ihres Vaters sie auch künftig schützen würde – oder sie hatte beruflich etwas ganz anderes im Sinn.

Lea Busch war ehrgeizig und beflissen, sie machte ihre Arbeit gut und brauchte Anerkennung. Auf Saskia und deren etwaige Sonderbehandlung war sie bestimmt nicht gut zu sprechen.

Meret Rogler war inzwischen mit dem Einsortieren fertig und nickte Maja freundlich zu, blieb dabei aber reserviert. Sie schien Kollegen danach zu beurteilen, wie gut und effizient sie ihre Arbeit machten, also würde sie abwarten, wie sich Maja in der Apotheke anstellte. Und vermutlich verstand sie sich besser mit Lea Busch als mit Saskia Conradi.

Günther Heegen wirkte wie ein alleinstehender oder unglücklich verheirateter Mann, der gern attraktive Frauen anbaggern würde, sich aber letztlich nicht traute. Das sagte nichts über seine fachlichen Qualitäten aus, aber weil ausgerechnet er dafür eingeteilt war, Maja die Räumlichkeiten der Apotheke zu zeigen und die Abläufe zu schildern, sah sie der Führung ein wenig angespannt entgegen. Aber sie musste ihn ja ohnehin kennenlernen, wie all die anderen hier, und notfalls würde sie ihn eben in die Schranken weisen.

Elisabeth Wenderoth hatte unterdessen noch ein wenig über Majas Vorgeschichte als Pharmazeutin geplaudert, und die kurze Beschreibung ihrer wissenschaftlichen Arbeit an der Ludwig-Maximilians-Universität brachte ihr von Günther Heegen, Meret Rogler und der jungen Lea Busch anerkennende Blicke ein. Die Apothekerin erzählte auch, dass Majas Großonkel ein alter Studienfreund von ihr war, der den Kontakt zu ihr vermittelt hatte. Dass Maja zuletzt der Münchner Kripo geholfen hatte, zwei Giftmorde aufzuklären, ließ sie zum Glück unerwähnt. Und schließlich wandte sich Elisabeth Wenderoth gut gelaunt an ihre neue Mitarbeiterin.

»Jetzt fehlen nur noch Thomas Lonitzer, den ich Ihnen später vorstellen werde, und meine rechte Hand, Marianne Holler, die krank ist. Ihnen, Frau Ursinus, herzlichen Dank, dass Sie so kurzfristig für Marianne einspringen konnten.«

Dass die Salus-Apotheke kein größeres Team hatte, ließ sich mit den eingeschränkten Öffnungszeiten erklären. Montags bis freitags war von neun bis zwölf und von fünfzehn bis achtzehn Uhr geöffnet, samstags nur von neun bis zwölf. Die Bestellungen, die teils telefonisch von Kunden aus der Umgebung, in weit größerer Zahl aber über den Onlineshop eingingen, wurden unter der Woche nachmittags ausgeliefert beziehungsweise zur Post gebracht, und zwar abwechselnd von Elisabeth Wenderoth, Meret Rogler und Marianne Holler – hier würde also an Hollers Stelle Maja mithelfen.

Gerade als Günther Heegen den Rundgang mit Maja begann, fuhren draußen die ersten beiden Kunden vor. Meret Rogler scheuchte Saskia zur Empfangstheke, wo sie dafür sorgen sollte, dass die Kunden nicht etwa versehentlich die Treppe nach oben nahmen.

»So kennen Sie das sicher nicht aus München, was?«, wandte sich Heegen in jovialem Ton an Maja, doch sie konnte ihm ansehen, dass es ihn einige Mühe kostete, sich ihr gegenüber möglichst unbefangen zu geben. »Ich habe auch nicht schlecht gestaunt, als ich zum ersten Mal hier war und die Empfangstheke gesehen habe. Immerhin steht dort auch der eine der beiden Computer, an denen die Bestellungen des Onlineshops bearbeitet werden.«

Er deutete auf eines der Fenster im Foyer, durch das man Lonitzer sehen konnte, wie er im Nebengebäude hin und her flitzte.

»Wir haben nur einen Teil unseres Labors im Keller, die meisten unserer hauseigenen Medikamente werden dort drüben in unserem hübschen Fachwerkhäuschen hergestellt. Aber lassen Sie uns zunächst die anderen Räume besichtigen.«

Sie gingen zurück in den Verkaufsraum, der wenig Ähnlichkeit mit modernen Apotheken hatte, wie Maja sie kannte. Statt eines durchgehenden Verkaufstresens gab es drei Tische, die über die Breite des Raums verteilt waren.

Hinter zweien davon standen nun Meret Rogler und Lea Busch, auf der anderen Seite des Tisches jeweils eine Kundin. Es handelte sich um eine Frau mittleren Alters, die sich von der jungen Mitarbeiterin einige Salben und Tees gegen Erkältungssymptome zusammenstellen ließ, und eine ältere Dame, die der geduldig zuhörenden Meret Rogler ihr Leid mit Krampfadern, Schwindelgefühlen und schmerzenden Beinen klagte.

Heegen nickte den beiden Kundinnen freundlich zu und führte Maja in den Raum mit den Medikamentenschränken.

»Wie Sie vorhin sicher schon bemerkt haben«, erklärte er, »sortieren wir unsere Lieferungen noch auf die altmodische Art ein. Ich habe Frau Wenderoth schon mehrmals vorgeschlagen, endlich einen Kommissionierautomaten anzuschaffen, der uns morgens und mittags die lästige Sortiererei abnehmen würde, aber das mag sie nicht hören. Und so tragen wir halt zweimal am Tag die Kisten hier herein, die die Fahrer der Großhändler in unserer Lieferbox hinterlassen.«

Die Dachstein-Apotheke in München-Laim, wo Maja angestellt war, wurde dreimal täglich beliefert, aber hier war die Lieferung am Nachmittag vermutlich nicht nötig.

»Seit in Marburg Gerüchte umgehen«, fuhr der Kollege fort, »die Salus-Apotheke könnte etwas mit dem Tod einer unserer Stammkundinnen zu tun haben, haben wir leider deutlich weniger Kunden als zuvor – im Moment würde sich der Automat deshalb gar nicht lohnen.«

Anschließend ging Heegen mit ihr in den Bereich hinter dem Verkaufsraum, wo sich das winzige Büro der Chefin, ein Aufenthaltsraum für die Mitarbeiter, der mit einem Tisch, mehreren Stühlen und einem Kühlschrank möbliert war, und eine Mitarbeitertoilette befanden.

»Wenigstens konnte ich die Chefin davon überzeugen, dass wir die Anlieferung unabhängig davon machen, ob jemand im Haus ist, wenn die Fahrer kommen«, fuhr Heegen fort, während er Maja einen unmöblierten Raum mit kahlen Wänden zeigte. In die Mauer zum Innenhof war etwa in Kniehöhe eine zweiflügelige Metalltür eingelassen. Vor dem einen Flügel waren leere Plastikkisten gestapelt, vor dem anderen begann ein Förderband, das in die Mitte des Raums führte und am Ende von einem hölzernen Podest umschlossen wurde. Es sah eher nach der Bastelei eines Laien als nach einer soliden Schreinerarbeit aus. Heegen war Majas Blick gefolgt.

»Das war meine Idee«, sagte er stolz und deutete auf das Förderband. »Die Fahrer unserer beiden Großhändler haben einen Schlüssel für die Metalltür. Dort sehen Sie die leeren Lieferkisten, die abgeholt werden. Die neu gelieferten Kisten wiederum gelangen über das Förderband bis zu diesem Podest, von dem aus wir die Ware dann relativ bequem anheben und wegtragen können. Das Förderband habe ich über einen Freund organisiert. Die Metallrollen, die im Original verbaut waren, habe ich allerdings durch kleine Gummiwalzen ersetzt. Sonst würde das laute Geschepper zweimal am Tag alle im Haus zu Tode erschrecken! Heute war der erste Fahrer spät dran, normalerweise bringt er die Ware mitten in der Nacht.«

Er lachte und wandte sich zum Podest.

»Na ja, da musste ich selbst ran. Ich bin nicht der beste Schreiner unter der Sonne, aber für unsere Zwecke reicht's.«

»Sehr schön«, entrang sich Maja und erwiderte sein öliges Grinsen mit einem höflichen Lächeln.

»Sie haben ja vorhin mitbekommen«, redete er munter weiter, »wie wir die Lieferung von heute früh nach vorn zu den Medikamentenschränken getragen haben. Wenn gerade nichts anderes ansteht, wäre es schön, wenn Sie dabei helfen könnten.«

»Natürlich, mache ich gern.«

»Nur das Einräumen der Medikamente überlassen wir Meret. Sie schätzt es nämlich nicht, wenn ihr da jemand reinpfuscht – so würde sie es empfinden, wenn Sie ihr dabei Ihre Hilfe anbieten.«

»Danke für den Tipp. Und was muss ich sonst noch wissen über die Abläufe in der Salus-Apotheke?«

»Das meiste ist hier nicht anders als bei Ihnen in München, nur leider etwas altmodischer. An uns wenden sich vor allem Kunden, die auf die Heilkräfte der Natur setzen. Dafür ist Frau Wenderoth auch weithin bekannt.«

»Ich weiß.«

Er musterte Maja beiläufig, bevor er das Zimmer verließ und sie in den Aufenthaltsraum führte. Von dort aus gelangten sie über eine Tür in den Garten. Draußen war es noch etwas frisch, und ein leichter Wind trug die feuchte Waldluft herüber.

»Wie war es Ihnen denn so schnell möglich, als Aushilfe

für die arme Marianne einzuspringen, die so plötzlich krank wurde?«

»Ich hatte zwei Wochen Urlaub eingereicht, und eigentlich wollte ich mit meinem Freund wegfahren – aber er …« Maja beschloss, den Beruf von Markus lieber nicht zu erwähnen. »… er steckt in einem komplexen Projekt fest. Da kam mir die Bitte von Frau Wenderoth gerade recht, die Vertretung zu übernehmen – zumal mir mein Großonkel viel von ihr erzählt hat. Sie scheint ja geradezu eine Legende hier in der Gegend zu sein. Nun werde ich tagsüber erleben, wie sie arbeitet, und sie abends hoffentlich ein wenig über ihre Salben und Globuli ausfragen können.«

Maja deutete zur Decke.

»Frau Wenderoth hat mir eines ihrer Gästezimmer hergerichtet. Ich kann hier im Haus wohnen, während ich in der Apotheke aushelfe.«

»Ich weiß«, erwiderte Heegen, schob aber auf ihren erstaunten Blick hin schnell eine Erklärung nach: »Als wir alle schon in der Apotheke zugange waren, habe ich von oben Wasserrauschen gehört. Daraus habe ich geschlossen, dass im ersten oder zweiten Stock gerade jemand duscht. Und da Frau Wenderoth allein lebt und sie schon hier unten war …«

Maja sah ihn überrascht an.

»Das alte Haus ist sehr hellhörig«, fuhr er lächelnd fort und sah so aus, als habe er sich vorhin ausgemalt, wie die Aushilfe wohl unter der Dusche aussehen mochte.

Er führte sie zu den Kräuterbeeten, wo die Mitarbeiter

der Salus-Apotheke einige Zutaten für hauseigene Arzneimischungen ernteten. Während er ihr alles beschrieb, sah Maja ihn immer wieder verstohlen an. Er hatte ein teigiges Gesicht und einen blassen Teint. Ob sich sein Gesicht nachts als heller Fleck vom dunklen Wald abheben würde, wenn etwas Mondlicht darauffiele?

Nachdem Günther Heegen sie überall herumgeführt hatte, teilte er Maja für einige kleinere Arbeiten ein und bat sie, sich für weitere Aufgaben an Meret Rogler zu wenden. Schon bald war Maja mit den überlassenen Tätigkeiten fertig und erkundigte sich bei Meret Rogler, ob sie ihr helfen könne. Die schaute sie verblüfft an, dass Maja sich von ihr sagen lassen wollte, was als Nächstes zu tun sei.

»Ist es in München üblich, dass eine PTA den Apothekern sagt, was sie zu tun haben?«, fragte sie überrascht, aber nicht unfreundlich.

»Nein«, antwortete Maja leichthin und lachte, »in München weiß ich ja selbst, was ansteht – aber heute ist mein erster Tag hier, und da möchte ich einfach anpacken, wo es gerade nötig ist. Damit lerne ich wohl am schnellsten alles, was ich über die Abläufe in dieser Apotheke wissen muss.«

Meret Rogler lächelte. Es gefiel ihr offensichtlich, dass sie eine Frau vor sich hatte, die weniger auf Hierarchien und Zuständigkeiten achtete als auf die Dringlichkeit der Aufgaben. Allerdings ging es im Moment etwas ruhiger zu in der Salus-Apotheke. Elisabeth Wenderoth war mit einem älteren Stammkunden in den Garten hinausgegangen, zeigte ihm einige Beete und ließ ihn hier und da an

Kräutern riechen oder ein Blatt zwischen den Fingern zerreiben. Die beiden jungen Mitarbeiterinnen waren nicht zu sehen, und Günther Heegen stand hinter einem der Beratungstische und unterhielt sich angelegentlich mit einer attraktiven Mittvierzigerin. Meret Rogler war ihrem Blick gefolgt, und als Maja sich ihr wieder zuwandte, spielte ein spöttisches Lächeln um ihre Mundwinkel.

»Die Dame ist eine von Herrn Heegens Lieblingskundinnen«, sagte sie mit etwas gesenkter Stimme. »Ich weiß nicht, ob sie manchmal nicht lieber von Frau Wenderoth beraten und bedient werden würde, aber kaum betritt sie den Raum, ist er auch schon zur Stelle.«

Es war nicht zu übersehen, dass der Apotheker mit der Frau zu flirten versuchte, und sie wehrte seine Charmeoffensive auch nur halbherzig ab.

»Ist der Kollege … an ihr interessiert?«, fragte Maja.

Im ersten Augenblick wurde Meret Roglers Miene ernst, und Maja befürchtete schon, mit der Frage zu privat geworden zu sein, aber dann schimmerte wieder ein Grinsen durch, und die junge Kollegin zuckte mit den Schultern.

»Herr Heegen ist hübschen Frauen gegenüber sehr aufgeschlossen, wenn ich es mal so ausdrücken darf. Ist Ihnen das nicht aufgefallen, als er Sie herumgeführt hat?«

»Doch, schon.«

»Aber er ist nicht wirklich aufdringlich. Wenn Sie ihm seine Grenzen aufzeigen, haben Sie keine Probleme mit ihm.«

»Mussten Sie das auch schon tun?«

»Ja, und das, obwohl ich schon seit Jahren verheiratet bin. Bei Saskia hat er es natürlich auch schon probiert. Nur Lea hatte von Anfang an Ruhe vor ihm, ist wohl nicht sein Typ.« Meret Rogler zwinkerte Maja zu. »Aber jetzt machen wir uns lieber wieder an die Arbeit. Kommen Sie?«

Maja folgte ihr ins Treppenhaus und hinunter in den Keller. Dort deutete Meret Rogler auf zwei verschlossene Türen und erklärte, dass sich hinter der einen das Lager mit den nicht arzneilichen Globuli befand, also jenen Kügelchen, die nur aus Zucker bestanden und noch nicht mit einem homöopathischen Wirkstoff versehen waren. Hinter der anderen Tür befanden sich die Schränke, in denen die Urtinkturen angesetzt waren, die später verdünnt und auf die Globuli aufgebracht wurden, sowie ein Tresor mit fertigen Urtinkturen – ein zweiter Safe war in eine Wand von Elisabeth Wenderoths Büro eingelassen. Im dritten Raum, dem Kellerlabor, saß Lea Busch und rührte eine Salbe an. Meret Rogler hatte wohl erwartet, ihre beiden jungen Kolleginnen hier vorzufinden.

»Wo steckt denn Saskia?«, fragte sie.

Lea zuckte mit den Schultern.

»Macht Pause, nehme ich an«, brummte sie, ohne aufzusehen. »Oder sie schaut die Bestellungen durch, ob nachher vielleicht noch ein wohlhabender Heiratskandidat etwas abholen kommt.«

Auf das Räuspern ihrer Kollegin hin hob Lea nun doch den Kopf, erblickte Maja und wandte sich verlegen wieder ab.

»Anstatt über Saskia zu tratschen, könntest du Frau Ursinus die Liste mit den Salben geben, die noch herzustellen sind.«

»Aber ich schaff das auch allein, Meret«, protestierte die junge Frau halbherzig und schaute wieder auf. Ihre Wangen waren leicht gerötet, und ihr Blick ging unsicher zwischen Maja und Meret Rogler hin und her.

»Ich weiß, Lea, ich weiß. Aber Frau Ursinus möchte möglichst schnell unsere Abläufe kennenlernen, und deshalb wäre es vielleicht ganz gut, wenn ihr beide den Rest zusammen fertig macht.«

Maja hatte ihr freundlich zugenickt und sich auf den Stuhl gesetzt, der Lea Busch gegenüberstand. Lea zögerte noch kurz, aber als sich Meret Rogler verabschiedete, nahm sie die angesprochene Liste und reichte sie über den Tisch.

»Machen Sie irgendeine dieser Salben besonders ungern?«, fragte Maja, nachdem sie die Aufzählung überflogen hatte. »Mir geht das alles recht gut von der Hand, deshalb ist es mir egal, was ich übernehme.«

Lea nannte ihr den Namen der Salbe, mit der sie gerade beschäftigt war, und Maja schlug vor, dass die junge PTA zwei weitere Mischungen herstellen sollte, die dieser Salbe am ähnlichsten waren. Für sich selbst wählte sie zunächst eine aus, die handwerklich mehr Geschick als die anderen erforderte. Sie wusste noch aus ihrem ersten Praktikum in der Apotheke, dass sich viele Assistentinnen genau um diese Salbe gedrückt hatten, wann immer es ging. Und auch Lea Busch lächelte dankbar, als sie hörte, was die neue Kollegin anrühren würde.

Sie arbeiteten eine Weile schweigend, dann schwang die Tür auf, und Saskia Conradi stand vor ihnen. Sie wirkte wütend, und es war offensichtlich, dass sie Lea Busch jetzt Vorhaltungen gemacht hätte, wenn sie unter sich gewesen wären. So aber sah sie Maja mit am Tisch sitzen, presste die Lippen zu einem Strich zusammen und räusperte sich.

»Kommst du kurz nach draußen, Lea?«, brachte sie hervor.

Lea Busch wusste offenbar nicht, wie sie reagieren sollte, und machte Anstalten aufzustehen.

»Das geht jetzt leider nicht, Frau Conradi«, antwortete Maja an ihrer Stelle. »Wir haben einiges zu tun, aber Sie können uns gern helfen.«

Sie deutete auf einen freien Arbeitsplatz an einem kleinen Tisch in der Ecke und lächelte Saskia freundlich an. Lea saß nun wieder etwas entspannter da, aber in Saskia kochte es. Mit mühsam beherrschter Stimme wandte sie sich an ihre Kollegin.

»Was hast du vorhin zu Meret gesagt, als sie mich nicht hier unten angetroffen hat?«

»Na ja, dass du nicht hier mit mir an den Salben gearbeitet hast, hat sie ja selbst gesehen. Und ich konnte ihr leider nicht sagen, wo du stattdessen warst.«

»Sonst nichts? Ich frage mich nämlich schon, warum Meret richtig sauer war, als sie zu mir in den Aufenthaltsraum kam.«

»Schauen Sie, Frau Conradi«, meldete sich Maja zu Wort, »wir haben hier zu tun, und es wäre schön, wenn

Sie uns helfen könnten. Dass Frau Rogler ungehalten darüber ist, dass Sie Pause machen, während Frau Busch im Labor diese lange Liste abarbeitet« – sie deutete auf das Blatt, das zwischen ihr und Lea lag –, »wundert mich nicht. Ich bin eher erstaunt, dass Sie das anders sehen, zumal ich vermute, dass so etwas nicht zum ersten Mal vorgekommen ist.«

»Also, das …« Saskia Conradi wollte gerade aufbrausen, aber Maja schnitt ihr das Wort ab.

»Es reicht jetzt! Auch wenn Selbstkritik nicht Ihre Stärke zu sein scheint, kann ich Ihnen eins sagen: Würden Sie sich in der Apotheke in München, wo ich normalerweise arbeite, so frech aufführen, könnten Sie sich Ihre Papiere abholen! Unabhängig davon, wer Ihr Vater ist! Und jetzt setzen Sie sich entweder dort hinten hin und helfen uns, oder Sie halten uns nicht weiter von der Arbeit ab und gehen nach oben und zupfen noch einmal die Gardinen zurecht oder womit Sie sich sonst vor der Arbeit drücken, die Sie nicht mögen.«

Der schönen jungen Frau hatte es die Sprache verschlagen. Ihr Gesicht lief puterrot an, und ihre Augen schossen wütende Blitze auf Maja ab. Die erwiderte ruhig den Blick, bis sich Saskia Conradi abrupt abwandte, aus dem Labor stapfte und die Tür hinter sich ins Schloss zog. Maja machte sich kopfschüttelnd wieder an die Arbeit, und als ihr auffiel, dass von Lea Busch kein Geräusch zu hören war, schaute sie auf. Die junge Frau saß kerzengerade auf ihrem Stuhl, hatte die Hände auf die Tischplatte gelegt und sah unverwandt zu ihr herüber.

»Was ist denn?«, fragte Maja.

»Das … Wie Sie gerade …« Lea suchte nach den richtigen Worten, brachte aber nur ein Lächeln zustande und murmelte schließlich: »Danke.«

»Schon gut. Ich wundere mich nur, dass Frau Wenderoth oder Frau Rogler unserer Prinzessin nicht schon länger mal das Krönchen zurechtgerückt haben. Mitarbeiter, die sich zu viel herausnehmen, muss man möglichst schnell klarmachen, dass das nicht geht, finde ich. Sonst kann eine einzige Person ein ganzes Team verderben.«

Lea kümmerte sich nun wieder um ihre Salbe, aber nach einer Weile begann sie zu erzählen, ohne ihre Arbeit zu unterbrechen.

»Meret nimmt Saskia gegenüber kein Blatt vor den Mund, und auch von den anderen muss sie sich immer wieder Kritik anhören. Eigentlich kann sie von uns anderen keiner besonders leiden, abgesehen vielleicht von Herrn Heegen, der ihr gern mal auf den Hintern oder auf den Busen schaut – was sie aber nicht zu stören scheint. Saskia verlässt sich darauf, dass Frau Wenderoth sie ihrem Vater zuliebe schon nicht rauswerfen wird. Kritik geht ihr zum einen Ohr rein und zum anderen wieder raus, das kratzt sie kein bisschen. Nur wenn sie glaubt, ich hätte sie angeschwärzt, regt sie sich furchtbar auf. Ich weiß nicht, was sie gegen mich hat. Vielleicht braucht sie das Gefühl, dass sie mich als graue Maus kleinhalten kann. Wobei es mir manchmal so vorkommt, als würde sie es geradezu auf Ärger anlegen. Keine Ahnung, warum sie überhaupt eine Ausbildung zur PTA gemacht hat. Vermutlich wäre es ihr das Liebste, sie würde einem reichen Mann den Kopf verdrehen und könnte anschließend als Frau Chefarzt oder so eine ruhige Kugel schieben. Hübsch genug ist sie ja dafür.«

»Schönheit ist nicht alles.«

Lea warf ihr durch ihre unvorteilhafte Brille einen zweifelnden Blick zu, zuckte mit den Schultern und beugte sich wieder über ihre Arbeit. Die nächste Stunde verging wie im Flug. Irgendwann bemerkte Maja, dass Lea ihr auf die Finger schaute, als sie einen besonders kniffligen Arbeitsschritt schnell und wie nebenbei erledigte. Sie unterbrach ihre Tätigkeit, bat Lea an ihre Seite und führte ihr vor, mit welchen Tricks man sich die Prozedur erleichtern konnte.

In diesem Moment kam Thomas Lonitzer in den Raum. Er blieb stehen, als er sah, wie Maja der PTA alles erklärte und demonstrierte, und als die beiden Frauen den Kopf hoben, streckte er die rechte Hand aus und trat zu Maja.

»Herzlich willkommen im Team, Frau Ursinus«, sagte er und lächelte sie freundlich an. »Sie haben das prima erklärt, und Sie werden in Lea eine sehr gelehrige Schülerin finden. Wir sind hier alle sehr zufrieden mit ihr.«

Maja erhob sich und gab ihm die Hand. Lea lächelte, wandte sich aber schüchtern ab.

»Das kannst du dir ruhig anhören, Lea«, fügte er hinzu. »Du weißt doch selbst, dass du deine Sache gut machst. Habt ihr denn noch viel Salbe herzustellen?«

»Nein, wir sind schon fast durch mit der Liste«, antwortete Lea.

»Darf ich dir Frau Ursinus dann entführen? Schaffst du den Rest noch allein?« Er zwinkerte ihr zu. »Oder soll ich Saskia zu dir schicken?«

»Bloß nicht«, kam es wie aus der Pistole geschossen, und Lea musste lachen.

Lonitzer begleitete Maja ins Erdgeschoss hinauf. Als sie am Empfangstresen vorübergingen, warf sie einen kurzen Blick in den Verkaufsraum. Günther Heegen bediente gerade eine andere Kundin, und wieder gab er sich große Mühe mit seiner Beratung. Saskia saß schmollend hinter dem Empfang und tat sehr beschäftigt, als Maja vorbeikam.

Lonitzer deutete nach draußen auf das dreirädrige Gefährt, das wie am Vorabend neben dem Cabrio auf dem Hof stand. Es handelte sich um einen Kastenwagen, wie Maja sie in Italien schon gesehen hatte. Zwischen der engen Fahrerkabine und dem Laderaum war ein kleines Fenster eingearbeitet, und auf der schon etwas verblichenen Lackierung in kräftigem Orange prangte der Schriftzug der Salus-Apotheke.

»Damit liefert Frau Wenderoth am liebsten aus, und auch Meret hat einen Heidenspaß, im Dreirad Medikamente zu den Kunden oder Pakete zur Post zu bringen. Sie können aber auch gern mit dem eigenen Wagen fahren, wenn Ihnen der Lieferwagen zu schrullig ist. Marianne Holler hat sich auch nie reingesetzt. Der Chefin gegenüber tut sie immer so, als komme sie mit der etwas speziellen Gangschaltung nicht zurecht, aber in Wirklichkeit würde sie sich albern vorkommen, damit durch die Stadt zu kurven.«

Er lachte. Maja ging zu dem Gefährt und lugte durch das Fenster auf der Fahrerseite. Der Schalthebel befand sich am Lenkrad, die einfache Sitzbank war mit Leder bespannt, und in der Mitte des Armaturenbretts war eine kleine Vase festgeklebt, in der einige Plastikblumen steckten.

»Ach, das probier ich gern mal aus«, sagte sie. »Ich stelle mir das ganz witzig vor. Aber sagen Sie, ich dachte, Frau Wenderoth und Frau Holler seien befreundet – so hat es mir Frau Wenderoth jedenfalls erzählt.«

»Das stimmt auch. Warum fragen Sie?«

»Könnte Frau Holler ihr dann nicht einfach sagen, weshalb sie nicht mit dem Dreirad fahren will?«

Lonitzer stutzte, dann nickte er.

»Sie haben recht. Tja, offenbar haben auch alte Freundinnen voreinander Geheimnisse. Wieder was gelernt. Kommen Sie?«

Er hielt auf das Fachwerkhäuschen zu, in dem er vorher die bestellten Medikamente vorbereitet hatte. Lonitzer ließ ihr den Vortritt, und Maja betrat einen hellen Raum, der fast das ganze Erdgeschoss ausfüllte. Einen schöneren Arbeitsplatz hätte sie sich nicht vorstellen können. Durch die Fenster drang das Sonnenlicht herein, und die Luft war erfüllt von Kräuteraromen und Kaffeeduft. Die Einrichtung bestand aus einigen Wandregalen und einigen langen Holztischen – doch nichts verstellte den Blick, der nach drei Seiten auf den Innenhof, den Garten und die kleine Straße vor dem Haus hinausging. Nebenan befand sich ein Abstellraum mit Regalen bis unter die Decke, in denen sich Laborbedarf stapelte, der nicht gekühlt werden musste.

Vom großen Raum führte eine steile Holztreppe nach oben.

»Im ersten Stock haben wir noch einiges gelagert, und da steht auch ein Schlafsofa mit Nachttisch und Leselampe«, erklärte Lonitzer. »Frau Wenderoth hat mir angeboten, dort oben zu schlafen, wenn es mal zu spät wird, um nach der Arbeit noch nach Hause zu fahren. Bisher konnte ich das immer vermeiden.«

Er grinste und begann, ihr die Einrichtung des großen Raums zu erläutern. Zwischendurch warf er Maja immer wieder einen fragenden Blick zu, was sie jedes Mal mit einem kurzen Nicken quittierte.

»Tut mir leid, wenn ich Ihnen viel mehr erklärt habe, als nötig gewesen wäre«, endete Lonitzer. »Ich bin so daran gewöhnt, unseren beiden jungen Damen alles bis ins Kleinste zu schildern. Lea ist interessiert und clever, aber viel zu schüchtern, um mich auf Wiederholungen hinzuweisen – und Saskia geht das alles am hübschen Hintern vorbei.«

»Ich höre immer wieder, dass sie kein Interesse an ihrer Arbeit zeigt. Warum hat sie dann überhaupt eine Ausbildung zur PTA gemacht?«

Lonitzer seufzte und ging zu einem Tisch, auf dem neben einer Thermoskanne mehrere Gläser, Flaschen mit Mineralwasser und Tassen standen.

»Wollen Sie auch einen?«, fragte er über die Schulter, während er sich Kaffee einschenkte.

»Gern.«

»Milch? Zucker?«

»Nur Zucker, bitte.«

Er kam mit zwei vollen Tassen zurück, von denen er Maja die eine gab. Dann prostete er ihr mit der anderen zu und nahm einen großen Schluck.

»Tja, das mit Saskia ist so eine Sache«, sagte er schließlich. »Sie wissen, wer Ihr Vater ist?«

Maja nickte.

»Dr. Conradi ist ein alter Freund der Chefin«, fuhr Lonitzer fort. »Hauptsächlich ihm zuliebe hat sie das Mädchen eingestellt, nachdem die Apotheke, wo Saskia ihre Lehre gemacht hat, sie nicht übernommen hat. Ich glaube, der Herr Papa wollte ursprünglich, dass das Töchterlein Medizin studiert und in seine Fußstapfen tritt. Dafür waren allerdings Saskias Noten nicht gut genug, vom Gymnasium ist sie nach der elften Klasse abgegangen. Und ich glaube, auch die PTA-Ausbildung hat sie nur auf Druck ihres Vaters absolviert – vielleicht hatte sie Angst, dass er ihr sonst den Geldhahn zudreht. Meiner Einschätzung nach schmeißt sie den Job in der Apotheke hin, sobald sie jemanden findet, der ihr ein schönes Leben finanzieren kann.«

Maja wunderte sich nicht über seine Einschätzung, die sich auch mit der von Lea Busch deckte. Doch so wenig sich Saskia Conradi für ihren Beruf interessierte, so wenig dürfte sie einen Grund haben, ihrer Chefin mit untergeschobenen Giftglobuli schaden zu wollen. Denkbar wäre höchstens, dass ihr die Dosierung des Wirkstoffs in sehr unwahrscheinlichem Ausmaß misslungen war. Maja lenkte das Gespräch mit Lonitzer auf die im Haus gefertigten Medikamente und fragte schließlich: »Stellen denn Sie und Frau Wenderoth alle Globuli her, die in der Apotheke verkauft werden?«

»Nein, auch Kollege Heegen hilft mit, wenn Not am Mann ist.«

»Na ja, und wenn es eilt, wird Sie sicher auch Frau Rogler unterstützen, oder?«

»Nein, unsere PTA halten sich da raus, das ist hier Sache von uns Apothekern. Die meisten Globuli macht ohnehin die Chefin.«

3

Maja half an diesem Montag im Verkaufsraum und setzte sich für eine halbe Stunde hinter die Empfangstheke, weil Saskia Conradi über Bauchschmerzen klagte, sich gegen elf Uhr krankmeldete und nach Hause ging. Am Empfang wurden auch die Mails gecheckt, eingehende Bestellungen aufgenommen und Telefonate geführt, damit kam Maja zurecht, nur den Onlineshop, in den sie noch nicht eingewiesen worden war, ließ sie links liegen. Lea Busch löste sie ab, sobald sie mit ihrer Arbeit im Labor fertig war, und nachdem Maja einen Kunden beraten und ihm wegen seiner Beschwerden eine Kräutermischung empfohlen hatte, die er sich mit heißem Wasser aufbrühen sollte, kam der Fahrer des Großhändlers, der die Salus-Apotheke mittags belieferte. Sie half Meret Rogler, die Kisten nach vorne zu bringen, und als Lonitzer ihr im Vorübergehen riet, der Kollegin auf gar keinen Fall mit dem Einsortieren zu helfen, zwinkerte sie ihm zu.

»Das hat mir Ihr Kollege auch schon gesagt. Ich werde mich also hüten, aber danke für die Warnung.«

Um zwölf Uhr verließ der vorletzte Kunde die Apotheke, und mit dem letzten ging Elisabeth Wenderoth hinaus zu den Kräuterbeeten. Es wurde zwanzig nach zwölf, bis auch er ins Auto stieg und davonfuhr. Lächelnd kam die Chefin ins Haus zurück und klatschte in die Hände.

»Mittagspause!«, rief sie und wandte sich an Maja. »Und wenn Sie heute Nachmittag Lust haben, nehme ich Sie mit auf meine kleine Tour.«

»Sehr gern.«

»Allerdings nehme ich für meine Auslieferungen am liebsten meinen kleinen Lastenesel«, fuhr Frau Wenderoth lachend fort und deutete auf den dreirädrigen Lieferwagen.

»Umso besser«, versetzte Maja. »Das stelle ich mir lustig vor – und wenn ich Ihnen eine Zeit lang von der Beifahrerseite aus zugeschaut habe, würde ich mich auch gern mal selbst hinter das Lenkrad setzen.«

Sie verstauten gegen fünfzehn Uhr die Plastikboxen, in die Meret Rogler die heutigen Bestellungen gepackt hatte, auf der Ladefläche des kuriosen Gefährts. Das Auto schien aus ziemlich dünnem Blech hergestellt zu sein, und auch die Türen der Fahrerkabine versprachen für einen Zusammenprall höchstens gegen Radfahrer und Fußgänger Schutz. Doch sie gerieten in keine kniffligen Situationen, denn Elisabeth Wenderoth entpuppte sich als umsichtige und defensive Fahrerin.

Die alte Apothekerin nutzte die Liefertour, um Maja ihre Stadt zu zeigen. Sie gaben ein paar Pakete in einer

Postfiliale auf, steuerten einige Adressen in einem Wohngebiet im Süden der Stadt an und überquerten nach einer Weile die Lahn. Die Apothekerin deutete auf die Elisabethkirche mit ihren beiden gotischen Türmen und auf das Landgrafenschloss. Einmal kam es Maja so vor, als habe ihre Fremdenführerin extra einen kleinen Umweg genommen, um ihr einen trutzig am Hang emporragenden Bau zu zeigen – oder vielleicht auch nur, um mit dem Dreirad durch eine besonders enge Gasse kurven zu können. Jedenfalls hatte Elisabeth Wenderoth einen Heidenspaß daran, mit dem Lieferwagen durch die Stadt zu gondeln. Als sie an einer roten Ampel warten mussten, bedeutete sie ihrer Beifahrerin, doch bitte das Seitenfenster auszustellen. Neben ihnen auf dem Gehweg stand eine Frau um die vierzig mit einem etwa siebenjährigen Jungen an der Hand.

»Hallo, Frau Bethmann«, rief die Apothekerin durchs Fenster. »Geht es Elias denn besser?«

Der Junge hatte ihr schüchtern zugewinkt, jetzt wandte er den Blick ab und schaute betreten zu Boden.

»Leider nicht. Wir schauen jetzt halt, dass er mehr Ruhe bekommt, und gehen regelmäßig raus, solche Sachen eben.«

»Das ist nie verkehrt. Möchten Sie mal in der Apotheke vorbeikommen? Ich kann Ihnen etwas geben, das ihm helfen könnte.«

»Gern, aber ...« Die Frau auf dem Gehweg zögerte und sah nun selbst etwas verlegen aus. »Wir haben morgen Vormittag einen Termin bei Dr. Veiel.«

Elisabeth Wenderoth lächelte. »Das ist gut, Frau Bethmann, Herr Veiel versteht sein Handwerk. Und falls das, was er Elias verschreibt, nicht helfen sollte, kommen Sie einfach vorbei, ja?«

»Mach ich«, antwortete die Mutter und zuckte erschrocken zusammen, als es hinter dem dreirädrigen Lieferwagen laut hupte. Die Ampel war mittlerweile auf Grün gesprungen, und der Fahrer hinter ihnen schien ungeduldig zu sein. Elisabeth Wenderoth winkte der Frau noch einmal zu, hob dann für den Fahrer hinter ihr die Hand, als wolle sie sich entschuldigen, ruckelte aber langsamer los als nötig und grinste breit dazu. Maja behielt den Mann am Steuer des nachfolgenden Wagens im Blick. Er platzte schier vor Wut, und als das Dreirad abbog, drückte er aufs Gas und schoss nur wenige Zentimeter an ihrem Heck vorbei.

»Lust auf einen Kaffee?«, fragte Elisabeth Wenderoth, als habe sie das aufdringliche Fahrmanöver ihres Hintermannes nicht bemerkt.

Wenig später saßen sie vor einem Café am Marktplatz in der Oberstadt. Die Sonne schien, Passanten schlenderten vorüber und fotografierten das historische Rathaus, andere schleppten gut gefüllte Taschen vom Einkaufen nach Hause. Maja genoss die Wärme und das Sonnenlicht, aber über das Gesicht der alten Apothekerin hatte sich ein Schatten gelegt. Als sie bemerkte, dass Maja sie musterte, hob sie den Arm und deutete zum zweiten Stock eines Hauses jenseits des Platzes hinauf.

»In diesem Haus befand sich die Wohnung von Evelyn

Dern«, sagte sie. »Das war die Stammkundin, die mutmaßlich an falsch dosierten oder vergifteten Globuli starb.«

Hinter einigen Fenstern im zweiten Stock konnte Maja keine Vorhänge sehen. Elisabeth Wenderoth war ihrem Blick gefolgt und nickte.

»Dort oben hat sie gewohnt, obwohl das Haus keinen Aufzug hat und sie nicht mehr so gut auf den Beinen war. Aber sie hatte in der Wohnung Jahrzehnte verbracht, die meiste Zeit davon sehr glücklich mit ihrem Mann, der vor ein paar Jahren gestorben ist. Sie hat mir mal erzählt, dass sie ab und zu mit einem Umzug in eine ebenerdige Wohnung oder in ein Haus mit Lift geliebäugelt, sich dann aber doch immer wieder dagegen entschieden habe, weil sie … ja, so hat sie es ausgedrückt … weil sie durch einen Umzug die Zeit mit ihrem Mann verraten würde.«

Die Augen der alten Apothekerin schimmerten feucht, und um ihren Mund spielte ein wehmütiges Lächeln. Still saßen die beiden Frauen nebeneinander.

»Sie lieben Ihren Beruf«, stellte Maja schließlich fest. »Und Sie lieben die Gespräche mit Ihren Kunden.«

»Ja, das stimmt. Und nicht selten hilft das mehr gegen die jeweiligen Leiden als die Medikamente. Wenn sich nur die Ärzte, zu denen diese einsamen Menschen gehen, mehr Zeit für ein Gespräch mit ihren Patienten nehmen würden. Doch das wird finanziell nicht gefördert, das scheint im System nicht erwünscht zu sein. Teure Maschinen einsetzen und eine möglichst schnelle Abfolge von Untersuchungen, die zügig in Verschreibungen oder

Überweisungen münden: Das lohnt sich für einen Mediziner. Zuhören und nachhaken dagegen …«

Sie winkte ab und wirkte in diesem Moment sehr müde.

»Natürlich wollen die Leute nicht nur angehört werden«, fuhr sie nach einer kurzen Pause fort, »sondern sie wollen auch Arznei – aber wenn ich finde, dass sie eigentlich keinen Wirkstoff mehr brauchen, rate ich ihnen manchmal zu einem Tee oder zu einer Salbe, die ihnen guttut, die aber nicht zwingend auf ihre Beschwerden gemünzt ist, sondern einfach das Wohlbefinden noch etwas unterstützt.«

»Und was ist mit Globuli?«, erkundigte sich Maja.

Elisabeth Wenderoth sah sie lange an.

»Glauben Sie an die Wirkung von Homöopathie?«, fragte sie schließlich.

Maja ließ sich Zeit mit der Antwort.

»Aus meiner wissenschaftlichen Arbeit weiß ich, dass ein Wirkstoff, der durch die in der Homöopathie übliche Verdünnung teilweise gar nicht mehr im Medikament nachweisbar ist, eigentlich nichts mehr in einem menschlichen Körper ausrichten kann. Also würde ich Wirkungen nach der Einnahme von Globuli gern anderen Einflüssen zuschreiben oder einem Placeboeffekt.«

»Und warum tun Sie es nicht?«

»Eine Freundin von mir schwört seit jeher auf Arnika. Sie ist Mutter zweier wilder Kinder, und wenn sich ihre Lausbuben irgendwo fest anstießen und sie ihnen Globuli gab, bildete sich an der entsprechenden Stelle keine Beule. Wenn sie keine Globuli zur Hand hatte, behandelte sie die

Prellung mit feuchten Tüchern oder Quarkwickeln – da komme ich mit dem Placeboeffekt als Erklärung für die unterschiedliche Entwicklung der Schwellung mit oder ohne Globuli allerdings nicht weit.«

Elisabeth Wenderoth lächelte und nickte, bevor sie fortfuhr:

»Sie hatten mich auf eine Art nach Globuli gefragt, als würde ich die Kügelchen manchmal an Kunden geben, nicht weil sie wirken, sondern weil sie nicht schaden.«

Maja wollte schon widersprechen, aber die alte Apothekerin hob die Hand und fuhr fort:

»Manchmal mache ich das tatsächlich. Wir stellen ja selbst Globuli her, und in einigen Chargen ist tatsächlich nichts weiter enthalten als Zucker. Ich habe einige ältere Kunden, die sehr halsstarrig sein können und darauf bestehen, das homöopathische Mittel zu bekommen, das ihnen schon immer geholfen hat. Wenn ich aber weiß – teils aus eigener Anschauung, teils durch Gespräche mit ihren Ärzten –, dass sie die alten Beschwerden gar nicht mehr haben, möchte ich ihnen keine Arznei mitgeben, die sie nicht brauchen. Medikamente – ob schulmedizinische oder homöopathische – sollen dem Körper helfen, sich selbst zu heilen, und gute Ärzte und Apotheker wissen, dass keine Medizin mehr ausrichten kann, als die Selbstheilungskräfte des jeweiligen Menschen so gut zu unterstützen, wie es eben geht.«

Maja nickte und lächelte die Kollegin an, um ihrer nächsten Frage die Spitze zu nehmen.

»Wie rechnen Sie diese Placebos denn ab?«

Frau Wenderoth führte die Tasse an den Mund und musterte Maja über deren Rand hinweg. Erst runzelte sie ein wenig die Stirn, dann jedoch glätteten sich die Falten wieder, und sie erwiderte das Lächeln.

»Wenn es irgend geht, versichere ich den Kunden, dass sie die Globuli eigentlich nicht mehr brauchen, und schenke ihnen ein Röhrchen mit Placebos. In einigen ganz hartnäckigen Fällen – und wenn ich weiß, dass es keine Armen trifft – nehme ich das Geld und werfe es später in die kleine Kasse, in der wir Centmünzen für das Rote Kreuz sammeln.«

»Das gefällt mir«, sagte Maja lächelnd. Und in möglichst unverfänglichem Plauderton hakte sie nach: »Aber wie kennzeichnen Sie denn die Röhrchen mit den Placebos? Den Wirkstoff und die Potenzierung, die der Kunde erwartet, können Sie ja schlecht aufs Etikett schreiben. Oder geben Sie die Placebos in unbeschrifteten Röhrchen aus?«

Diesmal blieb Elisabeth Wenderoths Blick etwas länger misstrauisch, und Maja fürchtete schon, sie sei mit ihrer Frage zu weit gegangen. Die alte Apothekerin konnte sich ja denken, worauf die Frage zielte. Schließlich war auch in der Wohnung der vergifteten Kundin ein unbeschriftetes Röhrchen gefunden worden. Doch auch diesmal entspannte sich Frau Wenderoths Miene wieder.

»Ich weiß natürlich, worauf Sie hinauswollen, Frau Ursinus. Aber wie ich schon der Kripo gesagt habe: Das leere Röhrchen in Frau Derns Wohnung stammt ebenso wenig von mir wie die vergifteten Globuli. Natürlich etikettiere ich die Röhrchen mit den Placebos vorschriftsmäßig, wenn ich mir auch einen kleinen Trick erlaube: Auf dem Etikett stehen der Wirkstoff und die Potenzierung, wie die Kunden sie haben möchten – dahinter ist allerdings in Klammern ›inert‹ vermerkt.«

Nun musste Maja grinsen. Bei den sogenannten inerten Substanzen wie Stärke handelte es sich um Stoffe, die im menschlichen Körper nichts bewirken. Einem entsprechend gekennzeichneten Röhrchen würde also jeder Arzt oder Apotheker sofort ansehen können, dass die Globuli keinen Wirkstoff enthielten – und Frau Wenderoth durfte hoffen, dass das ihren Kunden nicht bewusst war.

Die beiden Frauen tranken ihren Kaffee schweigend zu Ende, dann legte Elisabeth Wenderoth ein paar Münzen auf den Tisch und erhob sich.

»Habe ich Ihre Prüfung bestanden?«

»Prüfung?«

»Glauben Sie mir, was ich der Kripo erzählt habe: dass ich nicht weiß, woher meine Kundin die tödlichen Globuli hatte?«

»Das war keine Prüfung, Frau Wenderoth«, behauptete Maja und stand ebenfalls auf. »Ich möchte nur möglichst viele Informationen sammeln, um mir ein Bild zu machen, was zum Tod Ihrer Kundin geführt haben könnte. Mein Onkel hat gesagt, Sie würden sich freuen, wenn ich mich in der Apotheke und in Ihrem Umfeld umsehe und umhöre. Vielleicht gelange ich ja an Informationen, mit deren Hilfe die Kripo herausfinden kann, wer tatsächlich für Frau Derns Tod verantwortlich ist.«

Elisabeth Wenderoth nickte, und ein leichtes Schmunzeln spielte um ihre Lippen.

»So ist es«, versetzte sie, »und ich weiß es durchaus zu schätzen, dass Sie dafür auch mir auf den Zahn fühlen. Und natürlich unterstütze ich Sie nach Möglichkeit gern.«

»Danke übrigens für die Einladung.«

»Gern geschehen, ich …«

Die beiden wurden in ihrem Gespräch von einem Mann unterbrochen, der eilig näher kam, direkt vor der alten Apothekerin stehen blieb und ihr mit wutverzerrter Miene den erhobenen Zeigefinger direkt vors Gesicht hielt.

»Nun, Herr Dr. Krohn, wieder auf dem Kreuzzug gegen die Kräuterhexe?«, bemerkte Elisabeth Wenderoth mit leichtem Spott in der Stimme.

»Machen Sie sich nur lustig über Mediziner wie mich, die sich an Evidenz und Erfahrung orientieren und deshalb nichts von Ihrem Hokuspokus halten. Es ist ein Skandal, dass Ihnen nicht schon lange das Handwerk gelegt wurde! Zumal ja spätestens der tragische Tod von Frau Dern jedem vor Augen führen müsste, wie gefährlich es ist, Sie weiter an Patienten herumdilettieren zu lassen! Die arme Frau hat Ihre Globuli genommen, und jetzt ist sie tot – was braucht es denn noch, damit endlich die Polizei einschreitet und Ihre sogenannte Apotheke geschlossen wird?«

Elisabeth Wenderoth trat einen Schritt zurück und wandte sich an Maja.

»Darf ich vorstellen? Das ist Herr Dr. Claus Krohn,

Allgemeinmediziner, dem man ganz sicher kein Faible für Homöopathie nachsagen kann. Er hat den Totenschein von Frau Dern ausgestellt, und er hat der Polizei seine Einschätzung mitgeteilt, dass überdosierte Belladonna-Globuli den Tod von Frau Dern verursacht haben könnten.«

»Könnten?«, empörte sich Krohn. »Die Obduktion hat meinen Verdacht zweifelsfrei bestätigt! Und es ist mir unbegreiflich, dass Sie nach diesem Todesfall noch immer Ihre Zuckerkügelchen an arglose Patienten verteilen dürfen!«

»Und das, Herr Dr. Krohn«, fuhr Frau Wenderoth fort, »ist Frau Dr. Maja Ursinus aus München, die so freundlich war, für meine kranke Mitarbeiterin Marianne Holler einzuspringen.«

Sie zwinkerte Maja zu.

»Falls Sie sich wundern, dass ich ihm alles so haarklein erzähle: Ich möchte es Herrn Dr. Krohn leichter machen, seine Notizen vollständig zu führen, die er zweifellos fortlaufend über mich und meine Aktivitäten anfertigt.«

»Das ist ja …«, wollte der Arzt protestieren, aber Elisabeth Wenderoth stoppte ihn mit einer Geste und einem zuckersüßen Lächeln.

»Wir müssen weiter«, sagte sie. »Frau Dr. Ursinus und ich haben schon einige Bestellungen ausgeliefert, aber ein paar meiner Kunden warten noch auf ihre Globuli. Vielleicht sollte ich Ihnen auch mal welche empfehlen, gegen Bluthochdruck oder allgemeine Erregungszustände zum Beispiel.«

»Ich …«

Auch diesmal kam Krohn nicht weiter.

»Es tut mir so leid, Herr Dr. Krohn, dass wir nicht weiter miteinander plaudern können. Aber Sie sind in der Salus-Apotheke jederzeit willkommen. Jetzt müssen wir wirklich los.« Sie zeigte auf die Bedienung, die zwischen ihr und der Eingangstür des Cafés stand und die Auseinandersetzung ratlos verfolgte. »Und diese junge Dame möchte sicher auch mit ihrer Arbeit fortfahren. Bleiben Sie gesund, Herr Doktor, und bis bald mal wieder.«

Elisabeth Wenderoth ließ den Mann mit hochrotem Kopf und geballten Fäusten stehen und machte sich auf den Weg zum Parkplatz, wo der Lieferwagen auf sie wartete. Maja musste sich sputen, um halbwegs mit ihr Schritt zu halten, und sie holte sie erst ein, als die ältere Kollegin vor dem Dreirad stehen blieb und tief ein- und ausatmete.

»Geht's wieder?«, fragte Maja.

»Geht schon. Dieser Kerl bringt mich jedes Mal zur Weißglut, aber ich hoffe, ich habe ihn arrogant genug abtropfen lassen.«

»Das ist Ihnen gelungen, und es hat ihn natürlich nur noch wütender werden lassen.«

»Gut so, geschieht ihm recht, diesem verknöcherten Quacksalber.«

»Was hat er denn für ein Problem mit Ihnen? Dass Sie Salben und Globuli selbst herstellen, kann ja kaum der einzige Grund für einen Auftritt wie eben sein.«

»Das ist eine lange Geschichte, aber bitte nehmen Sie es

mir nicht übel, dass ich mich im Moment keinen Augenblick länger mit diesem verbohrten Dummkopf beschäftigen will.«

Maja wollte trotzdem noch einmal nachfassen, da hielt die alte Apothekerin ihr den Zündschlüssel hin.

»Möchten Sie es mal mit dem Lasteselchen versuchen? Der Streit eben hat mich doch etwas mitgenommen, da kann ich so etwas wie das Hupkonzert von vorhin nicht auch noch ertragen.«

Maja ließ sich nicht zweimal bitten. Sie klemmte sich hinter das Lenkrad, und nachdem ihr die Kollegin die nötigsten Handgriffe beschrieben hatte, startete sie den Motor und ruckelte erst etwas unsicher vom Parkplatz, kam aber schnell immer besser mit dem Gefährt zurecht. Elisabeth Wenderoth lotste sie zu den letzten Adressen, zu denen sie Bestellungen bringen mussten, und dann ging es wieder hinaus aus der Stadt und hinauf auf die bewaldete Anhöhe, wo auch die Salus-Apotheke lag.

Oben angekommen dirigierte ihre Beifahrerin sie jedoch in eine andere Richtung. Wenig später hielten sie vor dem Botanischen Garten der Marburger Universität, stiegen aus und machten einen kleinen Spaziergang durch die Anlage. Irgendwann drehte sich Elisabeth Wenderoth mit ausgebreiteten Armen um die eigene Achse und strahlte wie ein junges Mädchen.

»Das ist einer der Gründe, warum ich hiergeblieben bin, obwohl ich schon in meinen ersten Jahren nach der Eröffnung der Salus-Apotheke einigen Anfeindungen ausgesetzt war. Ich helfe ehrenamtlich, die Beete mit den

Heilkräutern zu pflegen, und beteilige mich an Experimenten mit diesen Pflanzen. Einige Forschungsgruppen an der hiesigen Uni befassen sich mit pflanzlichen Wirkstoffen, und ich arbeite immer mal wieder an einem ihrer Projekte mit. Das wird Sie interessieren, ich kann Ihnen in den nächsten Tagen gern eine Kollegin vorstellen, mit der ich seit längerer Zeit gut zusammenarbeite.«

»Das würde mich sehr freuen, aber von welcher Art von Anfeindungen reden Sie?«

Elisabeth Wenderoth winkte ab.

»Das erzähle ich Ihnen morgen oder übermorgen, meine heutige Dosis an Anfeindungen hatte ich schon, finden Sie nicht auch?«

Sie schlenderten noch eine Weile durch den Botanischen Garten, dann fuhren sie das letzte Stück bis zur Salus-Apotheke. Die Hausherrin schlug Maja vor, gemeinsam das Abendessen zu kochen. Das hob die Stimmung beider Frauen. Schließlich saßen sie auf dem großen Freisitz an der Südseite des Hauses beisammen und genossen Pasta mit Scampi und Gemüse. Dabei plauderten sie über Majas Zeit an der Ludwig-Maximilians-Universität in München und über den Werdegang von Elisabeth Wenderoth.

»Meine Güte, das war damals eine ganz andere Zeit«, schwelgte die alte Apothekerin in Erinnerungen. »Nach dem Studium arbeitete ich in verschiedenen Apotheken in Offenbach, in Limburg und Gießen. Mein Chef in Gießen war homöopathischen Arzneien gegenüber sehr positiv eingestellt und brachte mir auch das meiste bei, was ich heute über Globuli und homöopathische Salben weiß. Aber er war nicht mehr der Jüngste, und als er seinen Betrieb an einen nassforschen Enddreißiger übergab, dem sein wohlhabender Vater die Apotheke finanziert hatte, drehte sich die Stimmung. Der neue Besitzer hielt Homöopathie für Humbug, und er ließ sich von Pharmafirmen oft zu Fortbildungswochenenden einladen, die gern in teuren Wellnesshotels abgehalten wurden.«

Die alte Apothekerin hielt inne und trank einen Schluck Wasser, ehe sie fortfuhr:

»Irgendwann habe ich das Inserat des Vorbesitzers dieses Anwesens gelesen. Ich habe mich mit den engsten Freunden beraten – übrigens auch mit Ihrem Onkel, der mein Geschäftsmodell auf Herz und Nieren geprüft hat –, und als ich die Finanzierung mit der Bank geregelt hatte, machte ich mich ans Werk. Tja, und hier bin ich nun.«

Als sie sah, wie gespannt Maja auf die Fortsetzung der Geschichte wartete, stand sie auf.

»Ich bin müde und gehe ins Bett. Wie sieht es bei Ihnen aus? Falls Sie noch in die Stadt wollen, kann ich Ihnen gern ein paar Tipps geben.«

Tatsächlich hatte Maja Lust, noch einmal loszuziehen. Frau Wenderoth beschrieb ihr den Weg zu einem Parkhaus am Rand der Altstadt und einen Spazierweg, der zum Landgrafenschloss und zu einigen weiteren lohnenden Aussichtspunkten führte. Außerdem empfahl sie ihr ein paar nette Lokale, in die man auch später am Abend noch einkehren konnte.

Maja bedankte sich für die Ratschläge und fuhr los.

Der Weg, den Elisabeth Wenderoth ihr beschrieben hatte, war wirklich schön und bot Maja einen wunderbaren Blick über Marburg. Nachdem sie der Anstieg zum Schloss fast aus der Puste gebracht hatte und der Rückweg ihr ordentlich in die Knie ging, war sie froh, dass es nicht allzu weit zu dem Bistro war, das ihr die alte Apothekerin empfohlen hatte. Es lag auch vom Parkhaus nur ein kleines Stück entfernt.

In den Gassen der Oberstadt waren jetzt am späten Abend vorwiegend junge Leute unterwegs, vermutlich Studenten. Auch das Bistro hatte um diese Zeit überwiegend jüngere Gäste, die zu zweit oder in kleinen Gruppen beisammensaßen und sich zu Wein, Bier oder Cocktails lebhaft unterhielten. An einem Ecktisch war noch ein Platz frei, und als sie auf der Getränkekarte zwischen diversen Fernsehbieren überraschenderweise auch ein alkoholfreies Helles einer alten Münchner Brauerei entdeckte, stand ihre Wahl schnell fest. Vom Nachbartisch prostete ihr ein Mann zu, der mit zwei Pärchen zusammensaß. Sie nickte ihm kurz zu, ließ aber erkennen, dass sie nicht an einem Flirt interessiert war, und der Fremde gab sich damit zum Glück auch zufrieden.

Die Bedienungen trugen auch zu dieser späten Stunde noch Essen auf. Alles sah frisch und lecker aus, vor allem Gerichte mit Bandnudeln und Aufläufe wurden serviert. Maja nahm sich vor, hier noch einmal einzukehren, wenn sie Hunger hatte. Während sie in aller Ruhe ihr Bier trank, begann sich das Bistro zu leeren.

Maja genoss die Ruhe, die sich allmählich in ihr ausbreitete, und zückte ihr Handy. Markus schien ihre Nachricht vom Morgen noch immer nicht gelesen zu haben. Sie wollte sich schon darüber ärgern, doch dann schrieb sie ihm stattdessen noch eine Nachricht, die sie mit einem roten Herzchen-Emoji versah. Maja steckte das Smartphone weg und sah sich im Lokal um. Eine junge Frau, die am anderen Ende des Gastraums mit dem Rücken zu ihr saß, erinnerte sie in Statur und Haarfarbe an Saskia Conradi. Die junge Frau saß vornübergebeugt da und schäkerte mit dem Mann, der ihr gegenübersaß. Die beiden hielten sich an den Händen, an seiner rechten Hand glänzte ein Goldring, und beide hatten nur Augen für den anderen. Der Mann sah deutlich älter aus als die Frau, er mochte Ende dreißig sein, war sehr gepflegt und wirkte selbst in seinem T-Shirt wie jemand, der es gewohnt war, maßgeschneiderte Anzüge zu tragen. Er sprach mehr als die Frau, und sie schien an seinen Lippen zu hängen – ob aus gespieltem oder echtem Interesse, konnte Maja von hinten natürlich nicht erkennen. Nur ab und zu warf sie eine Bemerkung ein, und irgendwann winkte der Mann eine Bedienung herbei und zahlte.

Kurz darauf ging das ungleiche Paar zum Ausgang. Er nahm die junge Frau noch einmal in den Arm, küsste sie, aber als sie das Lokal verließen, lösten sie sich auffällig schnell voneinander und wandten sich in unterschiedliche Richtungen. Während der Mann davoneilte, blieb seine Begleitung noch kurz vor dem Bistro stehen und überprüfte in der Spiegelung des Frontfensters den Sitz ihrer blonden Haare. Dabei stellte Maja fest, dass es sich bei der jungen Frau dort draußen tatsächlich um Saskia handelte, die hübsche PTA aus der Salus-Apotheke, die jetzt mit dem kurzen Frisurencheck fertig war und losging.

Maja bezahlte ihr Bier und fragte sich, warum Saskia Conradi in diesem Bistro mit einem liierten Mann geturtelt hatte, wenn ihr doch alle unterstellten, sie schaue sich vor allem nach einem gut situierten Heiratskandidaten um.

Es war inzwischen recht kühl geworden, und der Wind strich etwas lebhafter durch die Gasse, an der das Bistro lag. Der kurze Fußweg zum Parkhaus führte Maja in die Richtung, in der Saskias Begleiter vorhin davongegangen war. Die schmale Straße war mit hellen und dunklen Steinen gepflastert, die Längs- und Querstreifen bildeten. Maja schlenderte bergauf bis zu der Stelle, wo sich der Zugang zum Fahrstuhl befand, über den sie ins Parkhaus gelangte. Als sie sich umsah, streifte ihr Blick ein geöffnetes Fenster im ersten Stock eines Hauses etwa dreißig Meter vor ihr. An der Fensterbank lehnte Meret Rogler und schaute auf die Gasse hinunter. Dort unten stand der Mann, der vorhin zusammen mit Saskia Conradi im Bistro gesessen hatte, rauchte eine Zigarette und unterhielt sich mit ihr. Von ihrem Gespräch konnte Maja kaum etwas verstehen, aber die beiden wirkten gereizt, als würden sie jeden Moment in Streit geraten. Meret deutete die Gasse hinunter, also in Richtung des Bistros, das von hier aus aber nicht zu sehen war, und der Mann schüttelte den Kopf. Als er fertig geraucht hatte, zückte er einen Schlüssel, betrat das Haus, und Meret Rogler schloss das Fenster.

Maja ging zu ihrem Auto und fuhr hinauf zum Haus von Elisabeth Wenderoth. Als sie später im Bett lag und einzuschlafen versuchte, ließ ein Gedanke sie nicht los: Saskia Conradi hatte eine Affäre mit dem Mann ihrer Vorgesetzten.

4

Es wurde keine erholsame Nacht. Immer wieder schreckte Maja hoch, und wenn sie wach genug war, um zu merken, wie dicht ihr Kopf unter der Dachschräge lag, dauerte es jedes Mal eine ganze Weile, bis sie wieder in einen unruhigen Schlaf sank. Einmal war es ihr, als habe sie durch das offene Fenster gehört, wie jemand durchs Unterholz gebrochen und im Garten herumgestreift sei. Doch als sie sich endlich aus dem Bettzeug geschält hatte und am Fenster stand, war nichts zu sehen. Manchmal glaubte sie auch, im Haus Schritte zu hören, aber das musste nichts bedeuten. Vielleicht ging Frau Wenderoth nachts zur Toilette, oder es waren nur die typischen Geräusche eines alten Hauses. Und trotzdem schreckte sie bis zum frühen Morgen noch mehrmals aus ihrem leichten Schlaf auf.

Als kurz vor halb sieben die ersten Sonnenstrahlen durch ihr Fenster fielen, war Maja bereits wach. Sie griff nach ihrem Handy und las die Nachricht, die Markus ihr noch spätnachts geschrieben hatte:

Tut mir leid, dass ich mich erst jetzt melde. Hier war die ganze Zeit die Hölle los. Keine Ahnung, wie lang es noch dauert, bis dieser blöde Fall gelöst ist. Hoffe, es geht dir gut und du kommst mit deinen Privatermittlungen voran. Soll ich die Kollegen in Marburg nicht doch vorwarnen?

Maja musste grinsen und schrieb eine launige Antwort. Sie nahm sich vor, Markus heute Abend mal anzurufen. Dann zog sie Sportzeug und Laufschuhe an, ging aus dem Haus und wandte sich auf der Privatstraße nach links, tiefer in den Wald hinein. Bald konzentrierte sie sich ganz auf den Rhythmus ihrer Schritte, und die allmählich einsetzende Euphorie, die ihr das Laufen im Wald zuverlässig bescherte, verscheuchte die Müdigkeit. Sie folgte den Wegen, die hier oben kreuz und quer durch den Wald führten, genoss die gute Luft und – wenn sie zwischendurch einem schmalen Trampelpfad folgte – auch den federnden Untergrund des weichen Bodens.

Ihr gingen die Eindrücke des Vortages durch den Kopf. Sie sah Saskia Conradis schönes Gesicht vor sich und Meret Roglers Mann, der zu seiner Frau heimkehrte. Sie sah die junge Mutter an der Ampel mit ihrem kränklichen Sohn und den geifernden Arzt, der Elisabeth Wenderoth vor dem Café angegangen war. Und sie sah eine ihr unbekannte alte Dame vor sich, die Globuli aus einem nicht beschrifteten Röhrchen einnahm und bald darauf tot in ihrem Lehnsessel saß. Während Maja tief in Gedanken versunken durch den Wald lief, verlor sie jegliches Zeitgefühl. Als sie irgendwann den Stumpf der Heiligen Eiche in einiger Entfernung vor sich sah, wusste sie zwar, wie sie zu ihrem Gästezimmer zurückkam, aber sie hatte keine Ahnung, wie viel Uhr es inzwischen geworden war.

Ein Stück entfernt bog ein Auto in die Einfahrt der Apotheke ein, und von hinten kam das Geräusch eines Motorrads schnell näher. Während es an ihr vorbeirauschte, sah Maja unter dem Helm der Fahrerin einen blonden Pferdeschwanz hervorlugen. Bis Maja den Innenhof erreicht hatte, stand das Motorrad aufgebockt neben dem dreirädrigen Lieferwagen, und die Fahrerin war schon im Haus verschwunden. Durch die Fenster des Laborgebäudes konnte sie Thomas Lonitzer arbeiten sehen, doch Kunden schienen noch keine da zu sein. Also flitzte sie die Treppe hinauf, duschte sich eilig, zog sich an und ging mit feuchten Haaren in die Apotheke hinunter.

Lea Busch saß am Empfang und verarbeitete die neuen Bestellungen im Onlineshop, Günther Heegen hatte wie am Vortag Plastikkisten nach vorn gebracht, und Meret Rogler sortierte die morgendliche Lieferung in die Medikamentenschränke ein. Saskia Conradi jedoch war nirgendwo zu sehen. Maja setzte sich zu Lea Busch und ließ sich die Bedienung des Onlineshops erklären, und ganz nebenbei erkundigte sie sich nach der Kollegin.

»Unsere Prinzessin ist noch im Bad, weil ihr der Fahrtwind die Haare zerzaust hat«, erklärte Lea.

»Ach, dann war das wohl Saskia, die vorhin mit dem Motorrad an mir vorbeigefahren ist.«

Lea zuckte mit den Schultern und nahm ein Telefonat entgegen. Maja ging in den Verkaufsraum und schaute sich um. Durch eines der Fenster war Elisabeth Wenderoth zu sehen, wie sie im Garten Günther Heegen Anweisungen gab und dabei hierhin und dorthin zeigte. Meret Rogler war noch damit beschäftigt, den Medikamentenschrank zu bestücken und zwischendurch auf ihrem Klemmbrett Positionen abzuhaken.

»Ich weiß, dass ich Ihnen nicht helfen soll«, sagte Maja zu ihr. Die Kollegin hob die Augen und blinzelte, als sei sie gerade in ihren Gedanken ganz woanders gewesen.

»Wie bitte?«, fragte sie.

»Mir wurde gesagt, dass Sie es nicht mögen, wenn man Ihnen beim Einräumen helfen will, aber …«

Meret Rogler stutzte, dann grinste sie.

»Das ist gut, ich mag das wirklich nicht. Ich bin recht schnell mit dem Einräumen, aber ich muss mich dafür sehr konzentrieren.«

»Ich wollte auch nicht stören, aber was sollte denn jetzt noch dringend gemacht werden, bevor die ersten Kunden eintreffen? Ich würde mich gern nützlich machen.«

Die PTA nickte zum Verkaufsraum hinüber.

»Am besten schauen Sie mal, was in den Regalen an Tees und Salben fehlt, vielleicht können Sie das nachfüllen. Saskia ist ja noch mit ihren Haaren beschäftigt.«

Aus dem Augenwinkel sah sie die Chefin im Garten stehen.

»Oder Sie gehen raus zu Frau Wenderoth. Sie hält

Herrn Heegen gerade einen kleinen Kräutervortrag, das ist immer sehr interessant.«

Maja erwiderte ihr Zwinkern mit einem Lächeln.

»Ein anderes Mal ganz sicher, aber jetzt schau ich lieber kurz nach den Tees und Salben. Das scheint mir dringender.«

Eine Tür schwang auf, und Saskia Conradi kam herein. Als sie Maja und Meret beieinanderstehen sah, drückte sie den Rücken durch und ging kerzengerade an ihnen vorbei. Dabei streifte sie Maja mit einem blasierten Blick, und als sie Meret Rogler anschaute, blitzte etwas Hämisches, Verächtliches in ihren Augen. Während Maja drüben nach Lücken in den Regalen fahndete, rückte Saskia sich eine Trittleiter heran und zupfte wie gestern sinnlos an den Gardinen herum.

Bald darauf betrat die Chefin den Verkaufsraum, und als sie Maja mit den Teepackungen hantieren sah, hob sie die Augenbrauen und warf Saskia einen strengen Blick zu.

»Ich wollte mich nur noch schnell nützlich machen, bevor die Kunden kommen«, erklärte Maja und schob lächelnd nach: »Nachdem ich mich heute früh verspätet habe …«

»Kein Problem, Frau Ursinus. Aber das kann doch wirklich Saskia …«

»Ach, das mache ich zwischendurch auch mal ganz gern.«

Elisabeth Wenderoth musterte sie und lächelte nun auch.

»Ist es spät geworden gestern Abend?«

»Ein wenig, ja.«

»Waren Sie noch in der Oberstadt?«

»Ja, und auch den Spaziergang, den Sie mir empfohlen haben, habe ich gemacht – wirklich sehr schön, danke für den Tipp.«

»Und in welcher Kneipe sind Sie noch eingekehrt? Eine von denen, die ich Ihnen empfohlen habe?«

Saskia Conradi zupfte zwar noch an der Gardine herum, aber selbst von hinten war ihr anzusehen, wie gespannt sie den beiden Frauen zuhörte.

»Ich kann mich gerade gar nicht mehr an den Namen erinnern«, schwindelte Maja. »Aber ich fand's sehr gemütlich dort, und wie gesagt: Es ist dann etwas spät geworden. Und als ich heute früh eine Runde laufen gegangen bin, habe ich mich wohl in der Zeit vertan, entschuldigen Sie bitte. Ich wollte eigentlich nicht später in der Apotheke sein als die Kollegen.«

»Kein Problem, und ich sehe ja, dass Sie sofort mitanpacken, sobald Sie da sind. Das ist schon alles ganz gut, vielen Dank.«

Nun wandte sie sich Saskia zu, die noch immer Falten hin- und herschob. Einen Moment lang sah es so aus, als wolle sie etwas zu der jungen Frau sagen, dann schüttelte sie doch nur den Kopf und räusperte sich.

»Frau Ursinus, wenn Sie nachher einen Moment Zeit haben, wäre es nett, wenn Sie kurz zu mir nach hinten ins Büro kommen.«

»Natürlich, ich bin hier auch gleich fertig.«

Elisabeth Wenderoth nickte und ging nach hinten.

Maja überprüfte das letzte Regal, dann hörte sie Saskia Conradi von der Leiter steigen. Ob die junge Frau sie wohl noch zu gestern Abend ausfragen wollte?

»Sie waren gestern Abend in der Oberstadt?«, fragte Saskia zuckersüß.

Maja drehte sich um. Die junge Frau strahlte sie an, als habe es zwischen ihnen nie Spannungen gegeben.

»Ja, schön war's«, antwortete sie leichthin. »Allerdings war ich etwas aus der Puste, nachdem ich vom Parkhaus zum Schloss hinaufgelaufen war. Das kenne ich sonst nicht von mir.«

Saskia Conradi lachte, es klang sogar echt. Und sie plauderte scheinbar unbeschwert weiter.

»Es wird seit Jahren immer mal wieder über eine Seilbahn diskutiert, die unter anderem zum Schlossberg hinauf gebaut werden soll, aber bisher ist noch nichts daraus geworden.«

»Die würde ich glatt nehmen«, versetzte Maja fröhlich, während sie darauf wartete, wann die junge Kollegin zu dem Punkt kommen würde, der sie wirklich interessierte. Denn natürlich musste sie befürchten, in der Oberstadt mit Meret Roglers Ehemann gesehen worden zu sein, auch wenn sie nicht ahnen konnte, dass Maja inzwischen sogar wusste, um wen es sich bei dem Mann an Saskias Seite gehandelt hatte.

»Welche Kneipen hat Ihnen Frau Wenderoth denn empfohlen?«

Maja nannte nur zwei der drei Lokale und ließ das Bistro unerwähnt, in dem sie Saskia gesehen hatte.

»Ja, die sind beide nicht schlecht«, meinte die junge Frau. »Aber was Sie unbedingt mal ausprobieren müssen, ist ein Bistro in der Wettergasse.« Sie nannte den Namen und behielt Maja währenddessen sehr genau im Auge. »Dort kann man auch gut essen, die Küche hat abends lange geöffnet. Hausgemachte Bandnudeln, Aufläufe, Pizzen – total lecker.«

»Klingt ganz so, als hätte ich gestern Abend das Beste verpasst«, gab sich Maja zerknirscht und registrierte zufrieden, dass Saskia Conradis schönes Gesicht sich nach dieser Bemerkung etwas entspannte. »Sind Sie dort häufiger?«

»Ja, erst gestern Abend, ich …« Sie unterbrach sich kurz, bevor sie fortfuhr: »Ich war dort mit Freunden, war richtig nett, wie immer.«

»Das werde ich auf jeden Fall demnächst mal ausprobieren«, bemerkte Maja. »Vielleicht sieht man sich dort ja sogar mal.«

Saskia blinzelte, wirkte einen Augenblick lang irritiert, aber dann kam sie offensichtlich zu dem Schluss, dass diese Bemerkung keine versteckte Botschaft enthielt. Sie knipste ihr liebenswürdigstes Lächeln an, und Maja trollte sich zur Chefin ins Büro.

Elisabeth Wenderoth saß zwischen Papier- und Bücherstapeln vor ihrem Computer und bat Maja, die Tür hinter sich zu schließen. In diesem engen Raum zu arbeiten wäre für sie der Albtraum schlechthin gewesen. Ein einziges schmales Fenster und rundum vollgepackte Regale bis zur

Decke. Obendrein wurde hier offenbar nicht allzu oft gelüftet, damit kein plötzlicher Windstoß die Papierberge durcheinanderwirbeln konnte. Es roch nach altem Papier, Staub und Kräutertee. Eine halb gefüllte Tasse stand neben der Computertastatur.

Maja schlängelte sich durch bis zum Schreibtisch und nahm auf einem Stuhl Platz, den ihr die Chefin mit einer Geste zugewiesen hatte. Zunächst ging Elisabeth Wenderoth einige Aufgaben durch, die Maja in den nächsten Tagen erledigen konnte.

»Ich schätze es zwar, dass Sie keinen Standesdünkel zeigen – aber vor allem Herr Heegen sieht es nicht gern, wenn Apotheker die Aufgaben übernehmen, die eigentlich die PTAs erledigen sollten.«

»Ich wollte mich nur …«

»Geschenkt«, sagte die alte Apothekerin und winkte ab. »Jetzt haben Sie ja genug Arbeit. Den Verkaufsraum kann Saskia jedenfalls allein herrichten – sie arbeitet sich ja sonst nicht gerade krumm. Was die Lieferungen angeht, reicht es, wenn Sie oder Herr Heegen die Kisten nach vorne tragen, dann müssen Sie sich nicht beide damit abgeben. Im Moment ist ohnehin nicht so viel los wie sonst. Die Gerüchte um den Tod von Frau Dern haben uns nicht gutgetan. Ich hoffe, dass sich das bald wieder bessert, schließlich habe ich einige Gehälter zu bezahlen, das trägt der Onlineshop nicht allein.«

»Lea hat mir übrigens vorhin erklärt, wie der Shop funktioniert. Allzu kompliziert scheint das Programm nicht zu sein.«

»Zum Glück«, versetzte Elisabeth Wenderoth und deutete auf ihren Monitor. »Sonst wäre ich Lea und den anderen darin keine große Hilfe – wobei: Die paar Bestellungen, die ich hier zwischendurch abarbeite, macht Lea vermutlich in der halben Zeit.«

Sie lachte.

»Und natürlich kommen Sie in den Verkaufsraum und betreuen Kunden, wann immer Sie die Zeit dafür finden«, fuhr sie fort. »Außerdem freut sich Herr Lonitzer ganz bestimmt, wenn Sie ihm zwischendurch mal zur Hand gehen – und nebenbei fachsimpeln. Ich glaube, er kann von Ihnen noch manches lernen.«

Sie musterte Maja, und schließlich zuckten ihre Mundwinkel ein wenig.

»Dass Sie sich an den Namen der Kneipe nicht mehr erinnern, in der Sie gestern noch waren, kaufe ich Ihnen übrigens nicht ab. Nach einem solchen Absturz hätten Sie heute früh ganz sicher nicht so ausgedehnt joggen können.«

Maja erwiderte ihr Lächeln.

»Also, wo waren Sie gestern noch?«

Sie nannte den Namen des Bistros in der Wettergasse.

»Gute Wahl, aber warum durfte Saskia davon nichts wissen? Es ging doch darum, dass sie ihre Ohren ganz weit aufgesperrt hat, als wir uns unterhalten haben, stimmt's?«

»Ja. Ich habe sie dort gesehen, sie mich aber nicht.«

»Und? Darf das Mädchen nicht abends ausgehen, wohin sie will?«

»Sie war mit einem Mann zusammen dort.«

»Das kann ich mir gut vorstellen, na und?«

»Mit einem Mann, der einige Jahre älter war als sie. Dem Ring an der rechten Hand nach zu urteilen war er verheiratet, und er verhielt sich im Rausgehen ganz so, als habe er sich in dem Bistro heimlich mit Saskia getroffen.«

»Wissen Sie, wer der Mann war?«

»Nein«, versetzte Maja, und vielleicht hatte sie eine Spur zu schnell geantwortet, denn Elisabeth Wenderoth hob eine Augenbraue. Deshalb schob sie schnell nach: »Ich kenne ja bisher in Marburg niemanden außer Ihrem Team, na ja, und diesen Dr. Krohn, aber da kann ich Sie beruhigen: Der war's nicht.«

Die Chefin lachte.

»Na, das wäre ja noch schöner, wenn sich unsere Schönheit mit so einem Schrat abgeben würde!« Dann wurde sie nachdenklich. »Überrascht bin ich trotzdem. Wir alle hier in der Apotheke wissen, dass Saskia Männern gern schöne Augen macht, und wahrscheinlich genießt sie es sehr, wenn die meisten darauf anspringen. Aber ich hätte schwören können, sie sucht einen Mann mit Geld, den sie heiraten kann – und nicht eine Affäre mit einem, der schon Frau und vielleicht Kinder daheim hat.«

»Vielleicht hat das für sie noch einen zusätzlichen Reiz? Oder es tut ihr gut, dass sie einer anderen Frau einfach so den Mann ausspannen kann? Vielleicht glaubt sie ja auch, dass sich ihr Freund für sie scheiden lässt.«

Maja hatte eigentlich nur laut gedacht, doch als sie den forschenden Blick bemerkte, mit dem Frau Wenderoth sie nun bedachte, wurde ihr klar, dass sie zu viel gesagt hatte.

An diesem Nachmittag war Meret Rogler für das Ausliefern der Bestellungen eingeteilt, und Maja bot sich an, auch sie zu begleiten.

»Prima, dabei lass ich mir gern helfen«, erwiderte die PTA lachend. »Und wenn Sie mögen, dürfen Sie sich auch hinter das Steuer setzen. Ich habe nichts gegen das Dreirad, aber dass das kleine Ding bergauf keine Wurst vom Teller zieht, nervt manchmal.«

Sie verluden die Plastikboxen mit den Paketen, und dann ging es auch schon hinunter ins Tal. Eine Zeit lang kurvten sie durch ein Wohngebiet östlich des Bahnhofs, die Pakete kamen zur Post, und sie fuhren zwei Adressen im Nachbarort Cölbe an, dann lotste Meret Rogler ihre Fahrerin in den Marburger Stadtteil Wehrda.

»Die Wettergasse in der Oberstadt«, sagte sie, »ist übrigens nicht nach dem Wetter benannt, sondern nach dem heutigen Stadtteil Wehrda, zu dem sie früher hinführte.«

»Genau da war ich gestern Abend. Ich bin in einem Bistro eingekehrt und hatte mein Auto im Parkhaus abgestellt, von dem aus man mit den Aufzügen hinauf zur Altstadt gelangt. Das ist schon kurios, dass es mit dem ersten Aufzug im Parkhaus nach oben geht, dann nach kurzem Fußweg durch eine Art Tunnel mit dem zweiten bis zur Wettergasse hoch. Nur die Aussicht nach unten bräuchte es für mich nicht unbedingt – ich habe es nicht so mit der Höhe.«

»Dann nehmen Sie bloß nicht den Panoramaaufzug

vorne am Parkhaus. Aber witzig, da sind Sie fast bei mir zu Hause vorbeigekommen: Ich wohne nur ein paar Häuser vom oberen Eingang des Aufzugs entfernt.«

Maja musste sich fast auf die Zunge beißen, um nicht aus Versehen »Ich weiß« zu sagen, stattdessen lenkte sie das Gespräch auf ein Thema, das in ihrer Wahlheimat München immer ging.

»Ist das Wohnen in der Innenstadt von Marburg auch so teuer? In München kann man sich in bestimmten Vierteln mit einem normalen Gehalt eigentlich nichts Vernünftiges mehr leisten.«

»Mein Mann hat einen sehr gut bezahlten Job, außerdem hat er vor einigen Jahren geerbt, unter anderem das Haus, in dem wir wohnen.«

»Dann seien Sie froh, dass Sie nicht den Großteil Ihres Gehalts in die Miete stecken müssen. Ich selbst wohne in Laim zur Miete, das ist nicht gerade der schickste Stadtteil von München. Während des Studiums habe ich dort mit ein paar Kommilitonen gewohnt, und mit der Zeit habe ich mich so sehr daran gewöhnt, dass ich noch heute Mitbewohner habe, obwohl ich mir die Wohnung mittlerweile auch allein leisten könnte.«

»Sie leben in einer WG?« Meret Rogler war überrascht. »Das wäre nichts für mich. Ich hatte das mal ein paar Monate lang, als ich in Passau auf der Berufsfachschule war.«

»Ach, Sie stammen aus Bayern?«

»Nein, eigentlich aus einem kleinen Dorf bei Fulda, meine Eltern leben noch heute dort. Aber das Schulgeld für private PTA-Schulen konnten sich meine Eltern nicht leisten – also habe ich mich an einigen staatlichen Schulen um einen Platz beworben, und in Passau haben sie mich genommen. Zuerst habe ich einige Wochen in der Jugendherberge gewohnt, dann bekam ich ein Zimmer in einer WG nicht weit von der Schule. Nach drei Monaten habe ich das gern wieder hergegeben … Um den Abwasch hat sich außer mir nur einer meiner vier Mitbewohner gekümmert, die anderen haben die Pizzaschachteln und schmutzigen Teller in der Spüle nicht weiter gestört. Vom Putzen will ich gar nicht erst reden!«

Sie schüttelte sich.

»Danach habe ich glücklicherweise eine kleine Wohnung in einem älteren Haus am Stadtrand bekommen. Die Miete konnte ich mir verdienen, indem ich nach den Hausbesitzern schaute, einem älteren Ehepaar, für sie einkaufte und nachts in Bereitschaft war. Und ich habe mir geschworen: Nie wieder WG!«

Meret Rogler lachte.

»Wobei das ja mit Kindern so ähnlich ist«, bemerkte Maja, um die Kollegin möglichst beiläufig noch ein wenig auszuhorchen. »Die wenigsten helfen doch gern im Haushalt mit, oder?«

Ein Schatten legte sich über das Gesicht der Kollegin.

»Dazu kann ich nichts sagen. Leider. Mein Mann und ich haben keine Kinder.«

»Noch nicht – Sie sind doch noch jung genug, um welche zu bekommen.«

Meret Rogler lächelte traurig.

»Na ja, ich bin sechsunddreißig, so ganz allmählich sollten wir das Thema mal angehen. Aber das wird wohl nichts …«

Sie verstummte und sah zum Seitenfenster hinaus.

»Entschuldigen Sie bitte, ich wollte Ihnen nicht zu nahetreten. Wo müssen wir denn als Nächstes hin?«

Von ihrer Beifahrerin kam keine Antwort. Maja wandte ihr kurz den Kopf zu, doch Meret Rogler starrte schweigend ins Leere. Ihre Augen schimmerten feucht. Ratlos bremste Maja ab und schaute sich um. Offenbar waren sie mitten in einem Wohngebiet gelandet.

»Wissen Sie, ob es hier irgendwo einen Laden gibt, wo man sich einen Kaffee holen kann?«, fragte sie vorsichtig.

Meret Rogler seufzte tief. »Mögen Sie Apfeltee? Ich habe welchen dabei. Wenn Sie wollen, können wir uns damit ein wenig an die Lahn setzen.«

Maja nickte und ließ sich von der Kollegin über den Fluss und in der Nähe einiger Schrebergärten auf einen schmalen Feldweg lotsen, der mitten auf der Wiese endete. Meret Rogler holte ihren Rucksack von der Ladefläche, und die beiden gingen zum Flussufer. Direkt neben der Brücke, über die sie gerade gefahren waren, setzten sie sich ins Gras. Meret zog eine Thermoskanne und ein dickwandiges Glas aus dem Rucksack, schenkte Maja das Glas halb voll und goss sich selbst Tee in den Becher, der den Deckel der Thermoskanne bildete.

Dann saßen sie eine Weile schweigend da und schauten auf den Fluss hinaus. Die Lahn war hier nur etwa zwanzig Meter breit, unter der Brücke hindurch konnten sie eine baumbestandene Insel sehen, und weiter hinten rauschte das Wasser über ein Wehr.

»Wenn ich mich mit jemandem nett unterhalte«, sagte Maja schließlich, »streife ich manchmal aus Versehen ein Thema, das vielleicht zu schwer ist für eine lockere Unterhaltung. Ich hoffe, Sie nehmen es mir nicht übel, dass mir das vorhin auch mit Ihnen so ergangen ist.«

Erst antwortete Meret Rogler nicht, dann sah sie Maja lächelnd an.

»Ich bin die Ältere von uns beiden, richtig?«

»Stimmt, drei Jahre.«

»Das reicht«, sagte sie und hob ihren Becher. »Ich bin Meret.«

»Maja.«

Meret griff in ihren Rucksack und holte eine Plastikdose heraus. Sie zog den Deckel ab und hielt Maja den Behälter hin. Am Boden schimmerte es wie Honig oder Sirup, darauf lag sehr süß aussehendes Gebäck. Nach kurzem Suchen im Rucksack hielt Meret in der anderen Hand etwas Küchenkrepp, das sie Maja reichte.

»Hausgemachte Baklava, die habe ich nach einem Rezept meiner anatolischen Großmutter gebacken. Sehr süß, sehr lecker, sehr klebrig – du wirst das Papiertuch zum Abwischen brauchen.«

Sie ließen sich das Gebäck schmecken, doch Maja brauchte hinterher nur sehr wenig Krepp, weil sie sich am Ende den meisten Sirup von den Fingern leckte.

»Das war wirklich sehr gut«, lobte sie. »So schnell brauche ich jetzt nichts mehr zu essen.«

Meret lachte, ließ sich von Maja das Papiertuch geben, steckte es in die Plastikdose und packte alles zurück in den Rucksack.

»Ja, diese kleinen Dinger sind ganz schön mächtig. Wenn die Verwandtschaft in der Türkei für Familienfeste groß auftischt und am Ende ein ganzes Büfett mit Süßkram angerichtet wird, läuft der Sirup da nur so raus. Danach braucht es dann Raki oder starken Kaffee.«

»Vom Raki lasse ich lieber die Finger.«

»Aber einen starken Kaffee könnte ich dir nachher spendieren. Wir müssen eh nicht mehr viele Bestellungen ausliefern. Und das Café, das ich im Sinn habe, liegt auch ganz in der Nähe meiner Wohnung.«

»Gern.«

Es dauerte noch etwas mehr als eine halbe Stunde, bis sie in dem Café an einem kleinen Tisch saßen und Kaffee vor sich stehen hatten. Der Gastraum wirkte sehr gemütlich, die Wände waren teils gekalkt, teils mit Backsteinen verkleidet, und die Möbel sahen aus wie renovierte Sperrmüllbeute. Außer ihnen saß niemand im Inneren des Lokals.

»Bei dem schönen Wetter wollen alle raus auf die Terrasse«, erklärte Meret. »Die ist auch sehr schön, klein, auf zwei Ebenen verteilt und etwas verwunschen.«

Sie sah Maja an.

»Aber dort ist es so voll, dass man nicht in Ruhe reden kann.«

»Wir müssen nicht über ein Thema sprechen, das dir unangenehm ist«, wehrte Maja halbherzig ab und hoffte zugleich, dass sich Meret davon nicht aufhalten ließ.

»Ach, du meinst die Sache mit den Kindern? Nein, darüber will ich gar nicht mit dir reden. Ich finde dich nett, sonst hätte ich dir auch nicht das Du angeboten. Aber wir haben uns gestern zum ersten Mal gesehen – da ist es für die große Lebensbeichte doch noch etwas früh.« Meret zwinkerte ihr zu. »Nein, mir geht es um eine Sache, die du vorhin gesagt hast. Du warst gestern in der Wettergasse in einem Bistro?«

»Ich … äh … ja.«

»Du hast heute Vormittag Saskia gegenüber behauptet, dass du dich nicht mehr an den Namen des Lokals erinnern würdest. Warum eigentlich?«

»Na ja«, behauptete Maja, »ich bin neu hier, gestern war mein erster Tag in Marburg, da war ich ja schon froh, dass ich überhaupt zurück zur Salus-Apotheke gefunden habe.«

Sie lachte etwas aufgesetzt. Meret blieb ernst.

»Als ich mal nicht mehr wusste, wo ich am Abend vorher gewesen war, bin ich nicht am nächsten Morgen arbeiten gegangen«, sagte sie. »Und das ist mir schon seit vielen Jahren nicht mehr passiert.«

»Ich …«

»Wenn es gestern spät geworden ist und wenn du in der Wettergasse in einem Bistro warst, müsstest du schräg gegenüber von diesem Café gewesen sein – in genau der Kneipe, die dir Saskia in eurem Gespräch heute Vormittag empfohlen hat und die du angeblich noch nie betreten hast.«

Maja schwieg.

»Warum darf Saskia nicht wissen, dass du dort warst? Weil sie auch dort war?«

Maja seufzte und zuckte mit den Schultern.

»Und was daran ist dir so unangenehm, dass du froh bist, dass sie dich gestern nicht gesehen hat?«

Meret sah sie forschend an, dann lachte sie.

»Ich nehme mal an, dass du allein dort warst, oder?«

»Ja, natürlich.«

Die Kollegin wurde ernst.

»Du warst allein … aber Saskia nicht?«

»Nein, sie nicht.«

»Und wo ist das Problem? Saskia ist auf der Jagd nach einer guten Partie, wie wir alle wissen, und sie sieht gut genug aus, dass das auch klappen könnte.«

Maja wand sich und beschloss, den Spieß umzudrehen. Ahnte Meret womöglich, dass ihr Mann sie mit der jungen Kollegin betrog, und wollte jetzt von ihr die Bestätigung dafür?

»Warum«, stellte sie die Gegenfrage, »warum interessiert dich das denn so brennend?«

Ein Schatten legte sich auf Merets Gesicht.

»Ich habe meine Gründe, glaub mir. Aber ich versteh nicht, warum du nicht mit der Sprache rausrückst. Was hast du denn im Bistro gesehen, was keiner von uns wissen darf?«

»Saskia war dort mit einem verheirateten Mann.«

»Okay, und woher weißt du das?«

»Weil er einen Ring an der rechten Hand trug und weil er direkt danach …« Maja unterbrach sich und setzte neu an: »Er hatte einen Ring am Finger, und als er mit Saskia rausging, nahm er sie kurz in den Arm, danach gingen aber beide in unterschiedliche Richtungen davon.«

»So, wie du Saskia ausgewichen bist, könnte man fast meinen, du kennst den Mann.«

»Ich kenne außerhalb der Apotheke noch niemanden in Marburg«, wich Maja aus, dann brachte sie sogar ein Grinsen zustande. »Doch, diesen Dr. Krohn habe ich gestern vor dem Rathaus erlebt, wie er der Chefin eine Szene gemacht hat.«

Und sie erzählte von der unangenehmen Begegnung am Vortag. Meret schüttelte lachend den Kopf.

»Der Krohn hat echt einen an der Waffel!«

Sie wurde wieder ernst und sah Maja in die Augen.

»Weißt du denn noch, wann die beiden das Bistro verlassen haben?«

»Nein, tut mir leid«, log Maja.

Meret sah sie noch eine Zeit lang fragend an, dann zuckte sie mit den Schultern und stand auf.

»Schade.«

Sie kramte in ihren Hosentaschen nach Geld.

»Lass mal, das übernehme ich«, sagte Maja.

»Danke. Ich würde jetzt am liebsten nach Hause gehen. Ist es okay, wenn du allein mit dem Dreirad zur Apotheke zurückfährst?«

»Kein Problem. Und wie kommst du morgen früh zur Arbeit? Dein Wagen steht noch vor Frau Wenderoths Haus.«

»Mein Mann wird mich bringen. Also dann bis morgen.«

Sie ging hinaus, und Maja blieb noch ein wenig sitzen. Wieder und wieder fragte sie sich, ob sie Meret nicht doch hätte reinen Wein einschenken sollen. Schließlich war es ihr Mann nicht wert, dass sie ihn vor ihrer Kollegin in Schutz nahm. Andererseits kannte sie Meret noch nicht lange, und sie würde nur kurze Zeit hier in Marburg sein, da widerstrebte es ihr, sich in solche privaten Dinge einzumischen. Außerdem fürchtete sie die Folgen, die das Ganze für die Stimmung im Team haben könnte.

Schließlich zahlte Maja und ließ sich den Weg zur Terrasse zeigen. Sie war wirklich so schön, wie Meret gesagt hatte, aber auch entsprechend voll. Sie spazierte noch ein wenig durch die Altstadt, bis sie vor dem Parkhaus stand, in dem sie gestern geparkt und wo sie auch heute den dreirädrigen Lieferwagen abgestellt hatte.

Doch sie hatte noch keine Lust, wieder hinauf zu Elisabeth Wenderoths Haus zu fahren. Damit sich ihre Gastgeberin keine Sorgen machte, schrieb sie ihr eine Textnachricht und schlenderte über den Campus der Universität und an der Lahn entlang nach Norden. Sie schlug einen Bogen, spazierte durch den Alten Botanischen Garten zurück in Richtung Oberstadt und stand irgendwann vor Meret Roglers Haus. Kurz dachte sie daran, zu klingeln und der Kollegin doch noch zu erzählen, wen sie gestern Abend im Bistro gesehen hatte, dann entschied sie sich doch dagegen und ging langsam weiter. Um die Ecke entdeckte sie eine geöffnete Eisdiele, ließ sich eine Waffel mit Schoko- und Bananeneis füllen und nahm auf einer Holzbank Platz. Sie genoss das Treiben in der Fußgängerzone, musterte die umliegenden Ladengeschäfte und hob schließlich den Blick zur Wohnung der Roglers. Es dauerte einen Moment, bevor sie hinter einem der Fenster die Silhouette der Kollegin erkannte. Meret stand mit dem Gesicht zum Fenster, schaute aber nicht hinaus, sondern auf etwas, das sie in der Hand hielt – war das ein gerahmtes Foto? Ab und zu tupfte sie sich mit einem Papiertaschentuch die Augen. Die Kollegin gab ein sehr trauriges Bild ab, und Maja spürte den Stich, den ihr das versetzte, geradezu körperlich. Dann stellte Meret den Bilderrahmen ab und sah auf die Gasse hinunter. Erst überflog sie desinteressiert die Passanten auf dem gepflasterten Weg, dann erkannte sie Maja und erstarrte. Maja tat, als schaue sie zufällig gerade jetzt zu ihr hinauf, lächelte und winkte, doch Meret wandte sich ab und verschwand aus ihrem Blickfeld.

Als Maja aufstand, um sich auf den Weg zum Parkhaus zu machen, sah sie Merets Mann herankommen, doch noch bevor er den Eingang seines Hauses erreicht hatte, eilte ein zweiter Mann auf ihn zu und machte ihn mit heftigem Winken auf sich aufmerksam. Sie traute ihren Augen nicht. Das war doch Dr. Krohn, der Mann, der die Apothekerin gestern so heftig angegangen war? Herr Rogler sah ihm entgegen, die beiden unterhielten sich kurz, dann gingen sie miteinander davon.

Maja drehte sich um und inspizierte die Auslage eines Modegeschäfts, beobachtete dabei aber in der Spiegelung des Schaufensters, wie Rogler und Krohn an ihr vorbeigingen, ohne sie zu beachten. Sie wartete noch kurz, dann folgte sie den beiden in einigem Abstand. Das Bistro, in dem sie gestern gewesen war, schien Roglers Stammlokal zu sein. Jetzt betrat er es zusammen mit Krohn, und als sie langsam an der Kneipe vorbeischlenderte, konnte sie sehen, wie die beiden drinnen Platz nahmen und etwas bestellten.

Sie machte einen kleinen Umweg zum Parkhaus, um nicht noch einmal an dem Fenster des Lokals vorbeizumüssen. Und noch während sie mit dem dreirädrigen Lieferwagen aus dem Parkhaus rumpelte, fragte sie sich: Was mochte Meret Roglers Mann im Bistro ausgerechnet mit Dr. Claus Krohn zu besprechen haben?

Maja stellte den kleinen Lieferwagen im Innenhof der Salus-Apotheke ab. Oben auf dem Freisitz an der Südseite des Hauses konnte sie den schwachen Schein eines Windlichts ausmachen, vermutlich saß dort die Hausherrin und genehmigte sich einen Schlummertrunk. Offenbar wollte Elisabeth Wenderoth an diesem Abend für sich allein sein, denn obwohl sie das Knattern des dreirädrigen Karrens gehört haben musste, tauchte ihre schlanke Gestalt nicht an der Brüstung auf. Maja war das ganz recht, sie musste nachdenken. Und so ließ sie die Plastikboxen im Laderaum des Dreirads, schnappte sich nur ihre Jacke und machte sich zu einem Spaziergang durch den Wald auf. Anders als während ihrer morgendlichen Joggingrunde blieb sie in der Dunkelheit lieber auf der befestigten Privatstraße. Erst ging sie ein gutes Stück in den Wald hinein, drehte irgendwann um und ging auf dem Rückweg an der

Apotheke vorüber, um noch eine kleine Weile bei der Heiligen Eiche zu sitzen. Der Stumpf des alten Baumes verströmte noch mehr Aroma als in der ersten Nacht, als sie dort Elisabeth Wenderoth angetroffen hatte. Maja tastete sich im Dunkeln bis zur Eiche vor, schloss die Augen und legte ihre Hände auf die rissige und aufgebrochene Haut des versehrten Riesen. Von der Landstraße her war ein einzelnes Auto zu hören, dessen Motorengeräusch sich aber bald wieder in der Ferne verlor.

Ein Käuzchen rief irgendwo im Wald, und ein zweites antwortete, so ging das ein paarmal hin und her, bis es ein Stück von ihr entfernt im Geäst raschelte. Kurz war etwas wie ein Fauchen zu hören, dann wieder Blätterrascheln.

Maja setzte sich auf die Bank neben der Heiligen Eiche, schlang die Jacke enger um sich und schloss die Augen. Es war sehr angenehm, hier zu sitzen und zu lauschen. Die Atmosphäre des Waldes umgab sie wie eine Decke aus gleichmäßigen, leisen Geräuschen, die ein leichter Wind mal zu ihr hin und mal von ihr wegtrug.

Ein Kombi, der recht flott auf der Privatstraße an ihr vorbeifuhr, ließ sie hochschrecken. Offenbar war sie eingeschlafen. Sie reckte die Glieder, stand auf und trat auf den Weg hinaus. Die Rücklichter des Wagens waren noch kurz zu sehen, dann verschwand das Auto aus ihrem Blickfeld. Maja fröstelte, sie schaute auf ihr Handy: Es waren gut zwanzig Minuten vergangen, seit sie die Eiche erreicht hatte. Nun war es doch langsam Zeit, ins Bett zu gehen. Sie war sehr müde, aber wenn es ähnlich lief wie in der vorigen Nacht, würde ihre Platzangst sie auch diesmal nur schlecht schlafen lassen.

Als sie Frau Wenderoths Haus erreichte, lag alles in tiefer Dunkelheit. Maja betrat den Innenhof und ging zur Freitreppe. Der Bewegungssensor ließ das Licht im Hof aufflammen, aber sie hatte das Dachgeschoss noch nicht erreicht, da waren die Lampen schon wieder ausgegangen.

Erst im Bett fiel ihr ein, dass sie sich eigentlich vorgenommen hatte, Markus anzurufen. Sie nahm ihr Telefon zur Hand, um ihm so spät am Abend wenigstens noch schnell etwas zu schreiben – doch er hatte ihr selbst eben schon eine Nachricht geschickt. Offenbar war er noch wach, also wählte sie kurzerhand doch noch seine Nummer.

»Na, wie läuft deine Undercover-Recherche?«, erkundigte er sich.

Sie schilderte ihm, was sie bisher erfahren hatte, und Markus hörte sich alles an, stellte zwischendurch die eine oder andere Frage, die echtes Interesse verriet, und als sie eine halbe Stunde später auflegte, war sie bester Stimmung, wenn auch eher aufgekratzt als schläfrig.

Sie las, bis ihr fast das Buch aus der Hand glitt. Dann legte sie vorsichtig den Roman weg, knipste die Nachttischlampe aus, schloss die Augen und rollte sich auf die Seite. Und wirklich nahm eine daunenweiche Müdigkeit sie auf, die Gedanken kamen zur Ruhe, hinter ihren Lidern verblassten allmählich die Lichtblitze und Farbenspiele, und bald umfing sie tiefe Dunkelheit. Sie träumte wirres Zeug, schlief eine Weile traumlos, und als ihr Schlaf zwischendurch etwas weniger tief war – fiel irgendwo im Haus eine Tür ins Schloss.

Maja schreckte hoch und setzte sich auf. Sie horchte. Da waren Schritte im Erdgeschoss, kein Zweifel. Noch eine Tür wurde zugezogen, etwas fiel herab und rollte ein Stück über den Boden. Es war halb drei. Sie schwang die Beine aus dem Bett, zog sich rasch an und schlich auf den Flur hinaus und zum oberen Ende der Treppe. Ein Moment der Ruhe, dann waren von unten wieder Schritte zu hören. Maja huschte die Stufen hinunter bis zum nächsten Treppenabsatz und lauschte wieder. Nun waren auch aus Frau Wenderoths Wohnung tastende Schritte zu hören. Die Tür wurde langsam aufgezogen, und vor dem sanften Licht aus der Wohnung zeichnete sich die Silhouette von Elisabeth Wenderoth ab. Die ältere Kollegin wirkte sehr erstaunt, als sie Maja mitten in der Nacht im dunklen Treppenhaus stehen sah.

»Was geistern Sie denn hier herum?«, fragte sie mit einer rauen Stimme, die verriet, dass sie gerade noch geschlafen hatte.

Maja schüttelte stumm den Kopf, legte den Zeigefinger an die Lippen und deutete dann nach unten. Nun machte Frau Wenderoth noch größere Augen, und sie folgte Maja, die nun die letzten Stufen ins Erdgeschoss hinabging. Die Tür zum Verkaufsraum der Apotheke stand einen Spalt offen. Dahinter brannte Licht. Sehen konnte Maja niemanden, aber von hier aus war nun schon recht deutlich zu hören, dass drinnen jemand herumhantierte, hin und her ging und Schubladen und Schranktüren öffnete und schloss.

Elisabeth Wenderoth trat direkt hinter Maja und machte, als die sich erschrocken umdrehte, mit der Hand eine Geste, als wolle sie jemanden anrufen. Das war sicher keine schlechte Idee. Maja nickte, und die Hausherrin schlich nach oben. Doch bis die Polizei gerufen und eingetroffen war, konnte ein Einbrecher längst über alle Berge sein – und Maja wollte ihn wenigstens beschreiben können. Also lauschte sie noch einmal und folgerte, dass die Geräusche jetzt aus einem der weiter hinten liegenden Zimmer kamen, nicht aus dem Verkaufsraum.

Vorsichtig drückte sie die Tür ein wenig weiter auf und schlüpfte durch die Öffnung. Langsam arbeitete sie sich durch den Verkaufsraum voran, duckte sich immer wieder hinter ein Regal und drückte sich neben dem Durchgang zum Raum mit den Medikamentenschränken so an die Wand, dass sie in das Zimmer lugen konnte, ohne selbst von dort gesehen zu werden.

Auch in diesem Zimmer war niemand.

Maja gelangte ohne Zwischenfälle in den kleinen Flur dahinter. Sowohl die Tür zu Elisabeth Wenderoths kleinem Büro als auch die zum Aufenthaltsraum standen offen. Licht brannte aber nur im Aufenthaltsraum, und von dort schienen jetzt auch die Geräusche zu kommen. Wühlte dort jemand in den Schränken? Aber was war da schon zu holen? Würde ein Einbrecher nicht eher im Verkaufsraum nach einer Kasse oder im Medikamentenlager nach Tabletten suchen?

Schritt für Schritt näherte sie sich dem Zimmer, wurde aber nicht schlau aus den Geräuschen, die sie vernahm. War das ein gedämpfter Schlag gewesen, gefolgt von einem Stöhnen? Ein Schlurfen, als würde jemand die Beine im Gehen nicht anheben? Und das mühsam unterdrückte Husten klang auch nicht so, als würde es dem Einbrecher besonders gut gehen.

Maja hatte nun die Tür erreicht und spähte vorsichtig in den Raum. Eine massige Gestalt stützte sich schwer mit einer Hand auf den Tisch, fuhr sich mit der anderen Hand über die Stirn und durch das schüttere Haar, dann ließ sich der Mann ächzend auf einen der Stühle sinken. Maja brauchte einen Moment, bis sie begriff, wen sie vor sich hatte.

»Herr Heegen«, sagte sie und trat an den Tisch. »Was ist mit Ihnen, geht es Ihnen nicht gut?«

Er wandte ihr das Gesicht zu, und die Fahne, die von ihm ausging, beantwortete ihre Frage: Der Kollege war sturzbetrunken.

»Um Himmels willen, Herr Heegen, was machen Sie denn in diesem Zustand mitten in der Nacht in der Apotheke?«

»Ssustand? Welcher Ssustand?«

Eilige Schritte hasteten durch das Medikamentenlager und den anschließenden Flur, dann stand Elisabeth Wenderoth in der Tür, mit wirren Haaren und großen Augen.

»Ist das ... ist das unser Einbrecher?«, fragte sie.

Maja zuckte mit den Schultern, und die Chefin drückte auf ihrem Handy die Wahlwiederholung.

»Ja, Wenderoth noch einmal. Das mit dem Einbruch war ein Missverständnis, entschuldigen Sie bitte. Ja. Danke vielmals.«

Sie beendete das Telefonat und setzte sich Heegen gegenüber an den Tisch.

»Dann mach ich uns wohl erst mal einen starken Kaffee«, bemerkte Maja.

Wenig später standen drei dampfende Tassen auf dem Tisch. Elisabeth Wenderoth betrachtete schweigend ihren Mitarbeiter. Maja rührte geduldig Zucker in ihren Kaffee, Heegen trank die ersten Schlucke schwarz, nahm dann ebenfalls Zucker und einen ordentlichen Schuss Milch. Allmählich konnte man ihm ansehen, dass er wieder Herr seiner Sinne wurde. Trotzdem ließ Elisabeth Wenderoth mehr als eine Viertelstunde verstreichen, bevor sie das Wort an Günther Heegen richtete.

»Jetzt erklären Sie mal, was das für eine seltsame nächtliche Aktion war.«

Heegen saß vor den beiden Frauen wie ein Häuflein Elend. Die Situation wurde ihm umso peinlicher, je weniger ihm der Alkohol die Einschätzung vernebelte.

»Ich hatte heute meinen Hausschlüssel in der Apotheke vergessen, und da wollte ich ihn eben holen. Tut mir leid, dass ich Sie beide damit aufgeweckt habe.«

»Und erst so spät am Abend haben Sie bemerkt, dass Ihr Hausschlüssel fehlt?«

Maja sah fragend hin und her zwischen Günther Heegen, der noch etwas mehr in sich zusammensank, und Elisabeth Wenderoth, die ihn unverwandt fixierte.

»Um diese Zeit hat in Marburg nicht mehr viel geöffnet«, knurrte sie. »Waren Sie wieder in diesem … in diesem Club?«

Heegen verzog den Mund, nickte und schaute betreten auf seinen Kaffee.

»Ich habe Ihnen schon so oft gesagt: Suchen Sie sich eine nette Frau, treffen Sie sich mit anderen Leuten, dann werden Sie schon jemanden kennenlernen, der zu Ihnen passt. Aber lassen Sie um Gottes willen die Finger von diesen … von diesen Mädchen.«

Maja dämmerte, was für ein Etablissement der Club war, den der Kollege erst so spät in der Nacht verlassen hatte. Sie wunderte sich nur, dass die alte Apothekerin ein so privates Thema mit ihrem Mitarbeiter erörterte, als wäre sie nicht seine Chefin, sondern seine Mutter. Das kam in diesem Moment wohl auch Frau Wenderoth selbst in den Sinn, denn sie lächelte müde und wandte sich Maja zu.

»Herr Heegen und ich kennen uns schon sehr lange, und nachdem ich ihn eines Tages zufällig in dieses Haus habe gehen sehen, habe ich ihn darauf angesprochen. Ich halte nichts von Prostitution, zumal sicher nicht nur Frauen in dem Club tätig sind, die das aus freien Stücken tun.«

»Doch, das sind dort alles …«, setzte Heegen an, doch seine Chefin stoppte ihn mit einer kurzen Geste.

»Ich mische mich auch in das Privatleben meiner Mitarbeiter ein, wenn ich zu dem Eindruck gelange, dass es ihnen nicht guttut. Heute würde man das vermutlich als übergriffig bezeichnen, aber so bin ich nun mal, und zumindest Herr Heegen hat sich nicht darüber beschwert. Wir hatten einige ernste und gute Gespräche zu dem Thema. Und ich dachte eigentlich, Günther, dass Sie das hinter sich gelassen hätten.«

»Ich gehe nur noch selten dorthin«, brachte er hervor. Es war ihm sichtlich unangenehm, dass seine Chefin vor Maja auf dieses Thema zu sprechen gekommen war, und als er zwischendurch kurz den Blick hob, meinte sie auch Wut in seinen Augen zu erkennen. Aber er sagte nichts weiter, sondern ließ alles über sich ergehen.

»Gar nicht mehr wäre deutlich besser«, versetzte Frau Wenderoth und nippte nun doch an ihrem Kaffee.

»Haben Sie Ihren Schlüssel denn gefunden?«, fragte Maja, die eigentlich keine Lust hatte, auf ihren Schlaf zu verzichten, um die sexuellen Gewohnheiten eines unsympathischen Kollegen zu diskutieren.

»Ja«, antwortete er und hielt einen Schlüssel mit buntem Plastikanhänger hoch. Dann stand er auf, klopfte zum Abschied auf die Tischplatte und wankte zur Tür. Dort drehte er sich noch einmal um. »Und entschuldigen Sie bitte vielmals, dass ich Ihnen solche Umstände gemacht habe.«

»Sie wollen sich doch jetzt nicht ans Steuer Ihres Wagens setzen?«, merkte Maja an.

»Ach, das geht schon. Ich habe es ja auch her geschafft, und da hatte ich noch keinen Kaffee getrunken. Der war übrigens gut. Etwas bitter vielleicht, aber sehr wirksam, danke.«

»Ich finde auch«, sagte die alte Apothekerin, »dass Herr Heegen nicht mehr selbst fahren sollte, aber ich sehe nachts nicht besonders gut, deshalb setze ich mich nach Einbruch der Dunkelheit nicht mehr ans Steuer. Aber wenn Sie vielleicht, Frau Ursinus …?«

»Okay, ich fahre Sie heim, Herr Heegen. Ihren Wagen lassen Sie stehen, und morgen früh müssen Sie halt schauen, wie Sie herkommen.«

»Ich kann mir ein Taxi nehmen, kein Problem.«

»Wo steht Ihr Wagen denn?«, fragte Frau Wenderoth.

»Ein Stück entfernt von hier auf dem Waldweg.«

»Hoffentlich kommen Sie dort auch wieder raus, ohne dass Sie abgeschleppt werden müssen«, versetzte die Apothekerin, und an Maja gewandt fügte sie erklärend hinzu: »Der Kollege fährt einen sehr sportlichen Zweisitzer, noch schöner als mein Cabrio und tiefergelegt.«

»Ich wollte nicht in den Hof fahren. Ich hatte Angst, dass das Licht oder das Motorengeräusch jemanden wecken könnte. Deshalb bin ich über den Garten zum Hintereingang. So konnte ich in den Aufenthaltsraum, ohne dass der Bewegungsmelder reagierte.«

Maja erinnerte sich an die Geräusche, die sie gehört hatte. Es waren mehrere Türen zugeschlagen, und etwas war über den Boden gerollt. Sie sprach Heegen darauf an.

»Sie haben ja selbst gesehen, dass ich etwas wacklig auf den Beinen war.«

»Und noch sind«, warf Elisabeth Wenderoth ein.

»Meinetwegen auch das. Jedenfalls musste ich schnell noch auf die Toilette, das war etwas eilig, deshalb muss mir die Tür etwas laut ins Schloss gefallen sein. Und als ich im Aufenthaltsraum die Schränke nach meinem Schlüssel durchsucht habe, bin ich mit dem Fuß gegen eine Flasche gestoßen. Die ist umgefallen und davongekullert.« Er zeigte auf einen Schrank, der auf etwa zehn Zentimeter hohen Füßen stand. »Dort ist sie druntergerollt, bis ganz nach hinten an die Wand.«

»War das Ihre Flasche?«

»Nein. Keine Ahnung, was das für eine war.«

»Gut, dann gehe ich wieder schlafen«, sagte die alte Apothekerin.

Maja begleitete Günther Heegen nach draußen, hielt ihm die Beifahrertür ihres Wagens auf und musterte ihn kritisch.

»Sie müssen keine Angst haben, dass ich Ihnen das Auto versaue«, sagte er, als er ihren prüfenden Blick bemerkte. »Ich vertrage ziemlich viel, und übergeben musste ich mich seit Jahren nicht mehr.«

Maja drückte die Tür zu, setzte sich hinters Steuer und wartete, bis der Kollege sich umständlich angeschnallt hatte. Dann ließ sie sich seine Adresse geben und tippte sie ins Navi ein. Während Heegen die Lider schwer wurden, rollte sie langsam vom Hof.

Als sie an der Heiligen Eiche vorbeikamen, fiel ihr der Kombi ein, der sie am späten Abend dort geweckt hatte. Heegen fuhr einen sportlichen Zweisitzer und war nach seiner Schilderung auch erst viel später hier entlanggekommen. Wer war dann mit dem Kombi an ihr vorbeigefahren? Sie musste Elisabeth Wenderoth unbedingt fragen, ob die Privatstraße zu einem weiteren Wohnhaus führte oder ob es hier vielleicht zu einem Hochstand ging, den ein Jäger spätabends aufgesucht hatte.

Heegen lebte in einem Wohnblock im Marburger Südviertel, und nachdem sie ihn mit einigem Rütteln wach bekommen hatte, stand er schwankend auf dem Gehweg und nestelte seinen Hausschlüssel hervor. Maja wendete den Wagen und ließ ihr Seitenfenster herunter.

»Ich warte noch kurz, bis Sie drin sind, Herr Heegen.«

Er versuchte ein Grinsen.

»Wenn ich etwas weniger getrunken hätte, würde ich Sie fragen, ob Sie nicht noch auf einen Kaffee mit nach oben kommen möchten.«

»Das würde ich auch ablehnen, wenn Sie völlig nüchtern wären«, entgegnete Maja.

»Das war deutlich«, gab er zurück, wirkte aber eher belustigt als eingeschnappt. Nun musste Maja sein Grinsen doch erwidern.

»Ich bin in festen Händen«, erklärte sie in versöhnlichem Tonfall.

Dass Heegen in keiner Weise ihr Typ war, behielt sie für sich, aber er konnte es sich wohl auch so schon denken. Er winkte ihr lächelnd zum Abschied, drehte sich wacklig um und steuerte seine Haustür an. Den Schlüssel brachte er erst nicht ins Schloss, und Maja machte schon Anstalten, ihm dabei zu helfen, aber dann klappte es doch noch, er drückte die Haustür auf, winkte ihr noch einmal, ohne sich umzudrehen, und verschwand im Gebäude.

Die Fahrt zu Heegens Wohnung und zurück dauerte nicht allzu lange, aber Maja war todmüde und konnte die Ankunft auf dem Hof der Salus-Apotheke kaum erwarten. Der Kombi ging ihr wieder durch den Sinn, der während ihres Nickerchens an der Eiche an ihr vorbeigefahren war, und als sie am Parkplatz schräg gegenüber der Apotheke vorüberkam, der größtenteils von Büschen und Bäumen verdeckt war, kam es ihr einen Moment lang vor, als hätte ihr Scheinwerfer etwas Metallisches gestreift. Aber sie hatte keine Lust, noch so spät in der Nacht irgendeinem Jäger nachzustellen. Vielleicht hatten ihr die überanstrengten Augen auch einfach einen Streich gespielt. Wieder sprang das Hoflicht an, im Wohnhaus selbst war alles dunkel, und als sie im Erdgeschoss vor der Empfangstheke stand, war auch kein Geräusch zu hören.

Die Flasche, von der Heegen gesprochen hatte, ließ ihr trotz ihrer Müdigkeit keine Ruhe. Sie ging in den Aufenthaltsraum und kniete sich vor den Schrank, unter den die Flasche gerollt war. Darunter lag nichts außer einigen Staubflocken. Maja trat auf den Flur hinaus. Die Tür zu Elisabeth Wenderoths Büro stand einen Spalt offen. Maja sah sich um und lauschte, dann schob sie die Tür weiter auf. Das Licht aus dem Flur fiel auf den Schreibtisch ihrer Chefin, auf dem eine knapp zur Hälfte gefüllte Glasflasche stand. An der einen Ecke des Etiketts, die sich gelöst hatte, hingen Staubflusen. Maja ging zum Tisch, schraubte den Verschluss auf und schnupperte – tatsächlich Wodka.

Das musste die Flasche sein, die Heegen versehentlich umgestoßen hatte und die unter den Schrank gerollt war.

Doch wer deponierte im Aufenthaltsraum eine Flasche Wodka?

Maja knipste die Lichter aus, zog die Tür zum Verkaufsraum der Apotheke vorsichtig hinter sich zu und ging hinauf in ihr Zimmer. Sie öffnete die Fenster und legte sich ins Bett, zog die Decke bis unters Kinn und schloss die Augen. Doch sie kam lange nicht zur Ruhe, zu viele Fragen beschäftigten sie, fuhren Karussell in ihrem Kopf und stellten sie vor Rätsel.

Wem gehörte die Wodkaflasche, und wer trank während der Arbeit Schnaps? Wenn Heegen Alkoholiker war, lag es natürlich nahe, dass die Flasche ihm gehörte, doch er hatte kein bisschen schuldbewusst gewirkt, als ihn Elisabeth Wenderoth danach gefragt hatte. Und sie traute ihm nicht zu, seine Chefin in volltrunkenem Zustand anzulügen. Außerdem war es seltsam, dass die verräterische Flasche offenbar so gut zugänglich gewesen war, dass Heegen sie versehentlich umstoßen konnte. Wer heimlich während der Arbeitszeit trank, würde das Corpus Delicti doch wenigstens an einem sicheren Ort verstecken, oder nicht?

Maja ging die anderen Mitarbeiter durch. Lea Busch strich sie gleich von der Liste – das Mädchen war ehrgeizig und wirkte hellwach und konzentriert. Saskia Conradi schloss sie ebenfalls aus – Maja konnte sich nicht vorstellen, welchen Kummer diese blasierte Schönheit mit Alkohol hätte betäuben sollen. Thomas Lonitzer hatte eine schwere Scheidung hinter sich, aber er sah auf den ersten Blick nicht so aus, wie sich Maja einen gewohnheitsmäßigen Trinker vorstellte. Allerdings musste das nichts heißen. Maja wusste, dass viele Alkoholiker Meister darin waren, ihre Sucht zu verbergen. Meret Rogler hatte Probleme in ihrer Ehe, und vermutlich ahnte sie, dass ihr Mann sie betrog – doch sie machte auf Maja einen zwar traurigen, aber doch stabilen Eindruck. Auch Marianne Holler kam vermutlich nicht infrage, da Frau Wenderoth in so hohen Tönen von ihr geschwärmt hatte. Und die Chefin selbst hätte ja wohl eine Schnapsflasche, an der sie gelegentlich nippte, nicht in den Aufenthaltsraum ihrer Mitarbeiter gestellt – wo sie doch im eigenen, ziemlich chaotischen Büro jede Menge Verstecke einrichten konnte.

Und dann erging es Maja wie vielen, die Gedanken wälzen und dafür unbedingt wach bleiben wollen: Sie schlief ein.

5

Obwohl sie in der Nacht erst spät ins Bett gekommen war, erwachte Maja am nächsten Morgen relativ ausgeruht und war schon gegen halb acht in der Apotheke. Elisabeth Wenderoth war bereits in ihrem kleinen Büro zugange, der Wodka war weggeräumt, und nachdem Maja ihre Chefin auf Zeit begrüßt hatte, sagte sie ihr, dass sie mal unter dem Schrank nach der Flasche sehen wolle, die Günther Heegen umgestoßen hatte. Es wäre ihr falsch vorgekommen, zuzugeben, dass sie das noch in der Nacht getan und dabei den Schnaps auf Frau Wenderoths Schreibtisch entdeckt hatte.

»Es war eine Wodkaflasche«, sagte die alte Apothekerin. »Ich habe sie unter dem Schrank hervorgeholt, als Sie Herrn Heegen nach Hause fuhren. Halb leer. Seither frage ich mich, wer in meinem Team während der Arbeit heimlich Wodka trinkt.«

Maja tat angemessen überrascht.

»Haben Sie jemanden in Verdacht?«, fragte sie. »Heegen zum Beispiel?«

»Kurioserweise scheidet er aus, obwohl er unbestreitbar ein Alkoholproblem hat. Er hat mir mal anvertraut, dass er fast alle Arten von Schnaps trinkt, nur Wodka und Korn rührt er nicht an, die mag er nämlich nicht.«

»Ich kenne die Kollegen ja erst seit Montag, aber eigentlich kann ich mir von niemandem im Team vorstellen, dass sie oder er tagsüber Schnaps trinken würde.«

Die alte Apothekerin nickte und machte sich wieder an die Arbeit. Sie schien diese Frage mit sich selbst ausmachen zu wollen. Maja ging in den Aufenthaltsraum und startete die Kaffeemaschine. Gerade als der Raum allmählich von Kaffeeduft erfüllt wurde, schwang die Hintertür auf, und Thomas Lonitzer trat ein. Er wirkte verschlafen, seine Haare standen in alle Richtungen ab, und er hatte dunkle Ringe unter den Augen.

»Sie sehen aus, als könnten Sie gleich eine Tasse vertragen«, sagte Maja und nickte grinsend zur Kaffeemaschine.

»Unbedingt!«, versetzte der Kollege mit rauer Stimme. Er nahm einen Kaffeebecher aus dem Regal. »Soll ich Ihnen auch einen einschenken?«

»Gern, danke. Aber müssen wir nicht erst die Lieferung von heute früh nach vorne bringen?«

Lonitzer sah auf die Uhr und schüttelte müde den Kopf.

»Wir sind zeitig dran, für eine Tasse reicht es schon noch.«

»Sie sehen müde aus. Haben Sie schlecht geschlafen?«

»Na ja, in diesem Wald ist es offenbar weniger ruhig, als ich es mir vorgestellt habe.«

»Wieso im Wald?«

»Ich habe heute meine erste Nacht auf der Schlafcouch unter dem Dach verbracht.« Er deutete zum Laborgebäude und lachte freudlos. »Erst vorgestern habe ich Ihnen erzählt, dass ich es bisher vermeiden konnte, dort zu übernachten, und jetzt …«

Er schlürfte vom heißen Kaffee und nickte anerkennend.

»Das war jetzt genau das, was ich gebraucht habe.«

»Warum haben Sie denn heute Nacht nicht daheim geschlafen?«, fasste Maja nach.

Er starrte in seine Tasse, als schwimme dort die Antwort auf Majas Frage, dann hob er traurig lächelnd den Blick.

»Ich nehme an, die Chefin hat Ihnen von meiner Scheidung erzählt.«

»Sie hat nur angedeutet, dass Sie noch immer eine schwere Zeit durchmachen.«

»Die gute Frau Wenderoth … Sie ist eine ausgezeichnete Apothekerin, und ich schätze durchaus, dass sie sich um ihre Mitarbeiter kümmert, aber alles möchte man ja doch nicht vor seiner Arbeitgeberin ausbreiten.«

»Das verstehe ich gut, und Frau Wenderoth weiß wohl selbst, dass man ihr Verhalten in dieser Hinsicht als übergriffig empfinden könnte.«

»Übergriffig? Hat sie das so gesagt?«

Maja nickte.

»Respekt, so neuzeitliches Vokabular hätte ich ihr gar nicht zugetraut.« Er lachte gutmütig. »In meinem Fall war sie alles andere als aufdringlich, sie hat mir nur gelegentlich ihre Hilfe angeboten – und ich habe sie irgendwann sehr gern angenommen.«

»Sie müssen mir davon nicht erzählen, Herr Lonitzer.«

»Ich rede ganz gern über diese Geschichte, weil ich die Erfahrung gemacht habe, dass mir das hilft. Günther Heegen würde ich vielleicht nicht alles anvertrauen, und ich wäre Ihnen dankbar, wenn Sie ihm nichts von dem erzählen würden, was wir hier besprechen.«

»Kein Problem.«

»Aber zwischen Ihnen und mir gibt es ja keine Konkurrenzsituation, Sie vertreten Marianne Holler, und wenn die Kollegin wieder gesund ist, kehren Sie nach München zurück.«

Maja wollte schon einhaken wegen der »Konkurrenzsituation«, aber sie schwieg, weil Lonitzer begann, von seiner Scheidung zu erzählen, erfreulicherweise, ohne in seinen Schilderungen allzu weinerlich zu werden. Aus seiner Sicht war die Ehe daran gescheitert, dass sich seine Frau von ihm finanziell mehr erhofft und dass sie ihn mehrfach betrogen hatte. Außerdem hielt er sich bis auf ein gelegentliches Glas Wein oder mal ein Bier in der Kneipe weitgehend fern vom Alkohol, was sie grundlegend anders handhabte.

»Trinkt Ihre Frau Wodka?«, fragte Maja aus einer spontanen Eingebung heraus.

»Nein, warum fragen Sie?«

»Ach, nur so.«

Lonitzer sah sie fragend an, doch Maja zuckte mit den Schultern.

»Sie trinkt am liebsten Wein«, sagte er, »und wenn schon Hochprozentiges, dann nur Grappa oder andere Tresterbrände. Leider steht sie bei ihrem Weinkonsum auf besonders teure Tropfen, was mich eine Stange Geld gekostet hat. Wie auch immer: Irgendwann hatten wir die eigenartige Situation, dass ich nach mehreren Affären Grund genug hatte, sie zu verlassen – aber dass letztlich sie die Scheidung eingereicht hat. Sie wurde von einem Anwalt vertreten, der nicht besonders zimperlich war in der Wahl seiner Mittel. Er hat am Ende für meine Frau sehr viel erreicht. Unser Haus ist jetzt ihres, unser zwölfjähriger Sohn lebt bei ihr, und obwohl es eine klare Regelung gibt, wann er am Wochenende oder tageweise zu mir kommen soll, wirft sie die Pläne immer mal wieder kurzfristig über den Haufen. Dann soll ich ihn mehrere Abende hintereinander zu mir nehmen, obwohl ich da schon was anderes vorhatte – und wenn ich ihn ein anderes Mal zum verabredeten Zeitpunkt abholen möchte, gibt sie vor, er sei plötzlich krank geworden. Wenn ich so spontan einspringen muss, kann ich mir den Grund dafür schon denken: Sie trifft sich mit einem anderen Mann. Aber dass sie vereinbarte Termine torpediert …« Er zuckte mit den Schultern. »Wer weiß, vielleicht macht es ihr einfach Spaß, mich zu ärgern. Mein Anwalt macht mir nicht viel Hoffnung, dass sich das bessert. Also warte ich darauf, dass der Junge etwas älter wird, dann entspannt sich das Ganze hoffentlich etwas.«

»Ich drücke Ihnen die Daumen.«

»Danke.«

»Und was hat nun ganz konkret dazu geführt, dass Sie sich heute Nacht auf der ungeliebten Couch schlafen gelegt haben?«

»Es gibt eine Besonderheit in meiner Scheidungsgeschichte. Ich sagte Ihnen ja schon, dass ich Grund genug gehabt hätte, meine Frau Doreen zu verlassen – aber ich wäre noch heute mit ihr zusammen, wenn sie nicht die Scheidung gewollt hätte. Als die Scheidung schon lief, aber noch nicht durch war, kam Doreen eines Abends in meine neue Wohnung. Sie meinte, es gebe etwas wegen unseres gemeinsamen Sohnes zu besprechen, aber sie hatte anderes im Sinn. Eine Woche zuvor war wohl ihre damalige Beziehung zu Ende gegangen, und sie fühlte sich allein. Sie hatte schon etwas getrunken, als sie zu mir kam, und fragte mich, ob ich Wein dahätte. Ich hatte eine Flasche im Schrank, und es wurde ein ganz netter Abend, fast wie früher. Er endete auch wie früher, und ich war ganz selig – bis sie sich mitten in der Nacht anzog und mir zu verstehen gab, dass das nichts an unserer Situation ändern würde.«

Er nahm einen Schluck Kaffee, bevor er fortfuhr:

»Das hat es für mich nicht leichter gemacht, mit der Situation klarzukommen, wie Sie sich vielleicht vorstellen können. Seitdem habe ich sie nicht mehr in meine Wohnung gelassen. Wir haben uns nur noch in Cafés oder Restaurants getroffen, wenn etwas zu besprechen war.«

Es war zu hören, wie zwei Autos auf den Hof fuhren.

»Als ich gestern heimkam, wartete sie schon vor dem Haus im Wagen auf mich. Sie stieg aus, stellte sich mir in den Weg und erzählte mir, dass sie mit mir reden wolle und dass doch alles wieder so werden könne, wie es vor der Scheidung war. Sie hatte getrunken und wurde irgendwann aggressiv, als ich ihre Avancen abgelehnt habe. Schließlich habe ich mich in mein Auto gesetzt und bin davongefahren. Im Rückspiegel habe ich gesehen, wie sie sich wieder ins Auto hockte, aber keine Anstalten machte, wegzufahren. Eine Zeit lang bin ich durch die Stadt gekurvt, und irgendwann habe ich den Wagen abgestellt und bin in ein Bistro in der Wettergasse gegangen. Da sollten Sie mal hin, wenn Sie Hunger haben: hausgemachte Bandnudeln, Aufläufe, wirklich sehr gut …«

Maja fragte sich, ob dieses Bistro das Stammlokal von ganz Marburg war.

»Diesmal war die Kneipe leider keine gute Wahl«, fuhr Lonitzer fort. »Ich wollte einfach in Ruhe etwas essen und ein Bier trinken. Doch kaum war ich mit meinem Nudelgericht fertig, da fielen mir zwei Männer auf, die wohl schon eine ganze Weile am anderen Ende des Bistros beisammensaßen. Als einer der beiden mich erkannt hat, ging er sofort auf mich los.«

»Warum das denn?«

Lonitzer lächelte gequält. »Wenn Sie in der Stadt als Mitarbeiter der Salus-Apotheke bekannt sind, kann das nach Feierabend im einen oder anderen Fall unangenehme Folgen haben. Der Mann, der mich beschimpft hat, ist Arzt und hat eine Praxis in der Oberstadt.«

»Sprechen Sie zufällig von Dr. Krohn?«

»Ja, genau. Woher wissen Sie das?«

»Als ich am Montag mit Frau Wenderoth unterwegs war, sind wir ihm begegnet, und er hat sie ziemlich übel beschimpft.« Aus einer Eingebung heraus beschloss Maja, Lonitzer gegenüber vorerst nicht zu erwähnen, dass sie Krohn und Rogler am Vorabend gesehen hatte.

»Dann können Sie sich ja vorstellen, wie wenig Lust ich hatte, mich von ihm blöd anmachen zu lassen«, meinte Lonitzer. »Krohn ist geradezu fanatisch in seinem Hass auf die Chefin.«

»Warum eigentlich?«

»Den konkreten Grund kann ich Ihnen gar nicht sagen, aber er hat wohl nicht nur mit Frau Wenderoth selbst ein Problem, sondern reagiert allergisch auf alle auch nur ansatzweise alternativen Behandlungsmethoden. Das hat er mir gestern nicht zum ersten Mal an den Kopf geworfen.«

Die Hintertür schwang auf, Günther Heegen und Lea Busch kamen nacheinander herein. Maja und Lonitzer begrüßten die beiden und versprachen, ihnen gleich zu helfen. Heegen nahm sich einen Kaffee und ging schon mal nach nebenan in den Verkaufsraum, und Lea folgte ihm. Draußen röhrte ein Motorrad heran, kurz darauf verstummte der Motor. Als Saskia den Aufenthaltsraum betrat und die beiden Kollegen beieinandersitzen sah, gönnte sie sich ein abfälliges Grinsen und ging hinüber zur Mitarbeitertoilette – vermutlich um ihr Make-up zu erneuern und sich die Haare zu richten.

»Den Rest erzähle ich Ihnen gern nach Feierabend«, sagte Lonitzer, als sie wieder zu zweit im Raum waren.

»Oder wenn ich Sie in der Mittagspause vielleicht auf Kaffee und Kuchen einladen darf? Ganz ohne Hintergedanken natürlich.«

»Können wir gern machen. Aber mittags eher nicht, einen Teil der Pause brauche ich, um die Bestellungen einzuladen. Heute bin ich mit dem Ausliefern an der Reihe, glaube ich.«

»Nehmen Sie das Dreirad?«

»Ja, ich finde das Ding witzig.«

»Dann rufen Sie mich einfach kurz an, sobald Sie fertig sind.« Er schob ihr seine Visitenkarte hin. »Wenn Sie einen anderen Wagen genommen hätten, dann hätte ich Sie begleitet, aber in diese winzige Karre bringen mich keine zehn Pferde.«

Er lachte, stand auf und räumte seine leere Tasse in die Spülmaschine.

»Sagen Sie, Herr Lonitzer, fahren Sie einen Kombi?«

»Ja, ein ziemlich altes Ding, aber es läuft noch, das genügt mir.«

»Dann habe ich also Sie gestern Abend gesehen, wie Sie zur Apotheke gefahren sind. Ich hatte mich im Dunkeln neben die Heilige Eiche gesetzt.«

»Echt? Hat die Chefin Sie schon angesteckt mit Ihrer Schwäche für diese Baumruine?«

»Ich finde es nachts ganz schön dort. Es ist ruhig, und man kann nachdenken.«

»Außer es rauscht ein Kombi vorbei, was? Habe ich Sie erschreckt? Es war ja schon recht spät.«

Kaum war Lonitzer ins Labor gegangen, um sich an die

Herstellung von bestellten Medikamenten zu machen, da steckte Günther Heegen den Kopf durch die Tür. Er wirkte erstaunlich fit in Anbetracht dessen, wie betrunken er in der vergangenen Nacht gewesen war.

»Wir könnten Ihre Hilfe brauchen. Frau Rogler scheint sich heute früh zu verspäten, und Lea hilft mir mit dem Einsortieren, weil ich da deutlich langsamer bin als die Kollegin. Wenn Sie sich vielleicht um den Onlineshop kümmern könnten?«

Es waren zahlreiche Bestellungen eingegangen, aber Maja kam zügig voran, und als Saskia zur Empfangstheke kam und die erste Kundin in den Verkaufsraum führte, war schon ein großer Teil der Aufgaben erledigt. Kurz nach halb elf wurde es etwas ruhiger. Lonitzer kam herüber und lud Maja ein, ihn ins Nebengebäude zu begleiten und bei der Herstellung von Arzneien zu unterstützen, von denen allmählich der Vorrat zur Neige ging. Begleitet von Heegens Blick, der halb misstrauisch, halb neidisch wirkte, verließen die beiden den Verkaufsraum und überquerten den Hof.

Sie hatten das Laborgebäude fast erreicht und standen halb verdeckt durch ein gut mannshohes Gebüsch, da rollte eine Limousine in die Einfahrt. Weil die Seitenfenster des schönen Wetters wegen heruntergelassen waren, konnte Maja hören, wie sich die Beifahrerin über etwas aufregte. Eine Stimme, die ihr bekannt vorkam, auch wenn sie sie noch nie in dieser schrillen Tonlage gehört hatte, schimpfte lauthals, und kaum war der Wagen zum Stehen gekommen, wurde die Beifahrertür aufgestoßen, und Meret Rogler sprang heraus. Sie war ganz auf den Mann konzentriert, der sie gebracht hatte, und bemerkte deshalb nicht, dass hinter ihr Maja und Lonitzer standen. Der Streit ging noch kurz hin und her, dann fielen dem Mann am Steuer die beiden Zeugen der Auseinandersetzung auf, und er lief puterrot an.

»Das hast du ja toll hinbekommen, Meret!«, rief er nun und deutete an ihr vorbei. »Mach endlich die Tür zu, ich muss los!«

Sie fuhr herum und sah die Kollegen vor dem Nebengebäude stehen.

»Tür zu!«, brüllte es hinter ihr aus dem Auto.

Ohne sich zu dem Wagen umzudrehen, warf sie die Tür ins Schloss und blieb stehen, unschlüssig, ob sie etwas zu dem Streit sagen oder wortlos in die Apotheke gehen sollte. Die Limousine fuhr ruppig an, im abrupten Wendemanöver drehten sogar kurz die Reifen durch, dann brauste der Wagen aus dem Hof und auf der Straße davon.

»Magst du uns helfen, Meret?«, fragte Lonitzer und nickte zum Fachwerkbau.

Die beiden wechselten Blicke, die darauf hindeuteten, dass sie sich gut verstanden, dann schaute sie Maja zweifelnd an.

»Ich geh noch einmal rüber in den Verkaufsraum und komm später wieder«, schlug Maja vor und steuerte auf die Freitreppe zu, während Meret dem Kollegen ins Labor folgte.

Im Verkaufsraum der Salus-Apotheke befanden sich keine Kunden. Saskia Conradi stand am Fenster und schaute aufmerksam hinaus. Offenbar hatte sie den Streit im Hof mitbekommen und beobachtete nun die beiden Kollegen durch die großen Fenster im Labor. Maja ärgerte sich über die unverblümte Neugier der jungen Frau und versuchte sich auf die anstehenden Aufgaben zu konzentrieren. Doch nach ein paar Minuten konnte sie nicht mehr an sich halten: Was glotzte Saskia diese Frau an, mit deren Mann sie allem Anschein nach ins Bett ging, und weidete sich womöglich noch an ihrem Leid? Maja stellte sich neben Saskia, die sie gar nicht bemerkt hatte, und räusperte sich vernehmlich. Saskia fuhr erschrocken herum.

»Frau Conradi«, zischte sie die junge Mitarbeiterin an, »haben Sie jetzt genug gesehen? Finden Sie es nicht etwas aufdringlich, die Kollegen so auszuspionieren? Und wäre es Ihnen vielleicht möglich, während Ihrer Arbeitszeit auch einmal Ihrer Arbeit nachzugehen? Die Gardinen sind ja schon zurechtgezupft, aber vielleicht braucht Herr Heegen Hilfe, oder Sie warten wenigstens am Empfang auf Kundschaft und bringen die Liste der anstehenden Bestellungen auf den aktuellen Stand!«

»Ich …«, setzte die junge PTA mit leicht zittriger Stimme an, aber Maja schnitt ihr sofort das Wort ab.

»An die Arbeit! Und am besten suchen Sie sich eine Aufgabe, die Sie aus meinem Blickfeld bringt.«

Saskia schluckte, und ihr schönes Gesicht glühte vor Empörung und Scham, dann wandte sie sich abrupt ab und marschierte mit erhobenem Haupt nach hinten. An der Tür zum Medikamentenlager musste sie an Lea Busch vorbei, die gerade mit einer Schachtel in den Verkaufsraum kam. Das Grinsen, das um ihre Mundwinkel spielte, verriet, dass sie die Szene zwischen den beiden Kolleginnen mitangesehen oder zumindest mitangehört hatte.

Mehr als eine halbe Stunde verging, bis Meret Rogler in den Verkaufsraum kam. Sie sah aus, als habe sie geweint. Ohne ein Wort kam sie herein, begab sich ins Medikamentenlager und kontrollierte die Bestände.

Maja hatte gerade nichts Dringendes mehr zu tun, also bat sie Lea, ein Auge auf den Empfang zu haben, und ging ins Laborgebäude hinüber. Lonitzer lehnte an einem der Arbeitstische und schaute durch ein Fenster auf den Garten hinaus. Als Maja die Tür öffnete, drehte er sich zu ihr herum und bedachte sie mit einem melancholischen Lächeln.

»Geht es Meret wieder besser?«, fragte sie, und weil Lonitzer kurz stutzte, fügte sie hinzu: »Wir duzen uns seit gestern.«

»Dafür haben Sie sich auf jeden Fall die richtige Kollegin rausgesucht. Meret ist eine gute Seele.«

»Das finde ich auch, aber sie wirkt immer wieder so bedrückt. Wissen Sie denn, worum es bei dem Streit mit ihrem Mann ging?«

»Sebastian ist ein Idiot«, grummelte Lonitzer. »Der behandelt seine Frau nicht, wie er sollte, und wahrscheinlich weiß er gar nicht, was er an ihr hat.«

Er sprach von Meret Rogler wie von einer guten Freundin, aber Maja konnte aus seiner Miene nicht herauslesen, wie tief diese Freundschaft ging. Waren die beiden mehr als gute Kollegen oder sogar mehr als gute Freunde? Lonitzer breitete einige Gerätschaften auf dem Tisch aus, bevor er weitersprach.

»Die Ehe der beiden ist … nun ja … schwierig.«

»Meret und ich haben uns gestern gut unterhalten. Ich hatte den Eindruck, dass sie ihren Mann im Verdacht hat, sie zu betrügen.«

Lonitzer sah Maja an.

»Hat sie das so gesagt?«

»Nein, nicht direkt, es war mehr so ein Gefühl von mir. Liege ich denn falsch?«

»Nein, ich vermute auch, dass Meret ihren Mann für untreu hält.«

»Und was glauben Sie?«

»Zuzutrauen wäre es Sebastian auf jeden Fall.«

»Sie mögen ihn offensichtlich nicht. Warum eigentlich?«

»Unsere Abneigung beruht auf Gegenseitigkeit«, sagte Lonitzer nach einer kurzen Pause. »Er ist mit Krohn befreundet, diesem Arzt, der sich so auf die Salus-Apotheke eingeschossen hat. Übrigens war Sebastian Rogler der Mann, der mit Krohn im Bistro in der Wettergasse beisammensaß. Die beiden passen auch prima zusammen. Krohn als Homöopathiehasser und Sebastian als hohes Tier der MKE Pharma.«

Maja hob die Augenbrauen. In Marburg waren mehrere große Pharmafirmen ansässig, und auch wenn MKE außerhalb der Branche weniger bekannt war als die hiesigen Konkurrenten, war Maja der Name der Firma ein Begriff. MKE Pharma – das Buchstabenkürzel stand für die Standorte Marburg, Kassel und Eisenach – hatte mit Generika viel Geld verdient, also mit dem Nachbau von Medikamenten, für die der Patentschutz abgelaufen war, und zugleich hatte die Firma in den vergangenen Jahren branchenintern vor allem damit Kritik auf sich gezogen, dass sie versucht hatte, genveränderte pflanzliche Wirkstoffe als Patent anzumelden. Auch in der Zeit, als Maja Teil einer Forschungsgruppe an der Ludwig-Maximilians-Universität in München gewesen war und pflanzliche Wirkstoffe darauf getestet hatte, inwieweit sie für Krebstherapien eingesetzt werden konnten, hatte die Rechtsabteilung der MKE Pharma ihr mehr als einmal die Arbeit erschwert.

»Ging es in dem Streit zwischen Meret und ihrem Mann um Berufliches? Einen größeren Gegensatz als die Salus-Apotheke und diese Pharmafirma kann ich mir nur schwer vorstellen.«

»Nein, dieses Thema hat zwischen ihnen nie eine Rolle gespielt, soweit ich es mitbekommen habe.«

»Eigentlich erstaunlich.«

»Da haben Sie recht. Aber als die beiden sich kennengelernt haben, arbeitete Meret schon für Frau Wenderoth und Sebastian für MKE. Kurz vor ihrer Hochzeit begann Sebastian eine ziemlich steile Karriere in der Pharmafirma hinzulegen. Heute ist er im Vertrieb einer der obersten Manager.«

Draußen fuhr ein Wagen vor. Eine hochgewachsene Frau mit schulterlangem Haar stieg aus und öffnete einem siebenjährigen Jungen die Autotür. Maja erinnerte sich an die Begegnung mit den beiden am Montag, als sie zusammen mit Frau Wenderoth die Bestellungen ausgeliefert hatte. Bethmann hieß die Frau, fiel Maja wieder ein, und offenbar hatte der gestrige Besuch beim Kinderarzt nicht die Lösung von Elias' Problem gebracht.

»Natürlich wäre es ihm am liebsten, Meret würde kündigen und wäre nur noch Hausfrau und Mutter.«

»Ich dachte, die beiden haben keine Kinder.«

»Aber sie wollten immer welche, vor allem Meret. Doch Sebastian hat zur Bedingung gemacht, dass Meret dann daheimbleibt.«

»Na ja, das kann heutzutage ja wohl nicht mehr allein der Mann entscheiden, oder?«

»Sebastian sieht das offenbar anders, und bisher hat er sich durchgesetzt. Ihrer Ehe hat das nicht gutgetan, und ich habe Meret auch schon geraten, ihn zu verlassen – aber bisher hat sie nicht auf mich gehört.«

»Wie lange geht das denn schon so?«

»Das weiß ich nicht genau, aber als ich vor acht Jahren zur Salus-Apotheke wechselte, war die Beziehung zwischen Meret und ihrem Mann bereits angespannt.«

»So lange schon? Ich hätte sicher längst die Reißleine gezogen.«

»Merets Eltern sind sehr konservativ in ihren Ansichten, in deren Welt kommt so etwas wie Scheidung gar nicht vor. Vielleicht hat sich das auf sie übertragen, wer weiß? Inzwischen scheint aber nicht mehr viel zu fehlen, dass sie sich von Sebastian trennt. Und falls sich herausstellen würde, dass er sie wirklich betrügt … ich glaube, das wäre der Tropfen, der das Fass zum Überlaufen bringen könnte.«

Maja sah ihn an, aber auch jetzt konnte sie nicht sagen, ob er darauf hoffte, dass Meret dann frei wäre für eine Beziehung mit ihm – oder ob er ihr einfach nur als mitfühlender Freund wünschte, dass sie einer Ehe entkam, die ihr nicht guttat.

Draußen führte Elisabeth Wenderoth die Mutter und ihren Sohn in den Garten. Vor einem Beet ging sie in die Hocke, zupfte einige Blätter von einer Pflanze und reichte sie dem Jungen. Sie sagte etwas zu ihm, woraufhin der Kleine eines der Blätter zwischen den Fingern zerrieb und daran schnupperte. Strahlend nickte er, die alte Apothekerin deutete auf einige andere Pflanzen, und schon flitzte der Junge los und pflückte vorsichtig Blätter von den jeweiligen Kräutern, die er ebenfalls zerrieb, um anschließend daran zu riechen.

Elisabeth Wenderoth erhob sich wieder und unterhielt sich mit der Mutter. Schließlich gab sie ihr ein Fläschchen mit Globuli, das die Frau schnell in ihre Tasche steckte. Als der Junge zurückkam, verabschiedete Frau Wenderoth die beiden und sah ihnen nach, bis sie mit dem Wagen davongefahren waren. Kurz blieb die Apothekerin noch stehen, dann sah sie sich um, als wolle sie prüfen, dass auch alles in Ordnung war. Als ihr Blick Maja streifte, winkte sie ihr kurz und bedeutete ihr, nachher zu ihr zu kommen.

Lonitzer hatte bemerkt, dass Maja ihm nicht mehr so aufmerksam zuhörte und an ihm vorbei zum Garten schaute. Er drehte sich um und sah gerade noch die Geste der Chefin.

»Ach, du meine Güte«, entfuhr es ihm. »Da quatsche ich Sie voll und halte Sie von der Arbeit ab. Entschuldigen Sie bitte.«

»Nein, alles in Ordnung. Es interessiert mich wirklich, wie es Meret geht und was an ihr nagt, und ich bin Ihnen sehr dankbar, dass Sie mich da ins Vertrauen ziehen. Ich war nur kurz abgelenkt, weil ich die Kundin, mit der Frau Wenderoth gerade gesprochen hat, schon mal gesehen habe.«

»Frau Bethmann?«

»Ja, die Chefin und ich sind ihr am Montagnachmittag begegnet, als wir die Lieferungen ausgefahren haben. Ihr Sohn hat irgendein Problem, gestern hatten sie einen Termin beim Kinderarzt, und jetzt war sie hier und hat sich Globuli geben lassen.«

»Na, darüber wird ihr Mann aber nicht sehr glücklich sein«, versetzte Lonitzer und grinste breit.

»Warum das denn?«

»Auch Herr Bethmann arbeitet für MKE Pharma, er ist Gruppen- oder Abteilungsleiter, nicht ganz so hoch angesiedelt wie Sebastian, und gehört zum engeren Kreis einer Gruppe von Homöopathiehassern, für die Dr. Krohn gelegentlich Veranstaltungen organisiert.«

»Dieser Krohn muss ja wirklich ein schwerwiegendes Problem mit Homöopathie haben!«

»Offenbar, aber diese Gruppe tut letztlich keinem weh: Krohn lädt Redner ein, die Vorträge darüber halten, wie schädlich Globuli sind oder zumindest wie wenig sie bewirken. Als 2016 in den USA zehn Kinder starben und die Behörde für Arzneimittelsicherheit zu dem Schluss kam, dass homöopathische Medikamente mit erhöhter Atropindosis ihren Tod verursacht hatten, bekam seine Runde ordentlich Zulauf.«

»Sie meinen diese Geschichte mit den Tabletten, die Zahnungsschmerzen lindern sollten? Aber solche Präparate werden in Deutschland doch gar nicht angeboten.«

»Das ist Leuten wie Krohn egal.«

Maja schüttelte den Kopf.

»Was muss nur passiert sein, dass dieser Mann so einen Hass auf Homöopathie entwickelt hat?«

Elisabeth Wenderoth hob den Kopf, noch bevor Maja an den Türrahmen klopfen konnte, und deutete auf den Stuhl ihr gegenüber.

»Frau Bethmann war vorhin hier«, begann sie, »die Frau mit dem Siebenjährigen, die wir am Montag an der Ampel getroffen haben.«

»Ich weiß, ich habe gesehen, wie Sie mit ihr und dem Jungen im Garten waren.«

»Netter kleiner Kerl, aber er hat ein Problem, das ihm ziemlich peinlich ist.«

Die alte Apothekerin grinste und schien ihre Aushilfe einer kleinen Prüfung unterziehen zu wollen, Maja tat ihr den Gefallen und ging darauf ein.

»Was ist denn sein Problem?«

»Er macht noch ins Bett.«

»Er ist sieben – hat er denn gerade Druck, etwa in der Schule?«

»Er kommt zurecht, die Noten sind gut, er hat Freunde, von denen er sich aber etwas zurückzuziehen beginnt, seit er gelegentlich einnässt.«

»Kein Wunder. Haben die Eltern Streit miteinander, gibt es da Spannungen?«

»Nicht, dass ich wüsste, warum fragen Sie so gezielt danach?«

»Herr Lonitzer hat mir erzählt, wer ihr Mann ist, wo er arbeitet und was er von Homöopathie hält.«

»Herr Bethmann teilt die Meinung von meinem … nun ja … ganz besonderen Freund Krohn. Aber ich glaube, er weiß nicht, dass seine Frau sich für Elias Globuli von mir hat geben lassen. Sie hält das vor ihm geheim, also können sie sich auch nicht darüber streiten – und damit entfällt das als möglicher Anlass für eine nervliche Belastung des Jungen.«

»Dann würde ich ihm schon mal kein Kalium phosphoricum geben.«

Elisabeth Wenderoth nickte lächelnd.

»Sie haben erzählt, dass er sich von seinen Freunden zurückzieht, seit er gelegentlich einnässt – also passiert ihm das auch tagsüber?«, erkundigte sich Maja.

»Ja.«

»Schläft er unruhig? Hat er Krämpfe, deckt er sich nachts auf?«

Jede Frage beantwortete die alte Apothekerin mit einem zufriedenen Nicken.

»Ich würde ihm Belladonna-D6-Globuli geben. War das in dem Fläschchen, das Frau Bethmann so schnell in ihre Tasche gesteckt hat?«

»Ja«, sagte Frau Wenderoth und sah Maja wohlwollend an. »Sie beobachten sehr genau, Frau Ursinus.«

»Ist das nicht unser Job?«

»In unserer Eigenschaft als Apothekerinnen oder Sie in Ihrer Rolle als … wie soll ich sagen … Undercover-Detektivin?«

»Beides.«

»Haben Sie denn schon etwas herausgefunden?«

»Noch nichts Konkretes, leider. Bisher konnte ich mir allerdings schon ein ganz gutes Bild von den meisten Ihrer Mitarbeiter machen.«

»Und?«

»Sie haben ein gutes Team, vielleicht bis auf Saskia, die kein großes Interesse an ihrer Arbeit zeigt.«

Die Chefin zuckte mit der Schulter.

»Was soll ich machen? Ihr Vater ist ein wirklich guter Freund von mir, und als die Apotheke, in der Saskia ihre Ausbildung machte, sie nicht übernahm, hat er mich regelrecht bekniet, seine Tochter zu nehmen. Er …«

Sie räusperte sich und warf einen kurzen Blick in den Flur hinaus, als wolle sie sichergehen, dass sie niemand belauschte.

»Er hat viel Einfluss in der Stadt, wissen Sie? Er sitzt dem Gremium vor, das darüber entscheidet, wer sich um die Pflege der Kräuterbeete im Botanischen Garten kümmert. Vor Jahren hat er sich dafür eingesetzt, dass ich Teil dieses Teams wurde, und falls ich ihn verärgern würde, könnte er sicher auch dafür sorgen, dass ich da rausfliege.«

»Ist Ihnen das denn so wichtig, dass Sie dafür eine … entschuldigen Sie bitte, aber ich kann es nicht anders ausdrücken: eine faule und untaugliche Mitarbeiterin durchschleppen?«

»Na ja, durchschleppen … Ihr Vater hat mir vor einigen Jahren auch einige sehr lukrative Kunden beschert, so gesehen ist Saskias Gehalt eine gute und lohnende Investition. Und ja, der Garten ist mir wirklich sehr wichtig. Falls Sie mal etwas über die Geschichte des Botanischen Gartens lesen, stoßen Sie auf meinen Familiennamen. 1810 übernahm Georg Wilhelm Franz Wenderoth, ein entfernter Vorfahre von mir, an der Marburger Universität den Lehrstuhl der Botanik. Damit war auch die Leitung des Botanischen Gartens verbunden, der sich damals in einem elenden Zustand befand. Ihm wurde für einen neuen Garten der frühere Park des Deutschen Ordens zur Verfügung gestellt, und über Jahre hinweg machte er daraus eine weithin beachtete Mischung aus englischem Park und Wissenschaftsgarten mit Versuchsflächen und Heilpflanzengarten. Das ist heute der Alte Botanische Garten unten in der Stadt.«

»Es ist schön dort, ich bin erst gestern durch den Garten spaziert.«

»In den Sechzigern wurde auf dem Stadtcampus der Uni der Platz knapp, und zusammen mit den naturwissenschaftlichen Fakultäten zog auch der Botanische Garten hierher auf die Lahnberge. Wie gesagt, seit Ende der

Achtziger arbeite ich ehrenamtlich mit, kümmere mich mit Studenten um Heilpflanzen und habe ab und zu auch Studenten als Praktikanten in der Apotheke. Die Nähe zur Uni und die Arbeit mit den jungen Leuten geben mir viel.«

»Das kann ich gut verstehen, aber … an Ihrer Stelle würde ich Saskia trotzdem nicht alles durchgehen lassen. Das ist meiner Meinung nach nicht gut für das Betriebsklima.«

»Ich weiß, dass Lea und Saskia sich nicht mögen, aber Lea weiß, dass ich viel von ihr halte – und dass sie sich wegen Saskia keine Sorgen machen muss.«

»Und was ist mit Meret Rogler?«

»Was soll mit ihr sein?« Elisabeth Wenderoth blinzelte und sah Maja fragend an. »Wissen Sie etwas, was ich auch wissen sollte?«

»Ich … nein, aber Meret Rogler ist ja die direkte Vorgesetzte von Saskia. Wie gut kommt sie damit zurecht, dass eine ihrer Mitarbeiterinnen nicht gerade eine Leuchte ist in ihrem Beruf?«

Frau Wenderoth musterte Maja noch einen Moment lang, bevor sie antwortete.

»Meret verlässt sich am liebsten auf sich selbst. Sie ist fleißig und tüchtig, kümmert sich um alles und kann nicht besonders gut delegieren. Was sie betrifft, muss ich eher darauf achten, dass sie Lea nicht nur Handlangerdienste machen lässt.«

»Dann ist es ja gut. Aber eine Bitte hätte ich noch: Könnte ich auch einmal mit Marianne Holler sprechen?«

»Natürlich, gern, und auch Marianne würde sich bestimmt freuen, Sie kennenzulernen. Aber was versprechen Sie sich davon?«

»Da sie Ihre rechte Hand ist, wie Sie mir gesagt haben, und da sie obendrein über meine Rolle Bescheid weiß, kann sie mir vielleicht etwas erzählen, was im Zusammenhang mit dem Tod der alten Dame hilfreich sein könnte. Die anderen kann ich ja schlecht direkt darauf ansprechen.«

Elisabeth Wenderoth zuckte mit den Schultern.

»Wann würde es denn für Sie passen, Frau Ursinus? Ich nehme an, es wird das Beste sein, wenn Sie Marianne zu Hause besuchen.«

»Eben, sie ist ja krank«, versetzte Maja und zwinkerte der alten Apothekerin zu.

Isa Bethmann war es ganz recht, dass ihr Mann heute erst spät nach Hause kommen würde. Drei mal drei Globuli täglich hatte ihr Frau Wenderoth als Dosis empfohlen, und da er heute den ganzen Tag in der Firma sein wollte und abends eine Verabredung hatte, würde er frühestens am nächsten Abend mitbekommen, dass sie Elias die Kügelchen gab. Und falls sich dann schon die erste Wirkung zeigte, würde er sich vielleicht auch damit zufriedengeben, dass die Globuli ihrem Sohn geholfen hatten, auch wenn er nicht an ihre Wirksamkeit glaubte.

Sie hatte Elias seit Anfang der Woche in der Schule entschuldigt, als Grund hatte sie eine Erkältung vorgegeben. Ihr Mann war damit einverstanden gewesen, weil er ja auch sah, wie sehr ihr Sohn unter dem Einnässen litt. Und irgendwann hatte er auch seinen Ärger darüber hinuntergeschluckt, dass der Kinderarzt ihnen erst für Dienstag einen Termin hatte anbieten können.

Sie bewohnten ein schönes, nicht zu protziges Haus im Stadtteil Wehrshausen, mit großem Garten und Pool in einer angenehmen Lage, die ihnen eine weite Sicht über Wiesen und Wälder bot. Von hier aus konnte sie den Reitstall zu Fuß erreichen und er die Firma mit dem Rad. Robert war ein guter Ehemann, ein besorgter Vater und ein unkomplizierter Nachbar. Doch er hielt etwas zu viel auf seine berufliche Position und reagierte schnell beleidigt, wenn Ärzte für ihn und seine Familie nicht so schnell wie gewünscht einen Termin frei räumten.

Sein Hausarzt Dr. Krohn, ein Globuliverächter wie Robert, hatte immer Zeit für ihn, aber Dr. Veiel, der Kinderarzt, dachte nicht im Traum daran, einen seiner Patienten einem anderen vorzuziehen. Isa wartete lieber einen Tag länger auf das Gespräch mit ihm, weil sie wusste, dass er ausreichend Zeit dafür einplante. Und so hatte er wirklich lange mit Elias gesprochen, hatte es sogar geschafft, dass der Junge halbwegs unbefangen mit ihm darüber sprach, wie sehr es ihm widerstrebte, wieder im Pausenhof zu stehen und sich von seinen Freunden abwenden zu müssen, weil er befürchtete, es werde gleich ein nasser Fleck an seiner Hose zu sehen sein.

»Wie viele Kinder seid ihr auf dem Pausenhof, Elias, was schätzt du?«, hatte Veiel daraufhin gefragt.

»Weiß nicht, vielleicht zweihundert?«

»Und wie viele der Kinder sind in deinem Alter?«

»Zwei Klassen halt.«

»Also vierzig bis fünfzig Kinder, stimmt's?«

Elias hatte genickt und den Arzt fragend angesehen.

»Ärzte wie ich schreiben alles Mögliche auf, weißt du? Und andere Ärzte und Wissenschaftler sammeln diese Notizen und Zahlen und rechnen aus, wie oft Kinder erkältet sind, wer in welchem Alter laufen oder Rad fahren oder auf einem Bein balancieren kann.«

»Okay …«

»Und wie viele Siebenjährige noch ins Bett oder in die Hose machen. Wie viele werden das an deiner Schule sein, was schätzt du?«

»Na, ich halt.«

»Jeder Zehnte, Elias. Einer von zehn – das sind allein in deiner und in der Parallelklasse vier bis fünf Kinder.«

»Echt?«

Ein Medikament wollte Dr. Veiel ihm nicht verschreiben. Er hatte einige Verhaltensregeln genannt, von Hausmitteln gesprochen, und als Isa Bethmann möglichst beiläufig erwähnt hatte, dass sie am Tag zuvor zufällig Elisabeth Wenderoth getroffen hatte, hatte er breit gegrinst.

»Falls Ihr Mann Sie fragt, habe ich das natürlich nie empfohlen: Aber fahren Sie unbedingt mal zur Salus-Apotheke. Frau Wenderoth kennt sich fabelhaft mit Heilpflanzen aus. Und grüßen Sie sie herzlich von mir!«

Nun gab sie Elias die ersten drei Globuli und schärfte ihrem Sohn ein, dass er die Kügelchen nicht zerkauen, sondern auf seiner Zunge lassen solle, bis sie sich aufgelöst hätten – und dass er seinem Vater einstweilen nichts von den Kügelchen verraten dürfe.

»Ich weiß, Mama. Wenn er fragt, dann sage ich, dass ich die Tabletten nehme, die Papa aus der Firma mitgebracht hat.«

Elias war ein tapferer Junge, und er liebte es, mit seiner Mutter Geheimnisse zu teilen. Und damit Robert nicht misstrauisch wurde, zerrieb Isa die Tabletten, die er ihr gegeben hatte, entsprechend der vorgeschlagenen Dosis, schüttete das Pulver in den Ausguss und spülte gründlich nach.

Heute waren weniger Bestellungen auszuliefern als an den Tagen zuvor, und obwohl Maja für jedes ihrer Ziele das Navi bemühen musste, war sie so früh fertig, dass sie eine halbe Stunde totschlagen musste, bevor sie sich wie verabredet mit Thomas Lonitzer in einem Café in der Schwanallee traf. Sie bummelte ein wenig durch ein Kaufhaus am Rand der Oberstadt und fuhr dann noch immer mehr als rechtzeitig los. Sie kam in ihrem dreirädrigen Lieferwagen auch an dem Haus vorbei, vor dem sie Heegen in der Nacht abgeliefert hatte. Als sie im Café eintraf, war Lonitzer schon da und winkte ihr zu. Er hatte einen Tisch im Außenbereich gewählt, auf einer niedrigen Holzplattform, von der aus man auf einen teils geschotterten, teils gepflasterten Innenhof blickte. Sie bestellten Kaffee und Kuchen, und Lonitzer plauderte fröhlich drauflos. Er gab ihr Tipps für weitere Cafés, Buchläden, Bäcker und Metzger und fragte sie, wie es ihr in München gefalle. Es ging eine

Weile hin und her, und weil ihre Unterhaltung so ungezwungen war, kam irgendwann auch noch einmal die Rede auf Lonitzers Übernachtung im Dachgeschoss über dem Labor.

»Nachdem Krohn mich im Bistro beschimpft und bedrängt hat, habe ich schnell gezahlt und bin gegangen«, erzählte er. »In meine Wohnung wollte ich nicht, weil ich befürchtete, dass meine Frau noch immer vor dem Haus auf mich warten würde – was wahrscheinlich Blödsinn war, sie war sicher schon nach Hause gefahren. Aber in einer solchen Situation … na ja … da reimt man sich manches falsch zusammen. Wie auch immer: Die Couch unter dem Dach fiel mir ein, also habe ich mich dort schlafen gelegt.« Er zuckte mit den Schultern und legte ein entschuldigendes Lächeln auf. »Für die eine Nacht ging's – aber ich bin, ehrlich gesagt, froh, dass ich mich inzwischen daheim wieder frisch machen konnte.«

Danach lenkte Maja das Gespräch auf die Salus-Apotheke und Krohns Clique von Homöopathiehassern, aber Lonitzer wusste nichts weiter darüber, warum der Allgemeinmediziner so fanatisch gegen Globuli zu Felde zog. Schließlich kam sie auf den Tod der alten Stammkundin zu sprechen.

»Scheußliche Sache«, sagte Lonitzer. »Das hat die Chefin ganz schön mitgenommen. Stellen Sie sich vor, die Kripo hat sie doch tatsächlich verdächtigt, ihr eine Überdosis Atropin verpasst zu haben. Aber auch da hatte wieder Krohn seine Finger im Spiel, dieser durchgeknallte Kerl! Der hat den Tod der Dame festgestellt, seine Praxis liegt nicht weit von ihrer Wohnung. Und er hat die Polizei darauf hingewiesen, dass er an eine Atropinvergiftung glaube.«

»Wie kam er denn so schnell zu dieser Auffassung?«

»Würden wir das einer Leiche nicht auch ansehen? Eben, und er lag ja auch richtig. Aber damit Frau Wenderoth in Verbindung zu bringen, also ehrlich!«

Maja schätzte seine Entrüstung als authentisch ein.

»Wie könnte die Dame denn an die tödliche Dosis Atropin gekommen sein?«, fragte sie.

»Mir wäre es am liebsten, Krohn wäre es gewesen. Dann würde er hinter Gitter wandern, und wir hätten unsere Ruhe!« Lonitzer war etwas lauter geworden. Jetzt räusperte er sich und trank einen Schluck Kaffee. »Entschuldigen Sie bitte, aber Krohn nervt mich wirklich. Um auf Ihre Frage zurückzukommen: Ich habe keine Ahnung, wie das passiert ist. Soweit ich es aufgeschnappt habe, gab es in ihrer Wohnung ein unbeschriftetes Glasröhrchen, da sollen die vergifteten Globuli drin gewesen sein.«

»Und die waren ganz sicher nicht aus der Salus-Apotheke?«

»Überreicht in einem unbeschrifteten Röhrchen? Das kann ich mir nicht vorstellen – und Frau Wenderoth hat es ja auch abgestritten. Sie würde sonst ziemlichen Ärger bekommen. Und für einen wie Krohn wäre das ein gefundenes Fressen.«

»Wie haben Sie alle die Nachricht vom Tod der Kundin aufgenommen und dann die Ermittlungen gegen die Chefin?«

»Wir waren natürlich geschockt!«

»Alle?«

»Na ja«, antwortete er und lachte etwas aufgesetzt, »bis auf Saskia, der ja sowieso alles egal ist, was mit der Apotheke zu tun hat.«

»Wie hat Saskia denn reagiert?«

»Das war nur Spaß«, wiegelte Lonitzer ab. »Saskia wirkte tatsächlich etwas weniger niedergeschlagen als wir anderen, einfach weil ihr nicht so viel an Frau Wenderoth und der Apotheke liegt. Aber sie war schon auch erleichtert, als sich der Verdacht gegen die Chefin nicht erhärtet hat. Wir alle waren ja froh, als die Polizei mit ihrer lästigen Hausdurchsuchung fertig war, Saskia bestimmt auch. Jedenfalls machte sie auf mich diesen Eindruck – und alles andere wäre ja auch eine Frechheit. Schließlich kann sich das Mädel bei Frau Wenderoth bedanken, dass sie noch für sie arbeiten darf. Die Apotheke, in der sie ihre Lehre gemacht hat, hat sie nicht übernommen – und auch in unserem Team zeigt sie immer wieder, dass sie einer wie Meret oder auch der jungen Lea nicht das Wasser reichen kann.«

»Apropos Meret: Ich hatte heute Vormittag kaum mit ihr zu tun und habe auch nicht gesehen, wie sie nach Hause gegangen ist. Ging es ihr denn mittags wieder besser?«

»Ja, zum Glück. Nur zu Saskia war sie … irgendwie zickig, aber das Mädchen kann einen ja auch aufregen, wenn sie langsam und unkonzentriert arbeitet.«

Das Gespräch plätscherte noch eine Weile dahin, und

schließlich rief Maja die Bedienung und zahlte für sie beide.

»Eigentlich wollte ich Sie einladen«, protestierte Lonitzer halbherzig.

»Nein, nein, ich bin dran. Sie haben mir so viel über das Team erzählt, da kann ich mich wenigstens mit Kaffee und Kuchen revanchieren.«

»Auch gut, vielen Dank.«

»Soll ich Sie noch irgendwohin mitnehmen?«

»Sie sind noch mit dem Dreirad unterwegs?«

»Ja.«

»Dann lieber nicht, Sie wissen ja …«

Er lachte, und sie verabschiedeten sich.

Robert Bethmann kam nur kurz zum Umziehen nach Hause. Essen würde er nachher im Gasthaus, in dem er verabredet war. Elias spielte in seinem Zimmer, Isa bereitete gerade das Abendbrot vor, und als Robert in Jeans, Sweatshirt und leichter Jacke das Haus verließ, standen seine Frau und sein Sohn winkend in der Tür und sahen ihm nach.

Mit Krohn und den anderen traf er sich im Nebenzimmer eines Lokals etwas außerhalb von Wehrhausen. Dort gab es frisch gezapftes Bier und gutbürgerliche Küche, ordentliche Portionen zu niedrigen Preisen. Sie waren an diesem frühen Abend zu fünft, und Krohn kam ohne Umschweife auf das heutige Thema zu sprechen, kaum dass alle ein Getränk vor sich stehen hatten.

»Wir müssen noch einmal an die Geschichte mit Frau

Dern ran. Die Polizei weiß, dass die alte Frau an vergifteten Globuli gestorben ist, aber sie lassen sich von dieser Kräuterhexe einwickeln, die behauptet hat, das Röhrchen in der Wohnung der Toten stamme nicht aus ihrer verdammten Apotheke!«

Beifälliges Nicken und Murmeln. Robert Bethmann war hier unter Gleichgesinnten. Ihre Gruppe war bunt gemischt, nur in ihrer Ablehnung von Homöopathie fanden sie ihren gemeinsamen Nenner. Zu Veranstaltungen kamen auch mal dreißig, vierzig Gäste, aber den harten Kern von Krohns Zirkel bildeten die fünf Anwesenden und noch zwei oder drei weitere, die sich für heute Abend entschuldigt hatten. Krohn und Bethmann waren auch beruflich mit dem Thema befasst, die anderen hatten schlechte Erfahrungen mit homöopathischen Anwendungen gemacht oder von anderen Schlechtes darüber gehört, oder sie hielten das Ganze schlicht für Humbug, der gefährlich werden konnte, wenn sich jemand allein darauf verließ, anstatt sich von einem Arzt behandeln zu lassen. Und natürlich waren sie alle überzeugt davon, dass der Tod von Evelyn Dern der Apothekerin oben im Wald anzulasten war, von der die alte Dame ja auch sonst ihre Kügelchen und Salben bekommen hatte.

Bethmann musterte die anderen Teilnehmer des Treffens. Martin Hegel war als Polizist einige Tage lang in die Ermittlungen zu Derns Tod einbezogen gewesen und hatte früh das Gerücht durchsickern lassen, dass die vergifteten Globuli möglicherweise aus der Salus-Apotheke stammten. Ferdinand Kroll hatte ein traditionsreiches

Ladengeschäft am Obermarkt und entstammte einer Familie, die in Marburg schon immer Stadträte und andere Honoratioren gestellt hatte. Und Arthur Schneckmann war ursprünglich Gastronom, hatte das beliebte Lokal seiner Eltern aber durch eine Kette von Fehlentscheidungen und Schlampigkeiten in den Ruin gewirtschaftet und hielt sich heute als Angestellter einer Werkschutzfirma über Wasser. Nur Krohn, die treibende Kraft hinter ihrer Gruppe, hatte mit den Gründen für seine Ablehnung der Homöopathie bislang hinterm Berg gehalten. Aus manchen seiner Äußerungen war zu erahnen, dass er selbst schlechte Erfahrungen mit Globuli gemacht haben musste, doch welcher Art diese Erfahrungen waren, ließ er im Dunkeln.

Dabei befasste er sich offenbar schon seit vielen Jahren eingehend mit dem Thema. Er kannte jede Studie, die homöopathischen Arzneien ihre Wirksamkeit absprach. Er hatte jedes Argument parat, das jemals gegen die Homöopathie angeführt worden war. Er wusste, wie eine Urtinktur potenziert und wie Globuli hergestellt wurden. Und er hatte sich eingehend über die Salus-Apotheke und ihr Team informiert. Und so wussten alle am Tisch so gründlich über die drei pharmazeutisch-technischen Assistentinnen und die vier Pharmazeuten Bescheid, die dort oben Dienst taten, als hätten sie einen Privatdetektiv mit dem Ausforschen dieser Menschen beauftragt. Vor allem über Elisabeth Wenderoth, die Besitzerin der Apotheke, und über Marianne Holler, ihre älteste Mitarbeiterin, hatte Krohn viele Informationen zusammengetragen.

Weitaus interessanter fand Robert Bethmann die Geschichte vom Vorbesitzer des Anwesens, auf dem heute die Salus-Apotheke untergebracht war: Er hatte Apotheken in der Umgebung mit Heilpflanzen beliefert und mit allerlei Wirkstoffen, die er daraus extrahierte. Doch um 1980 herum gab es Gerüchte, dass ein Mann nach der Einnahme einer Arznei gestorben war, in der auch Ingredienzen aus dem Kräutergarten des Vorbesitzers verarbeitet waren. Auch wenn es sich damals nicht um Globuli gehandelt hatte, sahen die fünf Männer im Nebenzimmer und ihre Mitstreiter natürlich einen Zusammenhang.

Die Bedienung kam mit den ersten Speisen an den Tisch und schreckte Robert Bethmann aus seinen Gedanken auf. Gerade noch rechtzeitig, denn Krohn kam in seinem immer wütenderen Monolog allmählich zum Ende. Er reichte Ausdrucke herum, auf denen alle Mitarbeiter der Salus-Apotheke abgebildet waren, deutete auf eines der Gesichter und nannte einen Namen, den man der betreffenden Person einfach nur entgegenschleudern musste, um sie aus der Fassung zu bringen. Dann verteilte er Aufgaben an die Anwesenden.

Bethmann seufzte. Er würde in den kommenden Nächten ganz sicher nicht genug Schlaf bekommen.

6

Maja hatte einen ruhigen Abend verbracht. Sie hatte erneut das Bistro in der Wettergasse aufgesucht, hatte ein Bier getrunken und eine der Hausspezialitäten bestellt. Ein paar Frauen in den Vierzigern hatten mit ihr am Tisch gesessen und sich größtenteils gelungene Witze und Anekdoten erzählt, die eigentlich zu lustig waren, um wahr zu sein. Obwohl Maja nicht absichtlich gelauscht hatte, so konnte sie sich ein paarmal ein Lachen nicht verkneifen. Gut gelaunt spazierte sie danach durch die Oberstadt und den Alten Botanischen Garten, sie suchte nach Hinweisen auf den entfernten Verwandten von Elisabeth Wenderoth, fand aber vor allem an jeder Ecke schöne Ausblicke und ruhige Stellen.

Als sie aus der Stadt hinauf in den Wald fuhr, war es längst dunkel geworden. Sie bog auf die Privatstraße ab und rollte langsam an der Heiligen Eiche vorbei, während sie nach Elisabeth Wenderoth Ausschau hielt, doch die alte Apothekerin schien nicht da zu sein. Auf halbem Weg zur Apotheke sah sie sie dann doch. Sie schlenderte nach

Hause, eine zusammengerollte Decke unter dem Arm. Maja bot ihr an, sie das restliche Stück mitzunehmen.

»Nein, ich möchte noch ein bisschen gehen. Aber wenn Sie nachher Lust auf ein Glas Wein haben, lade ich Sie gern zu mir auf den Freisitz ein.«

Dort saßen sie bis weit in die Nacht hinein beisammen und erzählten sich Geschichten von Heribert Ursinus. Maja beschrieb auch den Rest ihrer Familie und einige der Probleme, die sie mit ihrem Vater hatte. Ihre Gastgeberin kam auf die Zeit zu sprechen, als sie mit Heribert studiert hatte, ihre Affäre mit ihm streifte sie dagegen nur kurz, aber mit einem so versonnenen Lächeln, dass es Maja einen kleinen Stich versetzte, weil das ja irgendwie auch gegen ihre Großtante Hildegard ging, die sie so sehr mochte. Maja wechselte das Thema und kam wieder auf die Anfänge der Salus-Apotheke zu sprechen.

»Sie wollten mir doch noch erzählen, welcher Art von Anfeindungen Sie in Ihrer ersten Zeit in Marburg ausgesetzt waren«, erinnerte sie ihre Gastgeberin.

»Ach, das …« Einen Moment lang befürchtete Maja, die alte Apothekerin würde sie wieder abwimmeln, aber dann erzählte sie ihr doch davon. »Erst wurden Gerüchte gestreut, das ging natürlich wunderbar, weil man sich ja auch schon über den Vorbesitzer des Areals gewisse Geschichten erzählt hatte. Das hat sich schließlich wieder beruhigt, aber irgendwann fand ich den ersten Drohbrief im Postkasten.«

»Einen Drohbrief?«

»Anonymes Zeug. Ich solle meine Finger von der

Homöopathie lassen und meine Kunden nicht mit hausgemachter Arznei vergiften – so was halt. Wobei die Briefe nicht persönlich an mich gerichtet waren, sie schienen eher auf die Apotheke oder auf das Team zu zielen.«

»Das klingt nach Dr. Krohn, aber der dürfte damals … wann haben Sie die Apotheke eröffnet?«

»Vor vierzig Jahren.«

»Eben, da ging Krohn ja wohl noch zur Schule«, versetzte Maja und lachte.

»Die Drohbriefe kamen ja auch viel später«, sagte Elisabeth Wenderoth. »Das ging erst vor vierzehn, fünfzehn Jahren los – da hatte Krohn schon die Praxis in der Oberstadt übernommen.«

»Sie glauben also, dass Krohn Ihnen diese Drohbriefe geschrieben hat?«

»Nicht nur das. Ich bin mir ziemlich sicher, dass auch schon ein paarmal in meinem Haus eingebrochen wurde, auch wenn ich nie feststellen konnte, dass etwas gestohlen wurde – von meiner Tiegelzange mal abgesehen.«

»Und warum sind Sie damit nicht zur Polizei gegangen?«

»Es wurde ja nur einmal etwas gestohlen, nämlich die Tiegelzange, und es gab auch keine auffälligen Spuren an den Schlössern. Der Einbrecher muss sich recht geschickt angestellt haben. Und selbst wenn die Polizei Spuren gefunden hätte: Für meine alte Tiegelzange würde die Kripo wohl kaum eine Sonderkommission einrichten …«

»Bleiben immer noch die Briefe!«

Erst seufzte Frau Wenderoth, dann erhob sie sich und

ging in die Wohnung. Kurz darauf kam sie mit dem Köfferchen zurück, das Maja im Schrank gefunden hatte. Die alte Apothekerin öffnete den Koffer mit einem kleinen Schlüssel und klappte den Deckel auf. Ein Stapel von Zetteln kam zum Vorschein, manche im A4-Format, manche kleiner, aber alle am Computer geschrieben. Mal standen nur ein paar Sätze darauf, bei anderen handelte es sich um Ausdrucke aus dem Internet von kritischen Berichten über Homöopathie, und auf den kleinen Zetteln waren meist nur einzelne Worte oder kurze Parolen gegen Globuli und andere selbst gemischte Arzneien zu lesen. Natürlich enthielt keiner der Zettel einen Namen oder sonst etwas, das auf den Absender schließen ließ.

»Wie lange ging das denn?«, fragte Maja, nachdem sie eine Weile in den Papieren geblättert hatte.

»Na ja, der letzte Brief kam kurz vor dem Tod von Frau Dern. Seitdem ist Ruhe, aber da muss mir auch niemand mehr drohen – es reicht ja, wenn die Polizei gegen mich ermittelt hat. Sie haben sicher mitbekommen, dass meine Apotheke viel zu wenige Kunden hat.«

»Sie haben schon erzählt, dass seit Frau Derns Tod weniger los ist als zuvor.«

»Nach Frau Derns Tod ging der Umsatz ganz schön in den Keller, und seither denke ich Tag und Nacht daran, wie ich meine Apotheke wieder flottbekomme, um nicht irgendwann einmal Mitarbeiter entlassen oder womöglich den Laden ganz zumachen zu müssen.« Sie lachte freudlos. »Wenn ich früher Kummer hatte, habe ich mich vor meine Staffelei gestellt und stundenlang gemalt. Das war wie Durchschnaufen, wie ein kleiner Urlaub. Danach hatten sich die Gedanken wieder sortiert, und nicht selten kam mir kurz darauf die rettende Idee. Doch jetzt, da ich eine solche Idee nötiger hätte als jemals zuvor, finde ich keine Ruhe mehr zum Malen.«

Eine Pause entstand.

»Ich glaube, ich gehe besser«, sagte Maja schließlich. »Es ist ja schon spät.«

Sie bedankte sich für den Schlummertrunk und wollte schon hochgehen, da erzählte ihr die alte Apothekerin, dass sie inzwischen mit Marianne Holler telefoniert habe, die sie am kommenden Abend um neunzehn Uhr erwarte.

Bald darauf stand Maja in ihrem dunklen Gästezimmer am Gaubenfenster neben ihrem Bett und atmete die Nachtluft ein. Sie schrieb Markus eine Nachricht, und kaum hatte sie auf »Senden« gedrückt, rief er auch schon zurück.

»Na, endlich fertig mit deinem Arbeitstag als Hobbykommissarin?«

»Das ist ziemlich verzwickt hier«, antwortete sie. »Eine alte Chefin, die nicht loslassen kann. Ein Hausarzt, der gegen Homöopathie Sturm läuft, aus welchem Grund auch immer. Anonyme Drohbriefe, womöglich sogar Einbrüche. Und hier in der Apotheke ist seit dem Tod der alten Stammkundin so wenig los, dass es für Frau Wenderoth irgendwann auch finanziell eng werden dürfte.« Sie seufzte. »Und bei dir? Kommt ihr voran?«

»Ja, schon, aber du weißt ja, wie es läuft: Erst glaubst

du, jetzt ist der Fall gleich gelöst, und dann wird es doch wieder zäh.«

»Klingt ja nicht danach, als könnten wir in der zweiten Woche zusammen wegfahren.«

»Abwarten, Maja.«

»Na ja … die erste Woche ist fast um, morgen ist Donnerstag.«

»Morgen kann viel passieren. Und selbst wenn mein Fall in den nächsten Tagen abgeschlossen ist, hängst du ja vielleicht immer noch in Marburg fest.«

Maja setzte schon zu einer patzigen Antwort an. Legte sich Markus etwa schon jetzt eine Ausrede zurecht, falls er nächste Woche doch nicht freibekäme?

»Maja, bist du noch da?«

Sie seufzte. »Dann hoffe ich mal, ihr habt noch viele zündende Ideen für euren Fall. Die Sache hier in Marburg ist ja was Freiwilliges. Kein Mensch erwartet von mir, dass ich ewig hierbleibe, wenn sich keine Lösung abzeichnet. Sobald dein Fall abgeschlossen ist, komme ich nach München.«

»Schaun mer mal«, sagte Markus. »Ich halte dich jedenfalls auf dem Laufenden.«

Sie verabschiedeten sich, und Maja ging zu Bett. Vom ersten Stock drang noch eine Weile klassische Musik herauf, dann wurde es still, und bald lag alles in tiefer Dunkelheit. Maja schloss die Augen, genoss den Duft der Nacht und lauschte auf die Geräusche, die vom Wald zu ihr herüberdrangen. Als sie zu frösteln begann, weil ihr die zunehmende Kälte unter das Shirt kroch, ließ sie alle Fenster im Zimmer offen wie in den Nächten zuvor und kroch unter die Bettdecke.

Erst versuchte sie einzuschlafen, aber dann knipste sie doch die Nachttischlampe an und las, bis ihr die Augen zufielen. Sie schaltete das Licht wieder aus und rief sich den Alten Botanischen Garten in Erinnerung. Und wirklich verdrängten vor allem die Bilder der weiten, sanften Wiesen die bedrückende Vorstellung von den wenigen Zentimetern, die zwischen ihr und der Dachschräge des Gästezimmers lagen. Maja schlief ein und hörte auch nicht das Summen der Fliegen, die sich vom Nachttischlicht hatten anlocken lassen und nun im Dunkeln herumflogen.

Mitten in der Nacht schreckte sie hoch. Ein Klirren war in ihren Traum gedrungen – sie war nicht sicher, ob es nur Einbildung gewesen war.

Erst stellte sich Maja ans Fenster, konnte aber unten im dunklen Garten nichts erkennen. Und weil ohnehin nicht ans Schlafen zu denken war, zog sie sich an und ging leise hinunter. Im Haus war es still, und ohne Licht anzuschalten schlich sie durch die Apotheke, leuchtete mit der Taschenlampenfunktion ihres Handys mal hierhin, mal dorthin, fand aber alles in Ordnung und erreichte schließlich den Aufenthaltsraum mit dem Hinterausgang. Durch das Fenster konnte sie auch draußen nichts Verdächtiges erkennen. Vorsichtig drehte sie den Schlüssel, drückte die Tür zentimeterweise auf und lugte aufmerksam hinaus. Ganz vorsichtig schob sie sich durch die Öffnung, sah sich um, doch nur einige Blätter bewegten sich im sanften Nachtwind.

Maja machte behutsam einige Schritte vom Haus weg und lauschte wieder. Sie hörte ein Geräusch aus dem Unterholz links von ihr und wandte sich in diese Richtung. Unbeweglich stand sie da und starrte ins Dunkel – nichts. War das ein Blätterrascheln gewesen, war jemand durchs Gebüsch gestreift, hatte sie nicht auch das Knacken eines dürren Zweigs gehört? Nun kam ein Geräusch von weiter rechts, es klang wie schnelle, leise Schritte. Waren das Rehe, die sich einige Blätter aus dem Garten hatten schmecken lassen und nun aufgeschreckt in den Wald flohen? Tatsächlich entfernte sich das Geräusch, dann war es wieder still.

Auf einmal hörte sie direkt hinter sich einen leisen Schritt im knirschenden Kies und wirbelte herum. Elisabeth Wenderoth stand vor ihr und wisperte: »Nicht erschrecken!«, doch dafür war es natürlich zu spät. Mit laut pochendem Herzen betrachtete Maja die alte Apothekerin, die unterdessen mit ruhigem Blick den Garten nach irgendetwas Ungewöhnlichem absuchte.

»Geht's wieder?«, flüsterte sie.

»Mir war vorhin, als hätte ich ein Klirren gehört – und eben gerade ein Rascheln und Knacken im Unterholz. Das rechts könnten Rehe oder so etwas gewesen sein, aber dort drüben …«, Maja deutete nach links, »… dort drüben klang es, als trete ein Mensch auf Zweige und Blätter.«

Beide horchten, doch alles war still.

»Ich habe das Klirren auch gehört«, sagte Elisabeth Wenderoth. »Ich glaube, es kam vom Laborgebäude. Wollen wir mal nachsehen?«

Sie schlichen zu dem Fachwerkbau, sahen sich unterwegs immer wieder nach allen Seiten um und blieben auch mal stehen, um zu lauschen. Außer ihren eigenen Schritten und ihrem Atmen war nichts zu hören. Langsam suchten sie die drei Seiten des kleinen Hauses ab, die vom Garten und vom Hof aus zugänglich waren. Sie musterten die Fenster, aber keine der Scheiben schien eingeschlagen worden zu sein. Sie gingen auf die kleine Straße hinaus, um auch die vierte Außenwand zu inspizieren. Soweit sie es durch die Büsche und den Zaun an dieser Stelle erkennen konnten, war auch hier alles unbeschädigt. Sie schauten in beiden Richtungen die Straße entlang, doch nirgendwo war eine Bewegung oder ein Scheinwerfer zu sehen.

»Ich hätte schwören können, dass ich gehört habe, wie eine Scheibe eingeschlagen wurde«, sagte Frau Wenderoth. »Tja, dann habe ich mich wohl doch getäuscht. Wir können ja morgen noch einmal nachsehen, im Tageslicht fällt uns vielleicht doch etwas auf.«

Nachdenklich ging sie zum Hintereingang des Wohnhauses zurück, Maja folgte ihr und schaute sich auch jetzt mehrmals um, ohne etwas Verdächtiges zu entdecken. Am Hinterausgang blieb Elisabeth Wenderoth stehen und schaute auf die verschlossene Tür.

»Da sehen Sie es, Frau Ursinus«, sagte sie und lachte leise. »Ich war mir sicher, dass ich die Tür habe offen stehen lassen – und jetzt sehe ich, dass sie zu ist.«

Sie drückte die Klinke und zog die Tür auf.

»Zum Glück hat das Hausgespenst nicht abgeschlossen, was?«, fügte sie hinzu und lachte kopfschüttelnd weiter. »Ich glaube, wir gehen jetzt lieber ins Bett. Meine Sinne spielen mir einen Streich nach dem anderen, und ich bin hundemüde.«

»Geht mir nicht anders.«

»Gute Nacht«, murmelte die alte Apothekerin, ging durch den Aufenthaltsraum in den Flur und schaltete das Licht ein. Maja war einen Augenblick lang geblendet. Dann folgte sie Frau Wenderoth und knipste hinter sich alle Lichter aus.

Schon bald lag sie im Bett und fiel kurz darauf in einen unruhigen Schlaf.

Meret betrat die Apotheke an diesem Morgen direkt nach Elisabeth Wenderoth, und ohne auf die anderen zu warten, machte sie sich sofort daran, die heutige Lieferung in den Raum mit den Medikamentenschränken zu bringen und dort auch gleich einzusortieren. Maja kam etwa zehn Minuten später und kümmerte sich erst mal um den Onlineshop. Als der Rest des Teams nach und nach eintraf, hakte Meret schon die letzten Posten auf ihrer Liste ab. Elisabeth Wenderoth kam in den Verkaufsraum und nahm Thomas Lonitzer beiseite. Sie schilderte ihm, was Maja und sie gestern Nacht zu hören geglaubt hatten, dass sie aber in der Dunkelheit nichts haben entdecken können, was das klirrende Geräusch erklären würde.

»Könnten Sie und Frau Ursinus noch einmal nachschauen? Vielleicht finden Sie ja bei Tag einen Hinweis darauf, was da heute Nacht los gewesen sein könnte.«

Er und Maja gingen in den Garten, suchten die Beete nach Fußabdrücken ab, fanden aber nichts. Am Waldrand waren ein paar dünne Zweige abgebrochen, doch es war nicht zu erkennen, ob das tatsächlich in der vergangenen Nacht geschehen war oder schon früher. Einige Pflanzen in einem Beet nahe dem Waldrand sahen aus, als hätten Rehe sie angeknabbert. Aber sowenig die scheuen Tiere trockene Zweige zertraten, sowenig zerdepperten sie Glas.

Gemeinsam mit Lonitzer umrundete sie das Gebäude und nahm ein Fenster nach dem anderen in Augenschein – doch keine der Scheiben war eingeschlagen. Als sie die Eingangstür erreichten, fielen Maja einige Scherben auf, die davor auf einer kleinen Schotterfläche lagen. Sie machte ihren Kollegen darauf aufmerksam, woraufhin er in die Hocke ging und sie sich genauer ansah.

»An dieser Stelle hat eine Glasscheibe an der Hauswand gelehnt«, sagte er. »Eines der Fenster im Lager hat einen Riss, und das hier war die Ersatzscheibe, die schon für den Glaser bereitstand.«

Er beugte sich zum Schloss der Eingangstür hinunter.

»Hier sind ein paar Kratzer. Falls die frisch sind, könnte jemand das Schloss geknackt oder es zumindest versucht haben. Vielleicht ist der Einbrecher versehentlich an die Scheibe gekommen und hat sie heruntergeworfen. Dann hätten Sie sich heute Nacht nicht verhört.«

»Schauen wir lieber mal, ob was fehlt.«

Lonitzer schloss auf und prüfte gemeinsam mit Maja, ob alles in Ordnung war, doch ihnen fiel nichts Beunruhigendes auf. Frau Wenderoth hatte inzwischen die Schränke in ihrem kleinen Büro gesichtet – auch dort schien nichts zu fehlen, zumindest keine nennenswerten Mengen, die der alten Apothekerin aufgefallen wären.

Nun wurden auch die anderen informiert, dass in der Nacht möglicherweise jemand im Labor und vielleicht sogar im Wohnhaus gewesen war, und in den kommenden Stunden prüften alle Mitarbeiter, die sich nicht gerade um Kunden kümmern mussten, die Bestände in den Medikamentenschränken.

Das Ergebnis: Es fehlte nichts.

Gegen elf Uhr gab Isa Bethmann ihrem Sohn die zweite Dosis Globuli an diesem Tag. Der Junge achtete darauf, dass die Kügelchen nicht von seiner Zunge rollten, und saß geduldig am Küchentisch, während seine Mutter das Mittagessen vorbereitete.

Robert war spätabends nach Hause gekommen und anschließend joggen gegangen, weil er noch nicht müde genug war, um einschlafen zu können. Das machte er öfter mal, und Isa hatte sich inzwischen daran gewöhnt. Wenn er danach unter die Dusche ging, hörte sie das Wasserrauschen meist nicht, weil sie einen guten Schlaf hatte. Heute allerdings hatte sie es mitbekommen, und als sie auf die Uhr geschaut hatte, war sie überrascht gewesen, dass es so spät war.

Morgens war er entsprechend schwer aus dem Bett gekommen und deshalb zu spät ins Büro gefahren. Isa freute sich schon, ihrem Mann nach Feierabend zeigen zu können, wie gut die Globuli bei Elias angeschlagen hatten. Wenn sie ihm den Erfolg der Arznei vor Augen führte, würde er sich alle Kritik an ihrer Heimlichtuerei verkneifen und sich einfach nur freuen, dass es ihrem Sohn wieder besser ging.

Elias hatte auch eifrig genickt, als sie ihn gefragt hatte, ob es denn schon besser ginge mit dem Wasserhalten und Wasserlassen. Und es stimmte ja auch: In die Hose waren nur frühmorgens ein paar Tröpfchen gegangen, und Isa Bethmann hatte so getan, als sähe sie die klamme Stelle in der Unterhose nicht. Elias war beinahe geplatzt vor Stolz, als sie ihn dafür lobte, wie diszipliniert er die Globuli einnahm und wie geduldig er sie auf der Zunge zergehen ließ. Und als sie sich mit ihm über die Wirkung der Arznei freute, schlang er strahlend seine Arme um sie.

Elias hatte mehr Durst als sonst, und als er wie gewohnt nach dem Frühstück auf die Toilette ging, kam nichts. Seine Pupillen waren außerdem ein wenig geweitet, aber Isa Bethmann wusste ja, dass die Globuli die Potenzierung eines Wirkstoffs von Belladonna enthielten, der genau das auslösen konnte. Und solange die Arznei das gewünschte Ergebnis brachte, konnte man solche kleinen Nebenwirkungen schon mal in Kauf nehmen.

In der Praxis von Dr. Claus Krohn herrschte an diesem Freitagvormittag Hochbetrieb. Das Wartezimmer war voll, Patienten, die anriefen, um sich zu erkundigen, wie lange es wohl dauern würde, wurden auf den Nachmittag vertröstet, und Krohn eilte von einem Untersuchungsraum zum nächsten, klopfte Brustkörbe ab, leuchtete in

Augen, ließ seine Patienten tief ein- und ausatmen und wurde auch schon mal ungehalten, wenn eine ältere Frau noch immer völlig angezogen auf dem Schemel hockte, obwohl ihr die Arzthelferin doch sicher gesagt hatte, sie solle sich schon einmal frei machen.

Rezepte wurden ausgestellt, Überweisungen geschrieben, und die Apotheken in der Innenstadt würden Krohns unermüdlichem Fleiß einigen Umsatz zu verdanken haben. Auf längere Unterhaltungen legte der Arzt keinen Wert, er arbeitete lieber mit Fakten, mit Daten, die er erhob, und mit Symptomen, die er an den Leuten geübt und zügig feststellte. Dafür schätzten ihn seine Patienten, und wer lieber einen gemütlichen Plausch halten wollte, konnte ja zum Heilpraktiker gehen.

Er wollte gerade in Raum drei wechseln, als ihm eine seiner Mitarbeiterinnen vom Tresen her ein Zeichen gab. Offenbar wartete ein Anrufer in der Leitung auf ihn, und als er sein Büro betrat, stellte die Assistentin das Gespräch auch schon durch. Krohn hob nach dem ersten Läuten ab und hörte sich alles an, was der Mann am anderen Ende zu sagen hatte. Es waren gute Nachrichten, sehr gute. Er bedankte sich und legte auf. Dann nahm er das Handy und rief einen gespeicherten Kontakt an. Auch die Information, die er dort bekam, war sehr zufriedenstellend.

Es lief alles nach Plan. Und in dem angenehmen Gefühl, dass die Salus-Apotheke bald Geschichte sein dürfte, legte er sein Handy in die oberste Schreibtischschublade und setzte seine Runde durch die Behandlungsräume fort.

Die Kundin, die Meret Rogler ausführlich beraten hatte, bedankte sich überschwänglich und verließ den Verkaufsraum. Maja trat neben die Kollegin.

»Hast du einen Moment?«, fragte sie.

»Na klar«, sagte Meret und folgte ihr in den Aufenthaltsraum. Saskia stellte gerade ihre Tasse in die Spülmaschine und ging so eilig hinaus, als fliehe sie vor den Kolleginnen.

»Ich habe gehört, du hast Saskia gestern ordentlich den Kopf gewaschen«, sagte Meret, als die Tür hinter der jungen Frau ins Schloss gefallen war.

»Ich habe mich fürchterlich über sie geärgert. Als du dich drüben im Labor mit Herrn Lonitzer unterhalten hast, stand sie am Fenster und glotzte die ganze Zeit zu euch hinüber. Abgesehen davon, dass sie während der Arbeitszeit ja auch mal arbeiten könnte, fand ich es ziemlich frech, euch zu beobachten. Ich meine, du warst nach dem Streit mit deinem Mann außer dir, ich gehe extra in die Apotheke, damit du allein mit Lonitzer reden kannst – und dann steht diese Göre am Fenster und schaut zu euch hinüber! Ausgerechnet sie!«

Meret füllte zwei Tassen mit Kaffee und stellte sie auf den Tisch. Während sie sich einen Schuss Milch in die Tasse goss, griff Maja nach der anderen Tasse und rührte Zucker hinein. Dann saßen sie schweigend da und tranken.

»Jetzt sag mal ehrlich, warum bist du wirklich wütend auf unser Prinzesschen?«, fragte Meret schließlich.

»Mich hat geärgert, wie rücksichtslos sie zu euch rübergestarrt hat.«

»Na ja, dass sie neugierig und nicht gerade die Fleißigste ist, weißt du doch schon seit deinem ersten Tag hier. Aber warum hast du eben gesagt: ›Ausgerechnet sie‹?«

»Das ist mir nur so rausgerutscht.«

»Das glaube ich auch, und schon sind wir wieder an derselben Stelle wie neulich im Café.«

»Meret, ich …«

»Thomas hat mir geraten, noch einmal mit dir zu reden. Irgendwann ist Frau Holler wieder gesund, deine Zeit hier in der Apotheke ist also begrenzt. Und danach habe ich vermutlich keine Gelegenheit mehr, mit dir über dieses Thema zu reden. Weißt du, ich vermute ohnehin, dass mein Mann mich betrügt. Darum ging es übrigens in unserem Streit gestern früh.«

»Das tut mir leid.«

»Muss es nicht. Ich leide schon eine ganze Weile unter dem Verdacht, dass er nebenher mit anderen Frauen rummacht. Als ich ihn gestern früh deswegen zur Rede gestellt habe, hat er es zwar nicht abgestritten, aber mit den Namen der Frauen wollte er nicht rausrücken.«

Sie schnaubte.

»Stattdessen kam er mir mit diesen fürchterlichen Sprüchen … dass das alles doch nichts mit uns zu tun habe, dass er halt auch nur ein Mann sei und all so was. Ich bin fast durch die Decke gegangen, das kann ich dir sagen! Ich meine: In welchem Jahrhundert leben wir denn? Dieses Arschloch, dieser …«

Sie brach mitten im Satz ab und räusperte sich.

»Ich werde mir von meinen Eltern deswegen einiges

anhören müssen, sie sind total konservativ, aber ich bin inzwischen fest entschlossen, Sebastian zu verlassen. Nur wüsste ich gern, mit wem er ins Bett gestiegen ist, während er mich dazu bringen wollte, als Hausmütterchen nach der Wäsche und der Küche zu sehen. Nur unter der Bedingung wollte er nämlich Kinder haben: dass ich dann daheimbleibe und meinen Beruf aufgebe.«

Meret schüttelte den Kopf und nahm einen großen Schluck Kaffee.

»Na ja, das muss mich nicht mehr lange kümmern. Nur die Namen … oder zumindest den Namen seiner aktuellen Geliebten würde ich gern kennen.«

Sie sah Maja an und wartete erkennbar darauf, dass sie ihr diesen Namen nannte.

»Ich weiß eh schon, wer es ist«, murmelte sie nach einer Weile. »Ich würde mich aber freuen, wenn du so viel Vertrauen zu mir hättest, dass du es mir von dir aus sagst.«

Maja zögerte noch einen Moment, dann gab sie sich einen Ruck.

»Ich habe deinen Mann im Bistro in der Wettergasse zusammen mit Saskia Conradi gesehen. Ob die beiden wirklich eine Affäre miteinander haben oder hatten, kann ich nicht mit Sicherheit sagen, aber sie hat ihn geradezu angehimmelt, hing an seinen Lippen, und bevor sie das Lokal verließen, hat er sie noch kurz in den Arm genommen.«

Meret nickte, ihre Augen schimmerten feucht.

»Du hast geblufft«, sagte Maja. »Du hast es nicht wirklich gewusst, stimmt's?«

Statt einer Antwort zuckte Meret mit den Schultern und sah schweigend zum Fenster hinaus. Maja hielt ihr ein Papiertaschentuch hin, das sie stumm nahm, aber einfach nur in der Hand hielt und zwischen den Fingern zerknüllte. Sebastian Rogler war ein attraktiver Mann und hatte einen gut bezahlten Job, aber Meret sah ebenfalls gut aus, hatte eine Stelle, die sie mochte und mit der sie ihren Lebensunterhalt bestreiten konnte. Maja hütete sich allerdings, auch nur ein Wort davon auszusprechen, und wartete einfach ab, bis sich die andere wieder einigermaßen gefangen hatte.

»Danke«, sagte Meret und stand auf. »Warum hast du mir das denn zunächst verschwiegen?«

»Zum einen wusste ich da noch nicht, dass du deinen Mann ohnehin für untreu hältst …«

»Und zum anderen?«

»Ich … ich habe mir Sorgen gemacht, ob das vielleicht die Stimmung im Salus-Team verderben könnte.«

Meret verzog das Gesicht.

»Die Sorge habe ich übrigens immer noch.«

»Musst du nicht haben. Saskia kann hier keiner leiden, und wenn ich sie vor Wut in nächster Zeit vielleicht mal etwas härter rannehme, nimmt mir das keiner übel.«

»Außer Saskia.«

»Das werde ich verschmerzen.«

Sie verließ den Aufenthaltsraum mit grimmiger Miene, legte im Hinausgehen aber noch einmal die Hand auf Majas Schulter.

Entgegen Majas Befürchtung ging Meret weiterhin professionell mit Saskia um. Vielleicht teilte sie ihr ein paar unangenehme Aufgaben mehr zu als sonst, vielleicht war ihr Tonfall der jungen Frau gegenüber ein bisschen strenger geworden, aber alles in allem blieb die Stimmung im Team unverändert.

Der Donnerstagvormittag verging ohne besondere Vorkommnisse. Eine Stunde vor der Mittagspause ging Maja ins Büro der Chefin, die heute mit dem Ausliefern der Bestellungen an der Reihe war. Sie wollte ihr anbieten, sie auch diesmal zu begleiten oder die Tour gleich allein zu übernehmen. Die Tür zu dem kleinen Büro war zu, und auf ihr Klopfen kam keine Reaktion. Sie klopfte ein zweites Mal, und als von drinnen wieder nichts zu hören war, öffnete sie die Tür. Elisabeth Wenderoth saß starr auf ihrem Stuhl, weit zurückgelehnt und den Blick geradeaus ins Leere gerichtet. Sie war aschfahl, und als Maja die linke Hand betrachtete, die neben dem Telefon auf dem Schreibtisch lag, stellte sie fest, dass die Finger der Apothekerin leicht zitterten. Im Nu war sie neben ihr, fühlte ihr den Puls und wischte ihr mit einem Papiertaschentuch die schweißnasse Stirn trocken.

»Herr Heegen«, rief sie Richtung Flur, »kommen Sie bitte schnell?«

Der Kollege kam eilig herbei und blieb bei der Chefin, während Maja ihr ein Glas Wasser holte. Erst lehnte Elisabeth Wenderoth ab, aber dann trank sie doch in gierigen Schlucken. Auch Meret war inzwischen dazugekommen. Heegen bat sie, die beiden jungen PTAs vom Büro der

Chefin fernzuhalten – sobald es etwas zu sagen gebe, werde er es allen mitteilen. Maja und er blieben allein bei der alten Apothekerin, und allmählich erholte sie sich wieder so weit von dem Schrecken, dass Heegen sie fragen konnte, was ihr so zugesetzt hatte. Sie hob die linke Hand ein wenig von der Tischplatte und deutete kraftlos auf das Telefon. Bevor sie sprechen konnte, musste sie sich mehrmals räuspern.

»Die Polizei hat angerufen, es ging noch einmal um den Tod von Frau Dern.«

»Gut, und was wollte die Polizei?«

»Sie haben mir mitgeteilt, dass neue Verdachtsmomente aufgetaucht seien und dass … dass nun wieder gegen mich ermittelt wird.«

»Wieso das denn?«

»Inzwischen spreche einiges dafür, dass das unetikettierte Röhrchen, in dem sich die vergifteten Globuli befunden hatten, doch aus der Salus-Apotheke stamme.«

»Was? Aber Sie haben doch …«, empörte sich Heegen, doch seine Chefin winkte müde ab.

»Lassen Sie nur, Günther. Die Polizei muss eben allen Möglichkeiten nachgehen, auch wenn ich mir nicht vorstellen kann, was diese Kehrtwende ausgelöst hat.«

Sie stützte sich auf die Tischplatte und versuchte aufzustehen, aber erst im zweiten Anlauf kam sie aus ihrem Bürostuhl hoch. Ein bisschen wacklig stand sie vor ihnen, sichtlich angegriffen, aber mit trotziger Miene.

»Soll ich Ihnen was geben?«, fragte Heegen, er wirkte ehrlich besorgt.

»Nein, ich muss mich nur ein bisschen hinlegen. Könnten Sie die heutige Liefertour übernehmen, Frau Ursinus?«

»Selbstverständlich, das wollte ich Ihnen sowieso anbieten. Darf ich Sie nach oben begleiten?«

»Ja, gern, aber machen Sie bitte in der Apotheke kein so großes Aufheben um das bisschen weiche Knie!«

Meret hatte Lea und Saskia ins Kellerlabor gescheucht, und mit der einzigen anwesenden Kundin war sie in den Garten hinausgegangen. Lonitzer arbeitete im Laborgebäude, und so kamen Maja und die Chefin unbemerkt durch den Verkaufsraum und die Treppe hinauf in den ersten Stock. Maja begleitete Frau Wenderoth bis in ihr Schlafzimmer und wartete, bis diese sich hingelegt hatte.

»Haben Sie Ihr Handy bei sich?«, fragte sie.

»In der linken Tasche«, antwortete Elisabeth Wenderoth und deutete auf den Apothekerkittel, den sie an der Vorderseite des Kleiderschranks aufgehängt hatte. Maja zog das Telefon aus der Tasche und legte es auf den Nachttisch.

»Brauchen Sie noch was?«

»Nein danke, Frau Ursinus, es geht schon wieder. Ich will nur ein wenig ruhen, vielleicht finde ich sogar etwas Schlaf.«

»Und wenn etwas ist, rufen Sie bitte kurz an, ja?«

»Wird gemacht.«

Maja zog die Wohnungstür leise hinter sich ins Schloss. Draußen stieg die Kundin von vorhin in ihren Wagen. Als Maja den Verkaufsraum betrat, erklärte Heegen gerade den Kollegen, wie es der Chefin ging und was der Grund dafür war.

»Und was bedeutet das jetzt?«, fragte Lea.

»Dass wir zusammenstehen und den Laden heute und vielleicht auch morgen noch ohne die Chefin am Laufen halten müssen.«

Während der ganzen Liefertour fragte sich Maja, was das für neue Verdachtsmomente sein mochten, die Elisabeth Wenderoth nun doch wieder ins Visier der Ermittler rückten. Aus eigener Erfahrung wusste sie, wie sehr es einem zusetzen konnte, wenn man unter Mordverdacht stand – in ihrem Fall waren es sogar zwei Morde gewesen.

In Gedanken versunken, wie sie war, verfuhr sie sich gleich mehrmals. Sie fragte sich, ob die zerschlagene Fensterscheibe am Laborgebäude, das möglicherweise geknackte Schloss und die Geräusche der vergangenen Nacht mit diesen neuen Verdachtsmomenten zu tun hatten. Zwei letzte Pakete lieferte sie noch aus, dann hatte sie Feierabend. Zumindest in ihrem offiziellen Job als Aushilfe der Salus-Apotheke.

Bis zum Gespräch mit Marianne Holler hatte sie noch Zeit für eine Pause. Sie erinnerte sich daran, dass Thomas Lonitzer ihr ein Café direkt am Lahnufer empfohlen hatte, das zwischen einer Buchhandlung für Erwachsene und einer für Kinder gelegen war. Sie suchte die genaue Adresse in ihrem Smartphone heraus und saß wenig später mit schönem Blick auf den Fluss an einem hölzernen Gartentisch und genoss ein Stück Käsekuchen zum Kaffee.

Krohn ging ihr durch den Kopf, und sie fragte sich, woher sein Fanatismus kam, mit dem er gegen die Homöopathie kämpfte. Hatte er selbst schlechte Erfahrungen damit gemacht? Hatte einer seiner Patienten gesundheitliche Probleme bekommen, weil er nicht auf die Schulmedizin, sondern auf Globuli vertraut hatte? Schon nach dem Zusammenstoß am Montag hatte sie Krohn gegoogelt, hatte sich die Homepage seiner Praxis angesehen und sich in der Karten-App das Einfamilienhaus aus der Satellitenperspektive angeschaut, in dem er wohnte. Eigentlich konnte Krohn nicht klagen, er hatte eine offenbar gut gehende Praxis in bester Lage, er wohnte in einer guten Gegend, und den Satellitenfotos zufolge lag auf seinem Grundstück auch ein Swimmingpool. Ihre Recherchen hatten ergeben, dass Krohn verheiratet war und Vater zweier Kinder im schulpflichtigen Alter. Ob sein Eifer etwas mit seiner Familie, mit diesen Kindern zu tun hatte? Dazu hatte sie nichts im Internet gefunden.

Sie trank noch einen zweiten Kaffee, zahlte und machte sich auf den Weg zu ihrer nächsten Station, die sich in Bauerbach befand, einem dörflich geprägten Stadtteil im Osten von Marburg. Die Fahrt ging über die Lahnberge, und als der Lieferwagen nur mühsam die Steigung durch den Wald bewältigte, erwog sie, den Lieferwagen vor der Apotheke abzustellen und lieber ins eigene Auto umzusteigen. Aber die Strecke nach Bauerbach war nicht viel länger als der Weg zur Apotheke und zurück, also ließ sie es sein.

Marianne Holler bewohnte ein schönes kleines Häuschen. Der Garten grenzte an eine Wiese, hinter der sich der Wald erhob. Als Maja den Lieferwagen gerade am Straßenrand abstellen wollte, winkte ihr eine pummelige Dame um die sechzig aus dem Garten und schob das Tor für sie auf. Dann fuchtelte sie mit den Händen, bis Maja verstanden hatte, dass sie ihr Gefährt lieber auf dem Grundstück parken sollte. Also kurvte sie auf die Garageneinfahrt, in die sie eingewiesen wurde. Die Frau stellte sich als Marianne Holler vor und entschuldigte sich für ihr seltsames Gebaren.

»Aber glauben Sie mir: Wenn Sie mich besuchen kommen, lassen Sie Ihren Wagen lieber nicht auf der Straße stehen – und schon gar nicht den Lieferkarren, auf dem der Name der Salus-Apotheke steht.«

Maja erfuhr die Hintergründe, während Marianne Holler sie ums Haus herum zur Terrasse führte. »Sie wären nicht die Erste, Frau Ursinus, der man die Luft rauslassen würde. Mir wurden zweimal die Reifen zerstochen, bis ich begriffen hatte, dass das kein Zufall und kein Lausbubenstreich war.«

»Wer sollte denn hier etwas gegen Sie oder die Apotheke von Frau Wenderoth haben?«

»Von meinen Nachbarn traue ich das keinem zu, und im Dorf habe ich auch mit niemandem ein Problem – zumindest nicht, dass ich wüsste. Deshalb tippe ich eher auf jemanden, der sich extra zu mir auf den Weg macht. Mir wurden auch schon mal Blumen umgeknickt, Leim wurde in den Briefkasten gekippt, und einmal flog ein Stein durch ein Kellerfenster.«

Auf der Terrasse war ein Tisch gedeckt – mit Wasser, Saft und einer Schale mit gemischten Nüssen.

»Wenn Sie mögen, kann ich auch schnell Kaffee oder Tee aufsetzen«, bot die Gastgeberin an.

Maja lehnte dankend ab und erzählte lachend, wie viele Tassen Kaffee sie heute schon getrunken hatte. Frau Holler stimmte in ihr Lachen mit ein und schenkte Maja auf deren Wunsch hin eine Saftschorle ein.

»Sie sind fleißig, aber Elisabeth meinte gestern am Telefon, dass Sie trotzdem noch nichts Konkretes zu dieser fürchterlichen Geschichte mit der toten Frau Dern herausgefunden haben«, sagte sie. »Zwar hat die Kripo den Verdacht gegen Elisabeth offenbar fallen lassen – aber wer weiß, wie schnell sich der Wind wieder dreht. Es gibt in Marburg leider einige Leute, die es durchaus begrüßen würden, wenn Elisabeth hinter Gittern käme oder zumindest die Salus-Apotheke schließen müsste.«

»Genau die könnten jetzt wieder Oberwasser bekommen«, entgegnete Maja. »Die Polizei scheint es wieder für möglich zu halten, dass das Röhrchen mit den tödlichen Globuli doch aus der Salus-Apotheke stammt.«

»Das ist nicht wahr, oder?« Marianne Holler wirkte echt erschrocken. »Wie geht es Elisabeth denn damit?«

»Nicht so gut, die Nachricht hat sie sehr getroffen. Sie hat sich hingelegt und sah wirklich elend aus.«

»Das glaube ich gern. Die Apotheke ist Elisabeths Leben. Und meines auch …«

»Könnten die Gegner von Frau Wenderoth dahinterstecken, dass die Polizei wieder gegen sie ermittelt?«

Marianne Holler zuckte mit den Schultern.

»Kann schon sein, vor allem Dr. Krohn ist sehr aktiv, wenn es darum geht, die Homöopathie im Allgemeinen und die Salus-Apotheke im Besonderen schlechtzumachen.«

»Krohn durfte ich sogar schon in Aktion erleben«, sagte Maja.

»Am Montagnachmittag, nicht wahr? Auch das hat mir Elisabeth erzählt. Übrigens habe ich genau solche Spinner wie ihn im Verdacht, mir diese Sauereien anzutun. Man muss ja nicht daran glauben, dass Homöopathie wirkt, und natürlich raten alle ernst zu nehmenden Apotheker ihren Kunden davon ab, schwere Krankheitsbilder mit Globuli oder homöopathischen Salben zu behandeln, ohne vorher ärztlichen Rat einzuholen. Aber wenn man der Homöopathie ablehnend gegenübersteht, dann diskutiert man, dann sucht man vielleicht auch das Gespräch mit der Gegenseite – aber diese Leute, die sich von Dr. Krohn beeinflussen lassen, versprühen uns gegenüber nur Häme und Hass. Ich verstehe das nicht, und vor allem frage ich mich: Was hat diesen Krohn so gegen alle Heilmethoden aufgebracht, die nicht zur Schulmedizin gezählt werden?«

»Haben Sie ihn mal gefragt, was ihn antreibt?«

»Mit diesen Leuten kann man nicht reden, und ich glaube auch nicht, dass die für irgendwelche Argumente empfänglich sind. Mir reicht schon die Mühe, die er Elisabeth und uns mit seinem ständigen Gemecker macht. Er schreibt Leserbriefe, veranstaltet Vortragsabende und verteilt Flugblätter, und ich möchte gar nicht wissen, welche anderen Ärzte er schon gegen uns aufgehetzt hat!«

»Glauben Sie, dass ihn die Pharmaindustrie in seinem Engagement unterstützt?«

»Ich habe mich auch schon gefragt, ob eine der Pharmafirmen in der Stadt hinter dem Ganzen steckt – aber es geht ja immer um Elisabeth, ihre Apotheke und um ihre Mitarbeiter wie mich, das sind für diese Unternehmen doch Peanuts. Ob da oben im Wald ein paar Kräuterhexen hocken und ihre Kügelchen präparieren, kratzt die doch nicht. Die paar Euro auf der einen Seite, die Milliarden auf der anderen … nein, das passt nicht zusammen.«

»Zu Krohns Kritikerkreis gehört mindestens ein leitender Angestellter von MKE Pharma.«

»Wen meinen Sie? Meret Roglers Mann?«

»Keine Ahnung, aber gestern war eine Frau Bethmann in der Apotheke und hat sich Globuli für ihren Sohn geben lassen. Herr Lonitzer meinte, ihr Mann sei MKE-Mitarbeiter.«

»Isa Bethmann war bei Elisabeth? Wenn das mal keinen Ärger gibt …«

»Wieso sollte das Ärger geben? Haben Sie Bedenken, dass Herr Bethmann etwas davon mitbekommen könnte?«

»Genau, und dann aus allen Rohren gegen Elisabeth schießt.«

»Frau Wenderoth war überzeugt, dass sie das ihrem Mann ganz sicher nicht erzählen wird.«

»Hoffen wir es mal. Aber Sie sind ja wegen etwas ganz anderem gekommen.«

»Ja. Was können Sie mir über die letzten Tage vor dem Tod von Frau Dern erzählen?«

Marianne Holler erzählte, und weil Maja sie darum bat, erwähnte sie auch Einzelheiten und Kleinigkeiten, die sie selbst in diesem Zusammenhang für unwichtig gehalten hätte. Am Ende hatte Maja folgendes Bild vor Augen.

Evelyn Dern war seit vielen Jahren eine treue Kundin der Salus-Apotheke. Nach dem Tod ihres Mannes vor zehn Jahren – er hatte einen Herzinfarkt erlitten – war sie zunehmend wunderlich geworden und hatte sich in den vergangenen vier, fünf Jahren zunehmend Krankheiten auch eingebildet, aber halsstarrig darauf bestanden, dagegen behandelt zu werden. Ihr Hausarzt Dr. Hamer glaubte nicht an die Wirkung von Homöopathie, hielt sie aber immerhin für unschädlich. Also hatte er eines Tages Elisabeth Wenderoth angerufen und mit ihr verabredet, dass er Frau Dern mit der Empfehlung für homöopathische Medikamente zur Salus-Apotheke schicken würde, wann immer sie von ihm Tabletten gegen eine eingebildete Krankheit forderte. Das klappte gut, und manchmal fand die alte Apothekerin heraus, dass der Stammkundin doch etwas fehlte, was sich mit einer Salbe, mit Globuli oder einer Kräuterteemischung, bisweilen auch mit einem Gespräch während eines ausgedehnten Spaziergangs durch den Wald beheben ließ. Und wenn gar nichts hinter den beschriebenen Symptomen steckte, verabreichte Frau Wenderoth ihr reine Zuckerkügelchen.

Auch zwei Wochen vor ihrem Tod war Frau Dern in der Salus-Apotheke aufgetaucht und hatte über Beschwerden geklagt, diesmal sprach sie von Schwindelgefühlen. Sie war mit dem Wagen gekommen, hatte tadellos eingeparkt und kam auch ohne Probleme wieder vom Hof – aber sie beharrte darauf, dass ihr der Schwindel seit einigen Tagen sehr zu schaffen machte. Die alte Apothekerin nahm sich ausführlich Zeit für ein Gespräch und gab ihr anschließend Melissentee (ein altes Hausmittel gegen Schwindelgefühle) und Salbeitee mit (der als hilfreich bei Entzündungen und Wechseljahresbeschwerden gilt). Dann bat sie ihre Kundin, ihr nach einigen Tagen zu berichten, ob einer der beiden Tees geholfen habe. Als Frau Dern wieder vorbeischaute, hatte ihr angeblich der Melissentee ein bisschen und der Salbeitee sehr gegen die Schwindelgefühle geholfen. Also füllte Elisabeth Wenderoth ihr ein Glasröhrchen mit Zuckerkügelchen und versah es mit einem Etikett, auf dem neben Belladonna D6 in Klammern »inert« stand, wodurch es als Placebo gekennzeichnet war.

»Hat Frau Dern diese Zuckerkügelchen eingenommen?«

»Ich glaube schon, denn die Polizei hat kein solches Röhrchen in ihrer Wohnung gefunden.«

»Dafür aber eines, das kein Etikett trug und in dem sich offenbar die vergifteten Globuli befunden hatten.«

»Ja, schrecklich!«

»Aus der Salus-Apotheke kann dieses Röhrchen nicht stammen?«

Marianne Holler kniff die Augen zusammen, und für einen Moment war alle freundliche Zugewandtheit wie weggewischt aus ihrem Gesicht. Dann hellte sich ihre Miene wieder auf.

»Stimmt ja, Sie müssen das fragen und wie die Kripo in alle Richtungen ermitteln, sozusagen.«

»Sozusagen. Und? Könnte das fragliche Röhrchen aus der Salus-Apotheke stammen?«

»Nein, natürlich nicht!«

Maja bedankte sich, stand auf und war gerade im Begriff zu gehen, als das Telefon im Haus klingelte. Marianne Holler verabschiedete sich von ihr und eilte ins Haus, während Maja zum Wagen zurückging. Sie schob das Gartentor auf und hatte schon die Klinke der Fahrertür in der Hand, da schwang die Haustür auf, und Marianne Holler stand leichenblass da, das Telefon noch in der Hand.

»Ist etwas mit Frau Wenderoth?«, fragte Maja besorgt und war mit einigen schnellen Schritten bei ihrer Gastgeberin, die aussah, als würden die Beine unter ihr nachgeben.

»Was ist denn, Frau Holler? Was ist passiert? Bitte reden Sie doch!«

Marianne Holler lehnte schwer am Türrahmen, sie schluckte und wirkte geradezu panisch. Nach mehreren Anläufen brachte sie zwei kurze Sätze hervor. Maja traute ihren Ohren kaum.

»Gerade wurde ein kleiner Junge in die Klinik eingeliefert, der Globuli aus unserer Apotheke eingenommen hat. Er hat eine schwere Atropinvergiftung.«

7

Marianne Holler wollte auf keinen Fall untätig zu Hause sitzen, und da sie in den dreirädrigen Lieferkarren keine zehn Pferde brachten, fuhr sie mit ihrem eigenen Wagen zur Salus-Apotheke. Deshalb war sie auch längst bei ihrer Freundin, als Maja den Lieferwagen im Hof abstellte. Hinter dem Cabrio parkte ein neuerer Kombi, den sie hier noch nicht gesehen hatte. Außerdem waren – nach den Autos auf dem Hof zu urteilen – Meret Rogler und Thomas Lonitzer gekommen.

Beim Betreten des Hauses hörte Maja Geräusche nur aus dem ersten Stock, also ging sie hinauf. Die Tür stand offen, und eine fremde Männerstimme drang aus dem Schlafzimmer der Apothekerin. Als sie dort angekommen war, sah sie Lonitzer und Meret an der Wand stehen. Marianne Holler hatte sich auf die Bettkante gesetzt, Frau Wenderoth saß im Bett und hatte sich ein Kissen unter den Rücken geschoben, und vor ihr – mit dem Rücken zu Maja – stand ein gedrungener Mann mit weißem Haarkranz und unterhielt sich mit der Hausherrin.

»Ich werde Ihnen kein Medikament verschreiben«, erklärte er, »weil ich vermute, dass Sie sich lieber mit Ihren eigenen Arzneien kurieren möchten. Ich rate zu Beruhigung und Kräftigung.«

Sie quittierte seine Vorschläge mit einem Lächeln. Der Arzt bat Lonitzer, unten in der Apotheke Avena-sativa-Tropfen zu holen. Meret kochte Lindenblütentee und brachte ihrer Chefin eine Tasse davon. Lonitzer holte aus der Küche etwas heißes Wasser in einer zweiten Tasse und löste darin zehn Tropfen aus dem Fläschchen mit dem Haferextrakt auf. Elisabeth Wenderoth trank erst die Lösung, die Lonitzer zubereitet hatte, und nippte dann ein paarmal am Lindenblütentee. Dann machte sie Maja und den Mann, der an ihrem Bett stand, miteinander bekannt.

»Das ist Dr. Rupert Hamer«, erklärte sie, nachdem sie Maja vorgestellt hatte. »Er ist ein guter Arzt, leider an die Schulmedizin verloren – er glaubt nicht daran, dass Homöopathie wirkt. Immerhin hält er sie auch nicht für schädlich, was in dieser Stadt schon mehr ist, als man von manchen seiner Kollegen behaupten kann.«

»Auch Kollege Krohn, auf den Sie jetzt vermutlich anspielen, ist ein guter Arzt«, warf Hamer ein. »Leider ist er etwas hysterisch, was homöopathische Anwendungen angeht. In diesem Punkt sind wir nicht derselben Meinung.«

»Zum Glück, Herr Doktor«, versetzte Elisabeth Wenderoth mit spöttischem Unterton, und der Arzt lachte.

Die beiden schienen sich gut zu verstehen.

»Und wenn Ihnen Ihre Heißgetränke nicht ausreichend helfen«, sagte der Arzt gutmütig, »dann melden Sie sich bitte. Ich hätte auch noch etwas für Sie, das ganz sicher wirkt.«

Hamer verabschiedete sich, und Maja begleitete ihn hinaus.

»Wenn ich es richtig mitbekommen habe, waren Sie der Hausarzt von Frau Dern, die so tragisch ums Leben kam«, sprach sie ihn noch einmal an, als er schon fast seinen Kombi erreicht hatte.

Hamer drehte sich um und musterte sie aus zusammengekniffenen Augen.

»Wie kommen Sie jetzt auf dieses Thema?«, fragte er schließlich.

»Wissen Sie denn nicht, was Frau Wenderoth heute so zugesetzt hat, dass sie Sie rufen ließ?«

»Doch, natürlich weiß ich das. Aber warum wissen Sie schon davon? Frau Wenderoth hat Sie als Krankheitsvertretung von Marianne vorgestellt, die aber oben recht fidel am Bett ihrer Freundin sitzt. Ich finde es erstaunlich, dass Ihre Chefin Sie, gewissermaßen eine Externe, so ins Vertrauen zieht.«

»Mein Großonkel ist ein alter Freund aus Studienzeiten, und er hat mich als kurzfristige Vertretung vermittelt. Ich habe gerade Urlaub, und Frau Wenderoth wollte ich schon länger mal kennenlernen – mein Spezialgebiet als Pharmazeutin sind nämlich Heilpflanzen. Also bin ich eingesprungen und wurde hier sehr freundlich ins Team aufgenommen. Ich habe auch ein Gästezimmer hier im

Haus, und ab und zu trinken Frau Wenderoth und ich abends ein Glas Wein miteinander.«

Jetzt verflog das Misstrauen, das für kurze Zeit die Miene des Arztes dominiert hatte, und er schenkte ihr ein freundliches Lächeln.

»Das ist schön. Frau Wenderoth kann Freunde gut brauchen in dieser Zeit. Und ich verspreche Ihnen: Mit Kollege Krohn werde ich gleich morgen ein ernstes Wort reden. Ich kann mir nämlich gut vorstellen, dass entweder er oder einer seiner … nun ja … Jünger hinter dem neuen Verdacht steckt, den die Polizei gegen Ihre Chefin hegt. Und das, finde ich, geht gar nicht. Ich persönlich halte Homöopathie zwar für Humbug, aber Frau Wenderoth und ihr Team maßen sich nie an, Beschwerden mit Tinkturen oder Kügelchen behandeln zu wollen, die man unbedingt mit den Methoden eines Schulmediziners untersuchen sollte. Hat sie Ihnen erzählt, was wir mit Blick auf Frau Dern miteinander verabredet hatten?«

»Hat sie.«

»Und genauso hielt sie es im umgekehrten Fall auch. Sie können mit fast allen Ärzten in Marburg sprechen, mit deren Patienten sie zu tun hatte und hat, und Sie werden von keinem ein schlechtes Wort über Frau Wenderoth hören. Außer eben von Kollege Krohn.«

Er schüttelte unwillig den Kopf.

»Können Sie sich denn vorstellen, dass das unetikettierte Röhrchen mit den tödlichen Globuli womöglich doch aus der Salus-Apotheke stammte?«

»Einerseits nein.«

»Und andererseits?«

Er sah sie lange forschend an, bevor er mit den Schultern zuckte und sich zu seinem Wagen wandte.

»Andererseits«, brummte er im Weggehen, »liegt in der Uniklinik ein kleiner Junge auf der Intensivstation, dessen Mutter ihm Globuli verabreicht hat, die sie direkt von Frau Wenderoth bekommen hat.«

Meret Rogler und Thomas Lonitzer blieben noch fast eine Stunde, dann glaubten sie ihrer Chefin, dass es ihr wieder besser ging. Meret ließ ihren Wagen auf dem Hof stehen, Lonitzer nahm sie mit, und Maja schnappte auf, dass die beiden noch im Bistro in der Wettergasse einen Absacker trinken wollten. Verband Meret Rogler und Thomas Lonitzer vielleicht doch mehr als Freundschaft? Und legte es Meret womöglich darauf an, von ihrem Mann ausgerechnet in dem Bistro mit einem anderen gesehen zu werden, in dem er sich mit Saskia Conradi getroffen hatte?

Auch Marianne Holler, die völlig aufgelöst wirkte und den Beruhigungstee vielleicht sogar noch dringender gebraucht hätte als ihre Chefin, ließ sich eine halbe Stunde später abwimmeln. Maja hatte sich auf die Freitreppe gesetzt, um noch ein wenig die angenehme Nachtluft zu genießen, bevor sie unter ihre enge Dachschräge kriechen musste. Frau Holler tappte an ihr vorbei und schien sie gar nicht wahrzunehmen. Langsam ging sie an ihrem Auto vorbei und auf die Privatstraße zu.

»Frau Holler?«, rief Maja ihr noch nach, aber die Frau reagierte nicht. Maja stand auf und sah ihr nach, bis die

Dunkelheit ihre Silhouette nur noch vage erkennen ließ und schließlich ganz verschluckte.

Erst zögerte sie noch, dann ging sie erneut in Elisabeth Wenderoths Wohnung, klopfte leise an der Schlafzimmertür und trat ein, nachdem sie ein schwaches »Ja, bitte?« gehört hatte. Sie schilderte den Eindruck, den Marianne Holler auf sie gemacht und dass sie nicht ihren Wagen genommen hatte, sondern zu Fuß losgegangen war.

»Ach, die Marianne …«, sagte Frau Wenderoth und seufzte. »Dass sie sich das alles so zu Herzen nimmt! Man könnte fast glauben, die Polizei habe sie im Verdacht und nicht mich. Eine so gute Seele!«

»Soll ich ihr nachfahren und sie nach Hause bringen?«

»Nein, lassen Sie mal. Ich bin den Weg von hier zu ihrem Haus schon einmal mit ihr gegangen. Es sind nur etwa vier Kilometer, und um diese Zeit ist ja auch niemand sonst im Wald unterwegs, was soll ihr da schon zustoßen?«

»Aber ich …«

»Das geht schon in Ordnung. Marianne ist gut zu Fuß, und wirklich krank ist sie ja auch nicht, wie wir beide wissen. Außerdem braucht sie ihre Auszeiten. Sie lebt allein, seit ich sie kenne, und sie macht alles, was ihr zu schaffen macht, mit sich selbst aus. Da hilft ihr ein ausgedehnter Spaziergang auf jeden Fall.«

Maja war nicht ganz überzeugt, gab sich aber einstweilen zufrieden und überließ Elisabeth Wenderoth ihrer Nachtruhe. Die Apothekerin hatte recht ruhig und müde gewirkt. Sie selbst fand dagegen keine Ruhe, und an Schlaf war erst recht nicht zu denken. Vor ihrem geistigen Auge sah sie das wutverzerrte Gesicht von Krohn, dazu den kleinen Jungen, der in der Uniklinik um sein Leben kämpfte, und die verzweifelte Mutter, die sich jetzt vielleicht sogar noch bittere Vorwürfe von ihrem Mann anhören musste, der doch schon immer gewusst hatte, was für ein Teufelszeug diese Globuli waren.

Dann fiel ihr ein, wie Markus damals, als sie noch nicht zusammen gewesen waren, in Begleitung seines Kripokollegen in der Dachstein-Apotheke gestanden und ihr unverblümt mitgeteilt hatte, dass sie eine der Verdächtigen in gleich zwei Giftmordfällen sei. Sie spürte die Angst, die ihr die Kehle zuschnürte, den Zorn, der sie keinen klaren Gedanken fassen ließ, und den verzweifelten Wunsch, der Polizei eine Spur zum wahren Täter aufzeigen zu können.

Nur zu gut konnte sie nachfühlen, was in Elisabeth Wenderoth vorging, weitaus mehr, als die alte Apothekerin ahnte. Doch wie eng mussten die Besitzerin der Salus-Apotheke und ihre Mitarbeiterin und Freundin Marianne Holler verbunden sein, wenn sich der Druck, den die eine erlitt, so auf die andere übertrug?

Maja stand am Fenster der Dachgaube und ging im Zimmer auf und ab. Der Gedanke an Marianne Holler, die verzweifelt durch den nächtlichen Wald ging, ließ sie nicht los. Irgendwann schnappte sie ihre Jacke und fuhr ihr nach. Sie kam an der Heiligen Eiche vorbei und erreichte die Landesstraße, ohne Frau Holler zu Gesicht bekommen zu haben. Zu Fuß nahm sie sicher einen Weg, der sie quer durch den Wald und auf kürzerer Strecke zu ihrem Haus brachte, aber Maja traute sich nicht zu, mit dem Auto durch den Wald zu fahren. Was, wenn ihr unterwegs eine Schranke die Weiterfahrt verwehrte? Also folgte sie der Hauptstraße und erreichte bald darauf das Haus am Ortsrand von Bauerbach. Das Gebäude lag im Dunkeln. Selbst in dem Schlendertempo, in dem Marianne Holler losgegangen war, müsste sie eine Strecke von ungefähr vier Kilometern in der Zwischenzeit hinter sich gebracht haben.

Maja drückte den Klingelknopf, der neben dem Gartentor angebracht war. Sie drückte ein zweites und ein drittes Mal – doch weder regte sich im Haus etwas noch flammte ein Licht auf, und es meldete sich auch niemand über die Gegensprechanlage. Falls Frau Holler nicht verzweifelt auf ihrem Sofa lag und heulte wie ein Schlosshund und deshalb nichts um sich herum wahrnahm, konnte das nur bedeuten, dass sie noch unterwegs war. Irgendwo im Wald zwischen der Salus-Apotheke und ihrem Häuschen.

Eine Viertelstunde wartete Maja noch in ihrem Auto auf die Frau, dann stieg sie aus und ging ihr auf dem ersten Weg entgegen, der von Marianne Hollers Haus in den nachtschwarzen Wald führte. Es handelte sich um ein schmales, asphaltiertes Sträßchen, auf dem im Moment aber kein Verkehr herrschte. Nach einer Weile bog die Straße nach rechts ab, und Maja folgte einem weiter geradeaus verlaufenden Waldweg. Sie setzte vorsichtig einen Fuß vor den anderen, aber der geschotterte Untergrund war eben und schien keine Stolperfallen bereitzuhalten, also ging sie etwas schneller. Maja rief sich in Erinnerung, wie das Navi die Lage der Salus-Apotheke und des Hauses von Marianne Holler dargestellt hatte. Demnach musste sie den nächsten Weg nach links nehmen, um zur Apotheke zu kommen. Nach drei-, vierhundert Metern erreichte sie eine breite Straße und hielt sich nun parallel zu ihr in Richtung Süden, etwa auf die Apotheke zu. Über den Bäumen näherte sich ein tiefes Grollen, das sich als das Motorengeräusch eines Hubschraubers entpuppte. Zwischen den Baumwipfeln hindurch konnte sie einen Moment lang den Schriftzug der Johanniter-Unfallhilfe erkennen, dann hörte sie den Hubschrauber landen. Offenbar war sie in der Nähe des Uniklinikums. Hier irgendwo kämpfte Elias Bethmann um sein Leben.

Einen Moment lang blieb Maja stehen, dann setzte sie ihren Marsch fort, und als sie den Botanischen Garten erreichte, hörte sie, wie der Rettungshubschrauber wieder abhob und davonflog.

Maja entschied sich, einen anderen Weg durch den Wald zu suchen, der sie wieder zurück in Richtung Bauerbach führte. Immer wieder blieb sie stehen und horchte, vielleicht war Frau Holler im Dunkeln gestürzt und würde um Hilfe rufen, sobald sie Schritte in ihrer Nähe vernahm.

Als sie das größte Stück des Weges nach Bauerbach hinter sich gebracht hatte, raschelte und knackte es links von ihr. Erschrocken hielt sie inne.

Im nächsten Moment brach eine Gestalt durchs Unterholz und blieb schwer atmend vor ihr stehen.

Isa Bethmann ging auf dem Flur auf und ab. Wenn sie sich zwischendurch kurz setzte, rutschte sie auf dem harten Stuhl herum und konnte kaum die Füße stillhalten. Jedes Mal, wenn eine Krankenschwester vorbeieilte oder ein Arzt durch den Flur kam, sprang sie auf und erkundigte sich, doch niemand hatte Neuigkeiten über den Zustand ihres Sohnes. Der Streit, den ihr Mann vom Zaun gebrochen hatte, als er von der Arbeit nach Hause kam, war fürchterlich gewesen. Da war es Elias schon so schlecht gegangen, dass sie ohnehin schon kurz davor gewesen war, den Notarzt zu rufen. Das hatte dann ihr Mann übernommen.

Bis der Rettungswagen eintraf, hatte Robert sie so angeschrien, wie sie es von ihm nicht kannte. Sie hatte aus Sorge um den Jungen nicht mehr die Kraft aufgebracht, sich gegen seinen anmaßenden, herabwürdigenden Tonfall zu wehren, und irgendwann hatte sie selbst alles geglaubt, was er ihr wieder und wieder an den Kopf warf. Dass sie das Leben ihres Sohnes wegen ihres naiven Glaubens an die Heilkraft von Zuckerkügelchen aufs Spiel gesetzt habe. Dass sie hinter seinem Rücken mit der Gesundheit von Elias experimentiert habe. Dabei habe sie es doch wirklich besser müssen als Ehefrau eines MKE-Pharma-Mitarbeiters, der definitiv mehr von der Materie verstand als sie. Seit Jahren habe er ihr gepredigt, wie gefährlich es sei, mit ernsthaften Beschwerden zu homöopathischen Kurpfuschern zu gehen, wie er Elisabeth Wenderoth und ihre Mitarbeiter nannte, anstatt der erprobten Schulmedizin zu vertrauen.

Die beiden Sanitäter, die kurz vor dem Notarzt in ihrem Haus eintrafen, hatten ihn sogar zurechtgewiesen, als er gar keine Ruhe geben wollte. Ob er denn mit seiner Rechthaberei die Behandlung seines Sohnes erschweren und womöglich sogar sein Überleben gefährden wolle? Das hatte ihn vorübergehend zum Schweigen gebracht, doch hier im Krankenhaus hatte er ihr wieder Vorhaltungen gemacht, wenn auch in etwas gedämpfterem Ton.

»Und jetzt«, hatte Robert sie schließlich angeblafft, »da diese verdammten Kügelchen unseren Sohn beinahe umgebracht haben – wo sind sie jetzt, diese verfluchten Kräuterhexen? Ich sehe sie nirgends! Jetzt müssen doch wieder die Schulmediziner ran, was? Jetzt müssen sie retten, was hoffentlich zu retten ist!«

Schnaubend und kopfschüttelnd war er nach diesem letzten Ausbruch zum Ausgang gestürmt, seither wartete sie allein auf eine Nachricht über Elias' Zustand.

Schritte näherten sich, und Isa drehte den Kopf. Ihr Mann kam auf sie zu. Schlimm sah er aus, nicht nur krank vor Sorge, sondern auch auf eine Art erregt, die sie nicht zuordnen konnte. Er wirkte verschwitzt, und in seinem Gesicht hatte er blutige Kratzer.

»Was ist denn mit dir passiert?«, fragte sie ihn, nachdem er sich schweigend neben sie gesetzt hatte. Er roch nach Schweiß, nach Moos und Erde.

»Ich musste an die Luft. Dieser Irrsinn mit Elias … ich …«

Einen Moment lang befürchtete sie, er würde sie sofort mit neuen Anschuldigungen eindecken, aber er klang müder als vorhin, schien nicht mehr so auf Krawall gebürstet. Der Spaziergang schien ihm gutgetan zu haben. Sie konnte sich gut vorstellen, wie er draußen auf und ab gegangen war und zu sich selbst gesprochen hatte – das machte er manchmal, wenn er mit einer Situation nicht zurechtkam, und ab und zu hörte sie es mit an, ohne dass ihm das bewusst wurde. Isa besah die Kratzer in seinem Gesicht. Sie waren nicht tief, und das Blut war bereits getrocknet. Da musste wohl nichts verarztet werden.

»Ich bin ein Stück in den Wald hineingegangen«, erklärte er, als er bemerkte, dass sie ihn musterte. »Das hätte ich wohl besser bleiben lassen sollen. Die Schrammen hat mir ein Ast verpasst, den ich nicht rechtzeitig gesehen habe.«

»Bist du denn nicht auf dem Weg geblieben?«

»Ich … nein, weil …«

In diesem Moment kamen zwei Männer und eine Frau den Flur entlang. Die Frau war sportlich leger gekleidet und unterhielt sich mit dem einen Mann, den ein Arztkittel umflatterte, während der andere Mann Jeans und Windjacke trug und wortlos nebenherging. Der Mediziner führte die beiden zu Elias' Eltern und stellte sich als der Arzt vor, der die Behandlung des Jungen leitete.

»Elias hat meiner Einschätzung nach das Schlimmste hinter sich. Wir werden ihn durchbekommen, und wenn nicht noch Komplikationen eintreten, hoffe ich, nein, bin ich überzeugt, dass er wieder völlig gesund wird. Aber etwas Geduld müssen Sie bitte noch haben.«

Bevor er sich verabschiedete, stellte er seine Begleiter vor, zwei Beamte von der Kriminalpolizei. Hauptkommissarin Sabine Wehner ergriff das Wort, während sich ihr Kollege stumm beobachtend im Hintergrund hielt.

»Es tut mir leid, wenn wir Sie mit unseren Fragen behelligen müssen, während sie noch in Sorge sind um Ihren Jungen«, wandte sie sich an das Ehepaar Bethmann. »Aber wenn Sie sich in der Lage sehen würden, mit uns zu reden, würde uns das sehr helfen.«

Isa und Robert Bethmann sahen sich an.

»Was meinen Sie, ginge das? Wir fragen jetzt auch wirklich nur das Nötigste, um Sie nicht über Gebühr zu belästigen, okay?«

»Fragen Sie, wir können im Moment ohnehin nichts für unseren Sohn tun«, entgegnete Isa Bethmann.

»Die Globuli, die Ihr Sohn eingenommen hat, stammen aus der Salus-Apotheke Marburg?«

Isa nickte.

»Wer von Ihnen war dort, um sie zu holen?«

»Na, ich geh zu diesen Quacksalbern im Leben nicht!«, schnaubte Robert.

»Ich war dort«, sagte Isa und legte ihrem Mann beruhigend eine Hand auf den Unterarm.

»Und wann waren Sie dort?«

»Gestern Vormittag …« Sie unterbrach sich und sah auf die Uhr. Es war weit nach Mitternacht. »Am Mittwochvormittag war ich dort«, korrigierte sie sich. »Elias hat mich begleitet.«

»Und wer hat Sie in der Salus-Apotheke beraten?«

»Das war Frau Wenderoth selbst, die Besitzerin.«

»Und sie hat Ihnen auch die Globuli gegeben?«

»Ja. Ich habe ihr das Problem von Elias geschildert, daraufhin hat sie mir zu Belladonna D6 geraten.«

»Was war das Problem Ihres Sohnes?«

»Er … ist schon sieben Jahre alt und nässt sich noch ein. Und weil das auch tagsüber passiert, zieht er sich immer mehr von seinen Freunden zurück. Um ihm das zu ersparen, war ich auch schon bei unserem Kinderarzt. Er hatte einige Tipps, wollte Elias aber nur sehr ungern Medikamente verschreiben. Und als ich erwähnte, dass ich auch Frau Wenderoth noch um Rat fragen wollte, fand er das gut.«

»Was ist das denn für ein Arzt?«, brauste Robert auf, beherrschte sich aber wieder, als die beiden Kommissare ihm mahnende Blicke zuwarfen.

»Haben Sie gesehen, ob Frau Wenderoth die Globuli aus einem Medikamentenschrank nahm oder ob das Fläschchen, das Sie bekamen, irgendwo gelagert war, wo es … wie soll ich es ausdrücken … weniger offiziell aussah?«

»Dazu kann ich nichts sagen. Sie hat mir die Globuli empfohlen, die ich genannt habe, und dann ist sie nach drinnen gegangen, kam kurz darauf mit dem Fläschchen wieder und gab es mir. Das Fläschchen mit den Globuli habe ich dem Notarzt gegeben.«

»Das war gut, danke. Wir haben sie mittlerweile ins Labor geschickt und wissen hoffentlich bald, was mit der Arznei nicht in Ordnung ist.«

»Das ist ja wohl klar! Da war viel zu viel Atropin drin!«, meinte Robert Bethmann und funkelte die Kommissarin wütend an. »Mein Sohn kämpft um sein Leben, weil er eine Überdosis Atropin abbekommen hat!«

»Sie sind vom Fach?«, fragte Sabine Wehner in gelassenem Tonfall.

»Ja, ich arbeite für MKE Pharma. Übrigens habe ich meiner Frau auch ein Medikament meiner Firma mitgebracht, mit dem Elias ganz sicher besser gefahren wäre als mit diesem Humbug von diesen Kräuterhexen …«

»Ach, wie praktisch, Sie können Medikamente aus Ihrer Firma mit nach Hause nehmen? Ganz ohne Rezept?«

Bethmann schluckte und senkte den Blick. Der Kommissar konnte sich ein leichtes Grinsen nicht verkneifen, doch seine Kollegin tat, als sei nichts gewesen, und wandte sich wieder an die Mutter des vergifteten Jungen.

»Hat Ihnen Frau Wenderoth gesagt, wie Ihr Sohn die Globuli einnehmen soll? Und für wie lange?«

»Ja«, sagte Isa Bethmann und beschrieb genau die Anweisungen der Apothekerin. »Außerdem sagte sie, dass ich mich jederzeit an sie wenden könne, wenn das Mittel nicht helfen sollte.«

»Waren Sie schon häufiger in der Salus-Apotheke?«

Robert sah auf und musterte seine Frau.

Sie zögerte. »Ja«, sagte sie schließlich, und er senkte kopfschüttelnd den Blick. »Ab und zu habe ich mir Arnika geholt. Elias hatte nämlich mal eine Phase, in der er sich ständig irgendwo angestoßen hat. Die Globuli wirken prima gegen blaue Flecken.«

Der Kommissar hatte Robert Bethmann schon länger schweigend beobachtet. Jetzt wandte er sich direkt an ihn.

»Wie haben Sie sich eigentlich Ihre Verletzungen zugezogen?«, fragte er.

»Ich war im Wald. Das Warten im Krankenhaus macht einen ja irre, da musste ich mal an die frische Luft. In der Dunkelheit habe ich einen Ast übersehen. War aber nicht schlimm, das sehen Sie ja.«

»Ich kann mir kaum vorstellen, dass ein Ast so in einen Waldweg ragt, dass Sie sich dort den Kopf anstoßen können.«

»Ich bin auch mal kurz vom Weg abgekommen.«

»Das ist gefährlich, Herr Bethmann. Haben Sie denn die Schilder nicht gesehen, die vor Explosionsgefahr warnen?«

Bethmann schüttelte den Kopf, er wirkte erschrocken. Der Blick des Polizisten blieb misstrauisch, er hakte aber nicht nach.

»Haben Sie jemals Probleme mit Globuli oder anderer Arznei aus der Salus-Apotheke gehabt, Frau Bethmann?«, setzte Sabine Wehner die Befragung fort.

»Nein, da gab es nie irgendwelche Probleme, aber …«

»Aber?«

»In der Stadt gehen Gerüchte um, dass eine ältere Dame gestorben sein soll, nachdem sie Globuli von Frau Wenderoth eingenommen hatte.«

»Und obwohl Ihnen das Gerücht zu Ohren gekommen war, sind Sie zur Salus-Apotheke, um sich Globuli geben zu lassen?«

»Ich gebe nichts auf Gerüchte.«

»Das ist gut, so halten wir es auch.« Die Hauptkommissarin zückte eine Visitenkarte und gab sie Isa Bethmann. »Sollte Ihnen etwas einfallen, was uns weiterhelfen könnte, rufen Sie mich bitte an, ja? Und wir drücken Ihrem Sohn ganz fest die Daumen, dass es ihm bald besser geht.«

»Alles in Ordnung?«, erkundigte sich Maja, die sich von ihrem ersten Schrecken erholt hatte.

Marianne Holler schaute sich unsicher um und kniff die Augen zusammen, um in der Dunkelheit zu erkennen, wer da vor ihr stand.

»Ich bin's, Maja Ursinus. Ich habe mir Sorgen gemacht, weil Sie einen so mitgenommenen Eindruck gemacht haben, als Sie an der Apotheke losgelaufen sind. Und als ich zur Sicherheit nach Ihnen schauen wollte und Sie noch nicht daheim waren, bin ich Ihnen durch den Wald entgegengegangen. Am Botanischen Garten bin ich umgekehrt, weil ich Sie nicht gefunden habe. Deshalb war ich jetzt schon wieder auf dem Rückweg nach Bauerbach.«

Maja zückte ihr Handy und schaltete die Taschenlampenfunktion ein. Frau Holler sah furchtbar aus. Kratzer im Gesicht, Blutspuren unter der Nase, am Hals und auf der Jacke. Einer ihrer Wangenknochen schillerte in dunklem Rot und schwoll schon an. Im Stoff der Jacke klafften zwei Risse, die linke Hand hing kraftlos nach unten. Die ältere Frau zitterte am ganzen Leib.

Maja legte der Kollegin stützend den Arm um die Schultern.

»Sollen wir rüber zur Klinik?«, schlug sie vor. »Da sind wir schneller als bei Ihnen zu Hause, und vielleicht sollte besser kurz ein Arzt nach Ihnen schauen.«

Marianne Holler versteifte sich sofort und schüttelte den Kopf.

»Nein, nicht in die Klinik! Auf keinen Fall!«

»Was ist denn mit Ihnen?«

»Nichts ist mit mir, gar nichts. Ich will jetzt nach Hause. Sie können mich ruhig loslassen, mir geht es gut.«

»Von wegen! Ich begleite Sie, und loslassen kann ich Sie auch noch, wenn Sie wieder etwas sicherer auf den Beinen sind.«

Widerstrebend ließ sich Marianne Holler führen. Mit der Zeit ging es besser, und als sie kurz vor ihrem Haus aus dem Wald traten, konnte sie schon wieder gut allein gehen. Am Gartentor verabschiedete Frau Holler ihre Begleiterin, aber Maja blieb stehen und fragte noch einmal danach, was ihr denn zugestoßen sei.

»Ich habe mich im Dunkeln verlaufen.«

»In einem Wald, den Sie kennen wie Ihre Westentasche? Damit hat mich jedenfalls Frau Wenderoth beruhigt, als ich mir Sorgen machte, ob Sie wohl heil nach Hause kommen.«

»Den Wald kenne ich wirklich gut und die meisten Wege darin auch. Heute wollte ich einen kleinen Pfad nehmen, der eine Abkürzung nach Bauerbach ist, aber in der Dunkelheit bin ich wohl vom Weg abgekommen und über eine Wurzel gestolpert. Das Ergebnis sehen Sie ja.«

»Und das da?«, fragte Maja und deutete auf den Wangenknochen und die Nase, die ziemlich lädiert aussahen und eher an die Folgen einer kräftigen Maulschelle erinnerten.

»So blöd kann man fallen«, versetzte Marianne Holler leichthin und versuchte ein gequältes Lächeln. »Da können Sie mal sehen. Vor zehn, zwanzig Jahren wäre mir so etwas nicht passiert.«

Maja blieb stehen, und die andere wedelte mit der rechten Hand.

»Sie können wirklich fahren, mit mir ist alles okay.«

»Ist was mit Ihrer linken Hand?«, unternahm Maja einen letzten Versuch und deutete auf Frau Hollers Linke, die seltsam schlaff herunterhing.

»Auch auf den linken Arm bin ich gestürzt. Er tut ein bisschen weh, deshalb schone ich ihn jetzt erst mal.«

»Ich nehme an, Ihre Hausapotheke ist mit allem ausgerüstet, was Sie jetzt brauchen.«

»Ich würde vor Scham im Boden versinken, wenn es anders wäre«, antwortete Marianne Holler und brachte nun tatsächlich ein kurzes Lachen zustande. »Fahren Sie heim, und legen Sie sich schlafen. Ich kann mich selbst verarzten, und morgen sieht das alles schon wieder viel besser aus.«

Maja verabschiedete sich, stieg in ihren Wagen und fuhr zurück zur Salus-Apotheke.

Marianne Holler sah der jungen Apothekerin nach, bis ihr Auto nicht mehr zu sehen war. Dann warf sie einen langen Blick auf den Weg, der im dunklen Wald verschwand, zog mit der rechten Hand ihre Jacke fester um sich und ging zum Haus.

Ja, sie würde sich verarzten. Ihrem Gesicht und ihrem Arm würde es morgen schon wieder besser gehen. Auch die Jacke ließ sich vermutlich flicken. Anderes würde nicht so schnell in Ordnung kommen. Verheilt waren diese Verletzungen nie, nur notdürftig vernarbt, und heute Nacht waren die Narben brutal aufgerissen worden. Durch ein einziges Wort. Durch einen einzigen Namen.

Ihre Gedanken gingen in die Ferne. Und weit zurück in der Zeit. Dass ihr die Tränen dabei hinunterliefen, merkte sie lange nicht.

8

Am nächsten Morgen erwachte Maja vom lauten Klang der Türglocke, der durchs Haus hallte. Aufgeschreckt sah sie auf den Wecker, weil sie glaubte, verschlafen zu haben, doch es war erst kurz nach sechs. Sie ging in eines der kleinen Zimmer mit Blick auf die Straße. Unten auf dem Hof standen Streifenwagen, ein weißer Transporter und mehrere Zivilfahrzeuge.

Ihr fiel ein, wie ermattet und elend die Hausherrin am Vorabend ins Bett gegangen war. Schnell zog sie sich an und flitzte die Treppe hinunter. Auf halbem Weg zwischen erstem Stock und Erdgeschoss überholte sie Elisabeth Wenderoth, die sich nur einen Morgenmantel übergeworfen hatte und deren Haare wild nach allen Seiten abstanden. Maja schloss die Haustür auf, warf einen kurzen fragenden Blick auf ihre Gastgeberin, und auf ihr schwaches Nicken hin öffnete sie die Tür.

Vor ihr stand eine Frau um die fünfzig mit knapp schulterlangen, dunkelblonden Haaren, die sie nicht unfreundlich ansah. Dann ging ihr Blick zu der alten Apothekerin.

»Frau Elisabeth Wenderoth, nehme ich an«, sagte sie, und auf deren Nicken hin zeigte sie ihr erst ihren Dienstausweis, danach reichte Kriminalhauptkommissarin Sabine Wehner der Hausherrin ein amtlich aussehendes Schreiben.

»Entschuldigen Sie bitte, dass wir Sie so früh am Morgen überfallen, aber unsere Arbeit duldet leider keinen Aufschub. Der Durchsuchungsbeschluss ist für Ihre Unterlagen gedacht.«

»Was wird mir vorgeworfen?«

»Es geht um die schwere Atropinvergiftung eines Jungen, der gestern in die Uniklinik eingeliefert wurde. Sie haben seiner Mutter Belladonna-Globuli empfohlen und mitgegeben. Vorgeworfen wird Ihnen zum jetzigen Zeitpunkt allerdings gar nichts. Wir sind lediglich hier, um Beweismittel zu sichten. Das kennen Sie bereits: Die Kollegen haben Ihr Haus ja schon einmal durchsucht.«

»Was genau hoffen Sie zu finden, wenn ich fragen darf?«

»Natürlich dürfen Sie fragen, Frau Wenderoth. Wir suchen unter anderem nach Globuli, in denen der Wirkstoff Atropin ähnlich hoch dosiert ist wie in der Arznei, die dem Jungen im Krankenhaus um ein Haar zum Verhängnis geworden wäre.«

»Um ein Haar? Darf ich daraus schließen, dass Elias Bethmann über den Berg ist?«

»Ja, er wird überleben, und der Arzt fürchtet auch keine bleibenden Schäden.«

»Gott sei Dank«, murmelte die Apothekerin erleichtert.

Die Kommissarin wirkte plötzlich besorgt, weil die alte Apothekerin leicht zu schwanken begonnen hatte.

»Geht es Ihnen gut, Frau Wenderoth?«, fragte Sabine Wehner, beugte sich ein wenig zu ihr hin und machte Anstalten, sie zu stützen.

»Abgesehen davon, dass es schon ein wenig aufregend ist, wenn einen frühmorgens ein Großaufgebot Polizei aus dem Bett klingelt, geht es mir recht gut, danke.«

»Möchten Sie vielleicht Ihren Anwalt anrufen?«, schlug die Kommissarin vor, doch Elisabeth Wenderoth winkte nur ab und ließ sie ins Haus.

»Das wird nicht nötig sein«, erklärte sie mit fester Stimme. »Aber vielleicht sollte ich kurz mit Ihrem Kollegen telefonieren, dem Kommissar, mit dem ich bisher zu tun hatte.«

»Davon würde ich abraten. Der Kollege wurde von dem Fall abgezogen, die Ermittlungen leite nun ich.«

»Wieso das denn?«

»Dazu darf ich Ihnen nichts sagen, tut mir leid. Können Sie uns grob beschreiben, was sich wo im Haus befindet? Meine Kollegen schauen alles durch, aber wenn wir gezielt suchen können, müssen wir vielleicht nicht alle Räume völlig auf den Kopf stellen. Das Aufräumen danach kann manchmal sehr mühsam sein.«

Die Hausherrin beschrieb die Räume und das Fachwerkhäuschen mit dem Labor und ging dann der Kommissarin voraus in ihr kleines Büro, um für sie die Unterlagen zu den im Haus hergestellten Arzneien zusammenzustellen.

»Das wird nicht nötig sein, Frau Wenderoth«, meinte Sabine Wehner. »Aber wenn Sie sich mit Frau …«

»Ursinus, Maja Ursinus.«

»… wenn Sie sich mit Frau Ursinus vielleicht irgendwo hinsetzen möchten? Sie sehen etwas angegriffen aus.«

»Frau Wenderoth hatte gestern einen Zusammenbruch«, erklärte Maja in bissigem Tonfall, »nachdem sie telefonisch darüber informiert wurde, dass die Polizei sie wieder im Verdacht hat, am Tod ihrer Kundin Evelyn Dern schuld zu sein.«

»Oje, der Anruf sollte so etwas eigentlich gerade verhindern. Deshalb sind wir auch erst jetzt hier und haben Sie nicht schon mitten in der Nacht aus dem Schlaf gerissen. Na ja, wie man's macht …«

Sabine Wehner zuckte mit den Schultern und zeigte Maja ein entschuldigendes Lächeln. Dann schickte sie ihre Kollegen in die Räume, die zuerst inspiziert werden sollten, und wies sie eindringlich an, nicht mehr Chaos zu verursachen als unbedingt nötig. Maja wollte ihre Gastgeberin zurück in ihre Wohnung führen, aber Frau Wenderoth bestand darauf, in der Apotheke zu bleiben. Also gingen die beiden in den Aufenthaltsraum, wo Maja Kaffee kochte und der Chefin ein paar Schokoladenkekse neben die dampfende Tasse legte. Dann öffnete sie die Hintertür, um ein wenig frische Luft hereinzulassen, und setzte sich zu Elisabeth Wenderoth.

»Die Woche geht ja großartig zu Ende«, stöhnte die alte Apothekerin, dann fiel ihr etwas ein. »Frau Ursinus, könnten Sie diese Kommissarin bitte fragen, ob wir die Apotheke heute noch öffnen dürfen? Falls nicht, würde ich Sie bitten, den Kollegen Bescheid zu geben, dass sie heute zu Hause bleiben können.«

Maja fand die Kommissarin im Kellerlabor, wo sie gerade mit einem Kollegen Kartons sichtete, in denen Ingredienzien für Salben aufbewahrt wurden. Sie erklärte ihr in groben Zügen, worum es sich dabei handelte, und wies darauf hin, dass die meisten Arzneien im Nebengebäude hergestellt wurden.

»Meine Chefin würde gern wissen, ob wir die Apotheke heute öffnen dürfen.«

»Ich fürchte nein, Frau Ursinus. Den Vormittag werden wir auf jeden Fall brauchen, um alles zu sichten und das einzupacken, was wir für unsere Arbeit brauchen. Und öffnen werden Sie auch danach nicht dürfen. Im Moment hält es die Staatsanwaltschaft für möglich, dass Globuli, die in der Salus-Apotheke hergestellt wurden oder sich zumindest hier befanden, eine potenzielle Gefahr darstellen. Bevor unser Labor eine solche Gefahr nicht zweifelsfrei ausschließen kann, werden keine Kügelchen und keine Salben und auch sonst keine Medikamente in dieser Apotheke an Kunden abgegeben, tut mir leid.«

»Und was ist mit den Bestellungen für heute?«

Sabine Wehner schüttelte bedauernd den Kopf.

Also telefonierte Maja die Liste der Kollegen durch und schilderte ihnen die Situation. Saskia nahm die Information gleichmütig auf, Lea klang ernsthaft betrübt, und die anderen versprachen, im Lauf des Tages trotzdem mal vorbeizukommen und nach der Chefin zu sehen. Auch Marianne Holler versuchte Maja zu erreichen, aber unter ihrer Nummer nahm niemand ab.

Sie ging zurück in den Aufenthaltsraum und brachte Elisabeth Wenderoth aufs Laufende. Eine Weile blieben sie beieinander sitzen, und Maja goss noch einmal Kaffee nach. Sie versuchte, ein Gespräch mit der alten Apothekerin in Gang zu bringen, aber die war nicht richtig bei der Sache, sondern horchte mit einem Ohr, wo im Haus die Polizisten gerade nach Hinweisen, Akten oder wie auch immer gearteten Beweisen suchten. Nur auf eine von Majas Fragen reagierte sie mit voller Konzentration.

»Die Globuli, die Sie Frau Bethmann mitgegeben haben, sollen eine gefährliche Konzentration an Atropin enthalten haben. Jedenfalls geht die Polizei bisher davon aus, dass die Arznei den bedrohlichen Zustand des Jungen hervorgerufen hat. Können Sie sich das erklären?«

»Nein«, antwortete Frau Wenderoth mit verzweifeltem Unterton. »Und das macht mich beinahe wahnsinnig. Schon wieder Globuli aus unserer Apotheke …«

»Schon wieder? Ich dachte, das unbeschriftete Röhrchen in Frau Derns Wohnung …«

Elisabeth Wenderoth winkte müde ab.

»Darauf kommt es jetzt auch nicht mehr an. Wenn nicht ein Wunder geschieht, muss ich hier sowieso schließen. Und solange Sie es der Polizei nicht gleich weitererzählen, ändert es ja auch nichts, wenn Sie es wissen: Das Röhrchen ohne Etikett, in dem sich die tödlichen Globuli befanden, an denen Frau Dern starb, stammte sehr wohl aus meiner Apotheke.«

»Aber warum …?«

»Warum ich es bisher abgestritten habe? Warum wohl! Eiferer wie dieser Krohn warten doch nur darauf, dass sie mir aus irgendetwas einen Strick drehen können. In diesem Fall wäre es sogar ein doppelter Strick gewesen: Die tödlichen Globuli stammen von der Wenderoth – und die hat sie der Kundin sogar in einem Röhrchen gegeben, das nicht einmal ordnungsmäßig beschriftet war!«

Vom Flur her waren Schritte zu hören, und kurz darauf stand Sabine Wehner im Aufenthaltsraum.

»Hätten Sie kurz Zeit für mich?«, wandte sie sich an die alte Apothekerin. »Ich habe die Ermittlungen erst vorgestern von einem Kollegen übernommen und bin mit der Herstellung von homöopathischen Arzneien nicht sonderlich vertraut. Könnten Sie mir in groben Zügen erklären, wie das vor sich geht?«

Maja stand auf und ging zur Kaffeemaschine.

»Trinken Sie eine Tasse mit, Frau Wehner?«, fragte sie, und auf den überraschten Blick der Kommissarin hin fügte sie lächelnd hinzu: »Homöopathie lässt sich nicht in zwei Minuten erklären.«

»Gut, dann gern.«

»Zucker? Milch?«

»Nur etwas Milch, bitte.«

Sie setzte sich, nahm die Tasse entgegen und sah Elisabeth Wenderoth gespannt an.

»Ich werde versuchen, mich kurzzufassen«, begann die Hausherrin. »Ich kaufe die Rohglobuli bei einem langjährigen Lieferanten, der Apotheken und Hersteller von

Homöopathika in ganz Deutschland beliefert. Die Kügelchen bestehen aus Saccharose.«

»Sie beziehen also Zuckerkügelchen von einem Produzenten, und der liefert sie Ihnen … wie soll ich sagen? Neutral, also noch ohne Wirkstoff?«

»Genau – ein bisschen haben Sie sich schon eingelesen, wie ich feststelle.«

»Wo lagern Sie die Globuli?«

»In einem trockenen Raum neben dem Kellerlabor.«

»Kann da jeder rein?«

»Der Raum ist abgeschlossen, einen Schlüssel haben nur diejenigen aus meinem Team, die mit den Globuli arbeiten, also außer mir noch Herr Lonitzer und Frau Holler und als deren Vertretung jetzt auch Frau Ursinus.«

»Ich bin kurzfristig als Krankheitsvertretung für Frau Holler eingesprungen«, erklärte Maja.

»Seit wann sind Sie hier?«

»Seit Montag.«

»Okay, danke. Und wie geht es dann weiter mit der Arznei?«

»Aus den Pflanzen in meinem Heilgarten und aus einigen, die ich zukaufe, stelle ich Urtinkturen her. Je nachdem, wie sich der Wirkstoff am besten gewinnen lässt, arbeite ich mit dem Mörser oder presse die Pflanzen. Den Wirkstoff extrahiere ich mithilfe wässriger oder öliger Lösungen oder mit einer Mischung aus Alkohol und Wasser. Das dauert seine Zeit, in der Regel zehn bis dreißig Tage.«

»Wo findet dieser Prozess statt?«

»Ebenfalls im Keller, in einem weiteren verschlossenen

Raum, zu dem aber nur ich einen Schlüssel habe. Die Urtinkturen stelle ausschließlich ich her.«

»Und wo bewahren Sie die fertigen Urtinkturen auf?«

»In meinem Büro gibt es einen Wandsafe, und ein zweiter Tresor steht im Keller. Beide haben dieselbe Ziffernkombination, die nur meine Stellvertreterin Marianne Holler und ich kennen.«

Die Kommissarin ließ sich die Ziffernkombination geben, und Elisabeth Wenderoth fuhr fort:

»Ich bin auch die Einzige im Haus, die mehrere Wirkstoffe zu einem Kombipräparat mischt. Danach werden die Tinkturen potenziert. Das machen außer mir noch Frau Holler und Herr Lonitzer, und im Moment in Vertretung von Frau Holler auch Frau Ursinus.«

»Und das passiert auch im Keller?«

»Nein, das machen wir meistens drüben im Laborgebäude. Das hat aber nur den Grund, dass es sich dort angenehmer arbeiten lässt. Man blickt auf den Garten, das ist einfach schöner, als im Keller zu sitzen.«

»Und wie geht das Potenzieren vor sich?«

»Wird die Potenzierung im Dezimalsystem vorgenommen, wird ein Teil Wirkstoff mit neun Teilen Lösungsmittel vermischt, wir haben in der Stufe D1 also eine Verdünnung von eins zu zehn. D2 wäre dann eins zu hundert und so weiter. Potenzieren wir centesimal, kommen neunundneunzig Teile Lösungsmittel auf einen Teil Urtinktur. Die Abkürzung dafür lautet C1, die Verdünnung wäre eins zu hundert. C2 bedeutet dementsprechend eins zu zehntausend et cetera. Bis hierhin alles klar?«

Die Kommissarin nickte.

»Gut, dann weiter. Wenn der Wirkstoff nicht in einer Flüssigkeit enthalten ist, sondern als fester Stoff vorliegt, wird er im Mörser mit Milchzucker verrieben. Alle Vorschriften der Herstellung sind übrigens detailliert im ›Europäischen Arzneibuch‹ verzeichnet.«

»Darin müssen Sie vermutlich nicht mehr oft nachlesen«, merkte Sabine Wehner an.

»Nein, ich mache das ja schon eine ganze Weile. Die fertige Wirkstoffpotenz wird noch einmal mit Alkohol verdünnt, mit dieser ›Dilution‹ werden die Rohglobuli imprägniert, das heißt: Die Kügelchen werden so mit der Flüssigkeit verrührt und vermengt, dass sie am Ende auf alle Globuli aufgetragen ist. Der Alkohol verdampft, auf den Globuli bleiben die unverflüchtigten Bestandteile zurück.«

»Und wo werden die fertigen Globuli gelagert?«

»Teils im Keller, teils in unseren Medikamentenschränken, und einige kleinere Chargen habe ich auch in meinem Büro. Es geht vor allem darum, dass sie dunkel und trocken gelagert werden. Wenn man das beachtet, sind Globuli fast unbegrenzt haltbar.«

Sabine Wehner ging die Notizen durch, die sie sich während des Vortrages gemacht hatte.

»Wenn jemand an die hier gelagerten Rohglobuli kommen will, muss er einen Schlüssel haben, sich einen verschaffen oder das Schloss knacken«, fasste sie zusammen. »Dasselbe gilt für die Urtinkturen, die im Keller angesetzt sind, wobei nur Sie einen Schlüssel für den entsprechenden Raum haben. Und für den Zugriff auf die fertigen Urtinkturen braucht man den Zahlencode der beiden Safes. An die fertigen Globuli kommt dagegen jeder ran, der Zugang zum Medikamentenschrank, zum Keller und zu Ihrem Büro hat. Habe ich das so weit alles richtig notiert?«

»Ja.«

»Und wenn ich mir das Prozedere des Potenzierens richtig vorstelle, können wir eine versehentlich falsche Dosierung des Wirkstoffs ausschließen.«

»Auf jeden Fall. Nehmen Sie den Wirkstoff Atropin, der aus der Belladonna gewonnen wird, der Tollkirsche. Für gesunde Erwachsene ist die Wirkung erst ab einer Dosis von etwa hundert Milligramm tödlich. Im Fall von Kindern können auch schon Mengen ab zehn Milligramm zu einer Atemlähmung und damit zum Tod führen. Auf solche Mengen kommen Sie nicht durch Globuli, die versehentlich eine Zehner- oder Hunderterpotenz zu wenig haben.«

Die Kommissarin nickte und dachte nach.

»Wie genau führen Sie Buch über Ihre Bestände in diesem Bereich?«

»Von den Rohglobuli bestelle ich relativ große Mengen, da zähle ich natürlich nicht jedes Kügelchen, wie Sie sich vorstellen können. Außerdem gebe ich Kunden auch mal ein Pröbchen mit. Der Bestand an Urtinkturen hingegen wird penibel notiert, und was an arzneilichen Globuli vorrätig ist, haben wir im Warenwirtschaftssystem auf dem Computer vermerkt.«

»Gut, dann können wir ja die Bestände mit Ihren Aufzeichnungen abgleichen.«

»Eins vielleicht noch«, meldete sich Maja zu Wort.

Sie schilderte der Kommissarin den Zwischenfall in der Nacht zum Donnerstag und die Spuren eines möglichen Einbruchs, die sie am nächsten Morgen entdeckt hatten.

»Und warum haben Sie uns das nicht gemeldet?«, fragte Sabine Wehner.

»Wir konnten nicht feststellen, dass irgendetwas gefehlt hätte, und es hätte ja auch sein können, dass es gar kein Einbruch war. Vielleicht hat ein Tier die Fensterscheibe umgestürzt.«

»Außerdem«, knurrte die alte Apothekerin, »wollte ich nach der Geschichte mit Frau Dern die Polizei nicht unbedingt im Haus haben …«

Als sie wieder zu zweit waren, saßen sie eine Weile schweigend beisammen.

»Wenn die Polizei hier fertig ist«, sagte Elisabeth Wenderoth schließlich, »stelle ich an den Safes eine neue Zahlenkombination ein. Ich darf nur nicht vergessen, sie dann auch Marianne mitzuteilen.«

Maja sah auf einmal sehr nachdenklich aus.

»Was ist denn?«, fragte die alte Apothekerin.

Maja zögerte, weil sie nicht sicher war, ob eine solche Nachricht dem angegriffenen Zustand von Elisabeth Wenderoth zuträglich war.

»Frau Ursinus, bitte reden Sie!«

»Frau Holler ging es gestern nicht gut. Ich bin nachts

noch nach Bauerbach rübergefahren, habe sie daheim aber nicht angetroffen und bin ihr deshalb durch den Wald entgegengegangen. Als ich schließlich auf sie stieß, hat sie am ganzen Leib gezittert und sah ziemlich zerschunden aus. Sie meinte, sie sei im Dunkeln wohl vom Weg abgekommen, über eine Wurzel gestolpert und unglücklich gestürzt. Sie wollte sich aber unbedingt selbst verarzten, und als ich sie vorhin angerufen habe, ist sie nicht drangegangen.«

»Sie klingen, als würden Sie nicht glauben, was Marianne Ihnen heute Nacht gesagt hat.«

»Eine solche Schwellung am Wangenknochen kenne ich eher als Folge eines Schlags oder einer sehr starken Ohrfeige. Wäre sie gestolpert und auf eine Wurzel gefallen, hätte sie an dieser Stelle eine Platzwunde im Gesicht haben müssen oder zumindest Schrammen. Doch die Haut war dort unverletzt.«

»Und was, glauben Sie, ist heute Nacht im Wald wirklich passiert?«

Maja zuckte die Schultern.

»Solange Frau Holler nichts dazu sagt, können wir nur spekulieren.«

»Und was könnten Sie sich vorstellen?«

»Elias Bethmann lag zu dieser Zeit in der Uniklinik, die Eltern müssen bei ihm gewesen sein, und Frau Holler ist – je nachdem, welche Route sie genommen hat – auf ihrem Heimweg vielleicht fast an der Klinik vorbeigekommen. Der Vater von Elias ist einer von Krohns Fanatikern … Wäre es nicht denkbar, dass er seine Mitstreiter angerufen hat, nachdem sein Sohn mit einer Atropinvergiftung in die Klinik eingeliefert wurde?«

»Und weiter?«

»Vielleicht ist Krohn oder einer seiner Verrückten zur Apotheke gefahren, hat auf dem Weg hierher aber zuerst Frau Holler zu Fuß im Wald gesehen und hat die Gelegenheit genutzt, ihr eins auszuwischen?«

»Aber hätten diese Leute nicht eher hier am Haus etwas angestellt? Steine auf ein Fenster geworfen oder so etwas?«

»Oder nehmen wir Robert Bethmann. Womöglich verlässt er zwischendurch das Krankenhaus, weil ihm die Warterei auf die Nerven geht. Vielleicht ist er Raucher, vielleicht will er sich nur die Füße vertreten. Auf einem Waldweg begegnet er Marianne Holler. Kennt er sie denn?«

»Ich vermute, dass Krohn seinen Kumpels Bilder von meinen Mitarbeitern gezeigt hat, oder sie haben sich auf der Homepage das Foto vom gesamten Team angesehen.«

»Gesetzt den Fall, Bethmann hätte Frau Holler erkannt: Wäre er da nicht ausgerastet, hätte sie beschimpft, sie vielleicht sogar geschlagen?«

»Wie auch immer, solange Marianne es uns nicht sagt, können wir darüber wirklich nur spekulieren.«

»Und genau das macht mich stutzig: Warum hat sie es mir nicht einfach erzählt?«

In der Praxis von Dr. Claus Krohn war auch an diesem Freitagmorgen viel los. Doch nach drei Patienten mit klaren Symptomen wartete in einem seiner Untersuchungszimmer eine Überraschung auf ihn.

»Herr Kollege«, rief Krohn mit gespielter Fröhlichkeit, »was verschafft mir die Ehre?«

»Ganz sicherlich nicht Ihre medizinische Expertise, Herr Krohn«, knurrte Rupert Hamer. »Ich war gestern Nacht in der Salus-Apotheke. Frau Wenderoth hat einen Schwächeanfall erlitten, nachdem sie erfahren hat, dass die Polizei im Todesfall Evelyn Dern wieder gegen sie ermittelt.«

»Und nicht nur das: Wenn ich es richtig mitbekommen habe, geht auch die Vergiftung eines Siebenjährigen auf ihr Konto. Inzwischen müsste die Polizei dabei sein, Haus und Grundstück von Frau Wenderoth nach Beweisen zu durchsuchen.«

Hamer hatte schon zu einer scharfen Erwiderung angesetzt, doch dass eine Hausdurchsuchung anstand oder schon durchgeführt wurde, verschlug ihm für einen Moment die Sprache.

Krohn grinste und machte Anstalten, den Raum wieder zu verlassen. »Wenn sonst nichts ist, Herr Kollege, würde ich mich gern weiter um meine Patienten kümmern. Sie haben ja gesehen, dass das Wartezimmer rappelvoll ist.«

»Sie wissen also, dass es eine Hausdurchsuchung gibt?«

»Allerdings. Und ich weiß auch, dass der Kommissar, der bisher die Ermittlungen zum Tod von Frau Dern leitete, von dem Fall abgezogen wurde. Er scheint Frau Wenderoth so sehr zu schätzen, dass er nur halbherzig in ihre Richtung ermittelt hat. Es gab ja schon mal eine Durchsuchung der Salus-Apotheke, allerdings wurden keine vergifteten Globuli gefunden – und das hat die Staatsanwaltschaft nun wohl stutzig gemacht. Es gab vermutlich entsprechende Hinweise aus den Reihen der Polizei selbst.«

»Ich nehme mal an, diese Hinweise hat derselbe Polizist der Staatsanwaltschaft gesteckt, der die Gerüchte über die vergifteten Globuli in der Stadt verbreitet hat. Und ich vermute mal, dass Sie einen guten Draht zu diesem Beamten haben, dass er Sie über die Ermittlungen auf dem Laufenden hält – und dass letztlich Sie mit dafür verantwortlich sind, dass Frau Wenderoth wieder ins Visier der Kripo geraten ist.«

Krohns Grinsen wurde noch eine Spur fieser. »Ach, wissen Sie, Herr Hamer, dafür sorgt Ihre Freundin schon selbst. Erst vergiftet sie ihre Patientin mit ihren verdammten Kügelchen, und jetzt stirbt fast ein kleiner Junge. Was muss denn noch passieren, bis dieser Kräuterhexe und ihrer Stellvertreterin endlich das Handwerk gelegt wird?«

»Was hat Frau Wenderoth Ihnen nur getan, dass Sie sie mit einem solchen Hass verfolgen?«

Krohns Blick trübte sich etwas ein, aber er fing sich schnell wieder.

»Ob Sie es mir glauben oder nicht: Das geht nicht gegen Frau Wenderoth persönlich«, murmelte er.

»Sondern?«

Einen Moment lang mahlten Krohns Kiefer, dann zischte er: »Homöopathie ist Humbug, gefährliche Kurpfuscherei, und dass Sie als gestandener Arzt das nicht ebenso klarsehen wie ich, ist im Grunde ein Armutszeugnis für Sie. Und jetzt raus aus meiner Praxis!«

Irgendwann war es Maja gelungen, Elisabeth Wenderoth zu einem Nickerchen zu überreden. Auf Geheiß von Sabine Wehner wurde die Untersuchung des Schlafzimmers verschoben, damit sich die alte Apothekerin ausruhen konnte. Überhaupt machte die Kommissarin den Eindruck, als wolle sie diese unangenehme Situation für Frau Wenderoth so erträglich wie möglich gestalten.

Am späten Vormittag schaute Meret vorbei. Sie hatte wohl gehofft, die Medikamente auspacken und in den Medikamentenschrank räumen zu können, doch ein Polizeibeamter hielt sie davon ab. Also ging sie zu Maja hinaus, die auf der Freitreppe in der Sonne saß.

»Wie geht's der Chefin?«, fragte sie.

»Das alles nimmt sie schon sehr mit, aber jetzt liegt sie oben in ihrem Bett, und ich hoffe, sie kann etwas schlafen oder sich zumindest ausruhen.«

»Kannst du dir erklären, wie sich der Junge eine Atropinvergiftung zuziehen konnte?«

»Nein, aber für die Polizei scheint ja zweifelsfrei festzustehen, dass das Atropin in den Globuli enthalten war, die Frau Wenderoth am Mittwoch seiner Mutter gegeben hat.«

»Scheußliche Sache.«

»Ja, und das ist noch nicht alles«, sagte Maja und erzählte von ihrer nächtlichen Begegnung mit der verletzten Marianne Holler. Meret machte große Augen, doch dann wurden beide von einem heftigen Wortgefecht abgelenkt, das sich auf der Privatstraße abspielte. Sie erhoben sich und gingen zur Hofeinfahrt.

Einige Meter entfernt stand eine Limousine, deren Fahrer ausgestiegen war und nun die beiden Polizisten anbrüllte, die dafür sorgen sollten, dass niemand Unbefugtes das Grundstück betrat. Meret, die eben noch hatte passieren dürfen, lief auf die drei Männer zu, und Maja folgte ihr.

»Herr Bethmann, jetzt beruhigen Sie sich mal!«, herrschte Meret den Fahrer der Limousine an, und sofort wandte sich der Mann mit hochrotem Kopf an sie.

»Beruhigen? Ich soll mich beruhigen? Mein Sohn wäre heute Nacht um ein Haar gestorben, weil Ihre Chefin ihm vergiftetes Zeug gegeben hat! Ich hatte gehofft, dass die Polizei diese Hexe endlich abführt und einbuchtet und ihr das Handwerk legt! Stattdessen hindern mich diese beiden Herren daran, dass ich zu ihr gehe und ihr mal ordentlich Bescheid stoße!«

Maja hatte Herrn Bethmann während seiner Schimpftirade genau beobachtet. Dabei war ihr aufgefallen, dass er Kratzer im Gesicht hatte und an der rechten Hand verletzt war. Sie dachte daran, wie Marianne Holler zugerichtet gewesen war, und kombinierte blitzschnell.

»Bescheid stoßen? So wie gestern Nacht Frau Holler?«, konterte sie.

Als jegliche Farbe aus Bethmanns Gesicht wich, sah sie ihre Vermutung bestätigt.

»Was haben Sie?«, fuhr Meret ihn daraufhin an. »Sind Sie irre?«

»Ich … Sie können … können behaupten, was Sie wollen! Sie … wollen doch nur ablenken!«

Er sah verunsichert zwischen den beiden Frauen und den Polizisten hin und her, machte einen langsamen Schritt zurück, wurde dann etwas hektischer, und kurz darauf saß er hinter dem Steuer, wendete den Wagen und fuhr mit aufheulendem Motor davon.

»Ihn sollten Sie verhaften, nicht Frau Wenderoth!«, knurrte Meret und funkelte die beiden Polizisten an.

»Was war das denn gerade?«, versetzte der eine irritiert, während der andere schon das Funkgerät zur Hand nahm.

»So, wie es aussieht, hat er gestern Nacht eine unserer Kolleginnen auf dem Heimweg überfallen und niedergeschlagen«, sagte Maja.

»Haltet mal den Wagen auf, der gleich bei euch durchwill«, gab der Polizist per Funk durch. »Der Fahrer soll warten. Wir geben KHK Wehner Bescheid, sie wird ihn befragen wollen.«

Aus dem Funkgerät kam umgehend die Bestätigung, und der Uniformierte wandte sich an Maja.

»Haben Sie den Überfall gesehen?«

»Nein, aber ich habe Frau Holler kurz danach im Wald getroffen. Sie sah furchtbar aus, hat geblutet und hatte eine Schwellung im Gesicht.«

»Dann kommen Sie mal mit mir zur Kommissarin.«

Sabine Wehner ließ sich von Maja schildern, was sie nachts im Wald nahe der Uniklinik gesehen hatte.

»Und warum erzählen Sie mir das erst jetzt?«, fragte sie vorwurfsvoll.

»Dass Bethmann dahinterstecken könnte, war ja erst mal nur eine wilde Spekulation von uns, aber als es gerade zu dem Wortwechsel mit ihm kam, habe ich ihm meine Vermutung einfach an den Kopf geworfen. Da ist er blass geworden und abgehauen.«

»Eigentlich mögen wir das nicht so gern, wenn jemand unsere Arbeit übernimmt, Frau Ursinus.«

Ihr Tonfall war streng, aber ein Lächeln umspielte ihre Mundwinkel.

»Jetzt kommen Sie mal mit, ich fühle dem Herrn auf den Zahn, und vielleicht ist es ganz hilfreich, wenn Sie dabei sind. Aber Sie sagen kein Wort, haben wir uns verstanden?«

Robert Bethmanns Wut war beginnender Verzweiflung gewichen, und als die Kommissarin ihn ins Gebet nahm, stritt er die Handgreiflichkeit gar nicht mehr ab, sondern schob seinen Angriff auf zerrüttete Nerven und die Sorge um das Leben seines Sohnes. Sabine Wehner wandte sich ab und gab über ihr Handy einige Anweisungen. Bethmann sollte für eine weitere Befragung in einen Vernehmungsraum der Marburger Kripo gebracht werden, ein Streifenwagen sollte die Kommissarin zum Haus von Marianne Holler bringen, und vorsorglich sollte auch ein Rettungswagen dorthin kommen.

»Darf ich mit?«, fragte Maja.

»Nein, tut mir leid, das geht nicht. Schauen Sie lieber nach Ihrer Chefin. Soll Sie jemand zur Apotheke bringen?«

»Das Stück kann ich zu Fuß gehen. Ein bisschen frische Luft wird mir guttun.«

Sie hatte erst eine kurze Strecke hinter sich gebracht, da brauste ein Streifenwagen an ihr vorüber, hielt an, um Sabine Wehner einsteigen zu lassen, und fuhr dann mit hohem Tempo in Richtung Bauerbach davon.

Die Hofeinfahrt war schon in Sichtweite, da raste erneut ein Streifenwagen heran. Maja drehte sich um und blieb stehen. Der Wagen bremste scharf und kam direkt neben ihr zum Stehen. Am Steuer saß ein uniformierter Polizist. Das Beifahrerfenster wurde heruntergelassen, und der Beamte beugte sich zu ihr herüber.

»Sie sind Frau Ursinus?«

Maja nickte.

»Steigen Sie bitte ein, ich soll Sie abholen.«

»Wohin fahren wir denn? Ist etwas mit Frau Holler? Schickt Sie Kommissarin Wehner?«

»Ja, genau. Frau Wehner hat mich gebeten, Sie abzuholen. Sie können gern vorn einsteigen.«

Kaum hatte sie Platz genommen, wendete der Polizist den Streifenwagen und nahm Kurs auf die Hauptstraße. Den Kollegen, die dort neben ihrem Auto standen, winkte er leutselig zu, doch an der Stelle, wo er nach rechts hätte fahren müssen, bog er nach links ab.

»Aber … fahren wir nicht nach Bauerbach? Da hätten Sie doch nach rechts gemusst!«

»Ich … äh … Frau Holler ist nicht in Bauerbach«, versetzte der Beamte. Er steuerte den Streifenwagen an der Universität vorbei, und einen Moment lang befürchtete

Maja, die Kollegin sei in die Klinik eingeliefert worden, aber auch an der fuhr der Polizist vorbei.

Als er den Waldweg passiert hatte, auf dem sie heute Nacht unterwegs gewesen war, sah Maja ihren Fahrer fragend an. Doch der schaute stur geradeaus, Schweißperlen standen ihm auf der Stirn. Gerade wollte sie fragen, was hier eigentlich vor sich ging, da lenkte er den Wagen in die nächste Einmündung und ließ das Fahrzeug nach etwa dreißig, vierzig Metern unter einigen Bäumen ausrollen, stieg aus und ließ die Wagentür offen.

»Bin gleich wieder da«, rief er ihr noch zu, dann baute er sich ein Stück entfernt breitbeinig am Wegesrand auf, mit dem Rücken zu ihr, und nestelte an seinem Hosenlatz. Gerade fragte sie sich, welcher Polizist jemanden schnell irgendwohin bringen soll und dann seelenruhig austreten geht, da fiel ihr Blick auf einen Mann, der aus dem Wald auf sie zukam. Sie erkannte ihn sofort.

Dr. Claus Krohn ließ sie keine Sekunde aus den Augen, und seine Miene schwankte zwischen Anspannung und Belustigung. Maja fragte sich, was Elisabeth Wenderoths härtester Kritiker wohl von ihr wollte. Und warum tat der Polizist am Wegesrand, als würde er Krohn gar nicht bemerken?

Ein leises Knarren auf der Fahrerseite ließ sie herumfahren. Sie blickte in das lächelnde Gesicht eines fremden Mannes. Im selben Moment spürte sie, wie eine Nadel ihr in den Oberarm stach.

Dann wurde ihr schwarz vor Augen.

9

Markus Brodtbeck hatte sich die ganze Fahrt über darauf gefreut, Maja zu überraschen. Sie waren mit dem laufenden Fall erfreulich früh zum Ende gekommen, die Kollegen in seiner Ermittlungsgruppe der Münchner Kripo hatten ihm noch das Schreiben zweier letzter Berichte abgenommen, und so ging er am Donnerstagabend nach Hause, schlief endlich mal wieder eine Nacht durch und machte sich gleich am Freitagmorgen auf den Weg nach Marburg. Die Lage der Salus-Apotheke mitten im Wald hatte Maja ihm ja schon beschrieben, die genaue Adresse hatte er sich im Internet herausgesucht und ins Navi eingegeben.

Am Beginn der Privatstraße, die zur Apotheke führte, sah er zwei uniformierte Kollegen stehen, die ihn anhielten. Er zeigte seinen Personalausweis, stellte sich zugleich aber auch als Kripokommissar vor, der allerdings ausschließlich aus privatem Anlass hier sei: Er wolle seine Freundin Maja Ursinus besuchen.

»Frau Ursinus ist gerade nicht da, ein Kollege hat sie vor

eineinhalb Stunden abgeholt, ich weiß gar nicht, wohin. Fahren Sie am besten weiter zur Apotheke. Hauptkommissarin Wehner müsste wissen, wo Sie Frau Ursinus finden.«

Sabine Wehner wartete ungeduldig auf Nachricht aus der Zentrale. Sie und ihre Kollegen waren in Bauerbach gewesen, hatten Marianne Holler aber nicht zu Hause angetroffen. Auf ihr Klingeln hatte niemand geöffnet, und als die Kollegen ins Haus eingedrungen waren, hatten sie zwar Spuren eines Gelages gefunden, und wenn Frau Holler all diesen Wodka selbst getrunken hatte, ging es ihr im Moment definitiv nicht besonders gut – von ihr selbst fehlte allerdings jede Spur.

Also hatte Sabine Wehner sich vom Streifenwagen zurück zur Salus-Apotheke bringen lassen. Von den Beamten, die an der Privatstraße Wache hielten, hatte sie erfahren, dass Maja Ursinus von Polizeihauptmeister Hegel abgeholt und auf Weisung der Kommissarin zu Marianne Hollers Haus gebracht worden sei. Sie hatte gestutzt, denn Hegel war nicht in die Ermittlungen von Wehners Team eingebunden, und weder hatte sie ihm aufgetragen, Maja Ursinus nach Bauerbach zu bringen, noch war er mit ihr je dort aufgetaucht.

Die Handys von Maja und von Marianne Holler konnten ihnen nicht helfen, die beiden Frauen zu finden. Majas Smartphone lag am Rand der Privatstraße. Vermutlich war es ihr aus der Hose gerutscht, als sie in Hegels Streifenwagen eingestiegen war. Das Handy von Frau Holler hingegen lag zertreten in ihrem Wohnzimmer – und die Kommissarin fragte sich, ob sie entführt und ihr Handy vom Entführer zerstört worden war, oder ob sie im Wodkarausch selbst daraufgetreten und danach volltrunken in den Wald gewankt war.

Den Streifenwagen, in dem Hegel Maja Ursinus abgeholt hatte, ortete die Zentrale vor einer Imbissbude. Der Polizeihauptmeister lehnte am Fahrzeug, aß eine Bratwurst und tat ganz zerknirscht, als die Kollegen ihn nach dem Verbleib seines Fahrgasts fragten. Er habe unterwegs austreten müssen, und als er zum Wagen zurückkam, sei die Frau spurlos verschwunden gewesen. Auf die Frage, für wen er sie denn wirklich von der Apotheke abholen sollte, denn einen Auftrag von Sabine Wehner hatte es nie gegeben, gab er keine Antwort, und er verlangte seinen Anwalt zu sprechen.

Mittlerweile war die Kripo mit der Auswertung der Anrufliste von Robert Bethmanns Handy fertig geworden. Als er von der Apotheke wegfuhr, hatte er über die Freisprecheinrichtung eine Mobilfunknummer angerufen, als deren Inhaber sich Dr. Claus Krohn herausgestellt hatte. Krohns Handy war ausgeschaltet, da es sich aber um ein modernes Smartphone mit aktivierter GPS-Funktion handelte, konnte die Zentrale das Gerät dennoch orten. Das Handy befand sich auf den Lahnbergen, keine vier Kilometer von der Salus-Apotheke entfernt. Ein ortskundiger Kollege gab durch, dass sich dort – ziemlich genau in der Mitte zwischen Fernmeldeturm und Panoramastraße – eine Hütte der Forstverwaltung befand. Sabine

Wehner teilte zwei Streifenwagen ein, die sie begleiten sollten, und forderte aus der Stadt geeignete Verstärkung an.

Als sie zu ihrem Kombi lief, kam ihr ein jüngerer Mann entgegen. Er stellte sich als Markus Brodtbeck vor, Kommissar aus München und Partner von Maja Ursinus. Die Sorge um seine Freundin stand ihm ins Gesicht geschrieben, und als Sabine Wehner ihm kurz die aktuelle Situation schilderte, trug das nicht gerade zu seiner Beruhigung bei. Sie bot ihm an, sie auf den Einsatz zu begleiten, was er dankbar annahm. Die beiden stiegen in ihren Kombi, und er war noch nicht angeschnallt, als sie das Gaspedal durchdrückte und hinter den Streifenwagen herjagte.

Die Nebel in Majas Kopf lichteten sich nur langsam. Noch bevor sie richtig sehen konnte, hörte sie Krohns Stimme, erst gedämpft, dann allmählich deutlicher.

»Und, Frau Holler, dämmert Ihnen langsam, was uns verbindet?«

Maja blinzelte, schloss ihre Augen aber sofort wieder bis auf einen schmalen Spalt und versuchte durch ihre Wimpern hindurchzuschauen. Marianne Holler sah schlimm aus. Die Schwellung an ihrem Wangenknochen war größer geworden und hatte sich spektakulär verfärbt, ihre Augen tränten, und sie machte den Eindruck, als habe sie die ganze Nacht durchgesoffen. Ihre Haare waren wirr, und ein säuerlicher Geruch ging von ihr aus.

Vor ihr stand Claus Krohn und redete auf sie ein. Er hatte sich bedrohlich über ihr aufgebaut, und sie blickte so verwirrt zu ihm auf, als sei sie zu betrunken, um zu begreifen, was er sagte. Doch Krohn schien das nicht zu bemerken, sondern sprach wie ein Wasserfall. Außer Maja und den beiden war offenbar niemand in dem Raum. Es schien sich um eine Art Hütte zu handeln. Sie konnte Holzbretter erkennen, gestampften Erdboden, Werkzeug. Marianne Holler saß auf einem umgekippten Holzblock, wie man ihn als Unterlage beim Holzspalten benutzte.

Maja selbst lehnte mit dem Rücken an einer Holzwand und stellte fest, dass ihre Handgelenke gefesselt waren. Sie hatte kein Gefühl dafür, wie viel Zeit seit ihrer Entführung vergangen war, aber durch die Ritzen zwischen den Wandbrettern konnte sie das Tageslicht sehen, es war also noch hell. Manchmal wurde das Licht verschattet, jemand schien draußen vor der Hütte Wache zu schieben.

»Hat Ihnen das eigentlich keine Angst gemacht, als Ihnen gestern Nacht im Wald ein Mann diesen Namen zugerufen hat, Frau Holler? Den Namen Roland – Sie erinnern sich?«

Marianne Holler sagte nichts, stöhnte aber und wand sich.

»Derselbe Roland, den Sie fast umgebracht hätten mit Ihren verdammten Globuli!«

Eine Träne kullerte aus Frau Hollers Augenwinkel.

»Aber eben nur fast!«, fuhr Krohn fort. »Ich habe überlebt. Es war knapp, aber ich habe überlebt.«

»Wieso Sie?«, brachte sie nun doch hervor. Ihre Stimme klang brüchig.

»Ich bin Roland! Ich habe damals nur knapp überlebt!«

Marianne Holler runzelte die Stirn, dann schüttelte sie den Kopf.

»Der Junge hieß nicht Krohn, und Sie sind nicht Roland. Ich weiß nicht, warum Sie das behaupten. Wollen Sie mich quälen? Das können Sie sich sparen. Diese Geschichte hat mich auch ohne Ihr sadistisches Getue schon genug gequält in all den Jahren, die seither vergangen sind.«

»Roland Claus Scheurer hieß ich damals, und ich war zehn Jahre alt, als ich 1985 Globuli verabreicht bekam, die Sie hergestellt haben. Sie arbeiteten damals in einer Mannheimer Apotheke, und wie im Fall des kleinen Elias Bethmann kam auch Roland mit einer Atropinvergiftung ins Krankenhaus, gerade noch rechtzeitig. Aber es stand tagelang Spitz auf Knopf, und meine Mutter, der Sie die Globuli überreicht hatten, war so verzweifelt, dass sie sich umgebracht hat, als es noch sehr schlecht für mich aussah. Mein Vater hat mit dem Trinken angefangen, und schließlich kam ich in eine Pflegefamilie, zu den Krohns, die mich später adoptiert haben. Um mit der Geschichte abschließen zu können, habe ich später nur noch meinen zweiten Vornamen und den Nachnamen meiner Adoptiveltern getragen. Ich habe Medizin studiert, um Kurpfuschern wie Ihnen das Handwerk legen zu können. Und ich habe irgendwann angefangen, nach Ihnen zu suchen. Das Internet ist da sehr hilfreich, und als ich sie in Marburg aufstöberte, habe ich mich um eine Praxis in der Stadt bemüht und habe auf meine Chance gewartet. Frau Wenderoth hat einfach nur Pech gehabt, dass Sie für sie arbeiten. Wobei sie ja eigentlich eine noch schlimmere Kräuterhexe ist als Sie, also trifft es keine Falsche. Tja, und jetzt sind wir beide hier.«

Maja hatte sich lautlos erhoben. Mit einigen schnellen Blicken hatte sie die Lage gepeilt und war zur Tür geschlichen, die sich schräg hinter ihr befand. Mit den zusammengebundenen Händen kam sie nicht an den Türöffner, aber der Riegel an der Tür sah ziemlich morsch aus. Sie trat mit dem Fuß zu, der Riegel brach, und die Tür schwang auf. Krohn warf sich herum und rannte zu ihr. Mit einem gezielten Tritt gegen sein Schienbein stoppte sie ihn, doch sein Schmerzensschrei alarmierte seinen Komplizen vor der Hütte.

Obwohl sie rannte, so schnell sie konnte, hatte sie das Gefühl, als wäre ihr Verfolger ihr dicht auf den Fersen. Sie hörte ein Knirschen und einen unterdrückten Schrei hinter sich, rannte aber mit unverminderter Geschwindigkeit den Weg entlang, der vor ihr tiefer in den Wald führte.

»Maja!«, schrie hinter ihr eine Stimme, und sie wunderte sich noch, warum Krohns Komplize sie bei ihrem Vornamen nannte, da war ihr Verfolger auch schon bei ihr, packte sie an beiden Schultern und zwang sie, stehen zu bleiben. Schwer atmend ließ sie den Kopf hängen und wartete ergeben darauf, was jetzt passieren würde. Der Mann drehte sie um, eher sanft als ruppig, legte einen Finger unter ihr Kinn und hob ihren Kopf.

»Markus?«, stammelte sie entgeistert und sah sich um. Zwei uniformierte Polizisten brachten Krohn aus der Hütte, zwei weitere halfen einem Fremden auf, der sich auf dem Weg das Knie blutig geschlagen hatte. Kommissarin Wehner telefonierte und ging dann in die Hütte.

»Was machst du denn hier?«, fragte Maja, und auf Markus Brodtbecks Gesicht breitete sich ein Grinsen aus.

»Bitte, gern geschehen. Ich freu mich auch, dich zu sehen.«

In der Wohnung über der Salus-Apotheke ließ sich Elisabeth Wenderoth von Maja und ihrem Freund erzählen, was im Wald geschehen war. Alle drei zerbrachen sich den Kopf darüber, wer denn nun die Verantwortung für die tödlich überdosierten Belladonna-Globuli trug, die Evelyn Dern getötet und den jungen Elias beinahe das Leben gekostet hatten. Aus dem, was Maja in der Waldhütte gehört hatte, reimte sich Elisabeth Wenderoth zusammen, warum ihre Freundin Marianne immer wieder depressive Phasen gehabt hatte – und warum sie sich Evelyn Derns Tod so sehr zu Herzen nahm.

Am nächsten Morgen frühstückten sie ausgiebig an Elisabeth Wenderoths großem Esstisch. Durch die offenen Fenster wehte milde Waldluft zu ihnen herein, und gegen neun Uhr kam Sabine Wehner zu Besuch. Sie setzte sich auf einen Kaffee zu ihnen.

»Vielen Dank für Ihren engagierten Einsatz gestern, Kollege Brodtbeck«, sagte sie und wandte sich dann an Maja. »Auf dem Weg in die Waldhütte hat er mir erzählt, wie Sie beide sich kennengelernt haben. Ich wusste ja gar nicht, dass ich in Ihnen quasi eine ehrenamtliche Ermittlerkollegin hatte.«

»Wobei ich mich vergangenes Jahr in München selbst in Gefahr gebracht habe. Diesmal konnte ich nichts dafür, dass ich in dieser Waldhütte gelandet bin. Der Polizist hat behauptet, er solle mich in Ihrem Auftrag zu Frau Holler bringen. Ich glaube, ich habe ihm die Worte regelrecht in den Mund gelegt, als ich gefragt habe, warum ich mitfahren soll.«

Maja zuckte lächelnd mit den Schultern.

»Gegen den Kollegen Hegel von der Schutzpolizei wird ein Verfahren eingeleitet. Inzwischen hat er gestanden, dass er zu einer Gruppe von ›Aktivisten‹ gehört, die sich unter Federführung von Herrn Krohn gegen Homöopathie engagiert. Er hat einem Kollegen von der Kripo auch den Tipp gegeben, dass wir in der Salus-Apotheke vergiftete Globuli finden würden.«

Elisabeth Wenderoth sah sie gespannt an, und die Kommissarin nickte.

»Wir haben wirklich welche gefunden. Das Atropin war allerdings nicht so hoch dosiert, dass die Globuli tödlich gewirkt hätten. Es gab einige Röhrchen in Ihrem Büroschrank und weitere im Labor.«

Die alte Apothekerin seufzte und lehnte sich zurück.

»Wissen Sie, wie diese Globuli in Ihr Büro und ins Laborgebäude gekommen sind?«

Frau Wenderoth schüttelte müde den Kopf.

»Wir haben jedenfalls keine Fingerabdrücke darauf gefunden, es muss sich jemand viel Mühe gegeben haben, sie abzuwischen. Theoretisch könnten das natürlich auch Sie gewesen sein – aber was sollte Ihnen das bringen, wenn die Röhrchen dann trotzdem bei Ihnen gefunden werden?«

Die alte Apothekerin blinzelte. »Glauben Sie denn nicht, dass ich diese vergifteten Globuli hergestellt habe?«

»Ich muss weiterermitteln, bis aus dem Glauben Wissen geworden ist, aber nein: Ich glaube es nicht. Was hätten Sie davon gehabt? Wieso sollten Sie Ihr Lebenswerk ruinieren? Die Apotheke ist Ihr Lebenswerk, das sehe ich doch richtig?«

»Ja.«

»Es wird noch ein bisschen dauern, bis Sie wieder öffnen können, und ich weiß nicht, wie sich das Durcheinander der vergangenen Tage auf den Zulauf Ihrer Apotheke auswirkt, aber ich gehe davon aus, dass Sie sich nach Abschluss der Ermittlungen als unschuldig am Tod von Frau Dern und an der Vergiftung von Elias Bethmann herausstellen werden.«

Im Flur knarrte eine Diele, und Markus Brodtbeck wandte sich kurz in die Richtung, aus der das Geräusch gekommen war, aber es war niemand zu sehen.

»Sagen Sie mal, Frau Wenderoth«, fuhr Sabine Wehner fort, »Sie haben mir das mit den Zuckerkügelchen und dem Wirkstoff so geschildert, dass die fertigen Globuli von einer Wirkstoffschicht ummantelt sind.«

»Wenn Sie es so nennen wollen, ja.«

»Ließe sich das wiederholen, könnte man Wirkstoffe also auch mehrmals nacheinander auftragen?«

» Ja, das ginge. Worauf wollen Sie hinaus?«

»Erzähle ich Ihnen gleich, aber noch eine Frage: Sie

kaufen fertige Rohglobuli. Stellen Sie manchmal auch selbst welche her?«

»Das könnte ich, aber das lohnt den Aufwand nicht. Warum fragen Sie?«

»Ich habe Ihnen ja erzählt, dass wir hier vergiftete Globuli gefunden haben – an einigen war etwas mehr, an anderen etwas weniger Atropin festzustellen, aber in allen Fällen handelte es sich um eine weit niedrigere Dosierung als in der tödlichen Arznei von Frau Dern.«

»Ja, und?«

»Was, wenn Ihnen nun jemand einen Denkzettel verpassen oder vielleicht auch erreichen wollte, dass Sie Ihre Apotheke aufgeben müssen – ohne dabei aber wirklich den Tod eines Kunden zu riskieren? Ich habe eine unserer Kriminaltechnikerinnen gefragt, was die Atropindosis der sichergestellten Globuli bewirken würde. Ihrer Meinung nach sei nicht viel Schlimmeres als ein trockener Mund, Herzrasen, Verstopfung zu erwarten, und selbst bei einem Kind würde es reichen, wenn man es zum Erbrechen bringen würde, notfalls wäre eine Magenspülung hilfreich. Aber nehmen Sie nur mal an, jemand hätte auf diese Weise Globuli aus Ihrem Bestand präpariert – und jemand anderes würde dieselben Globuli noch einmal genauso präparieren: Damit käme man durchaus auf eine letale Dosis.«

»Nur schwer, denn es bleiben ja immer so geringe Konzentrationen auf der Oberfläche der Globuli zurück, dass man schon ungewöhnlich große Mengen davon essen müsste, um zu sterben oder auch nur in Lebensgefahr zu geraten.«

»An den Kügelchen, die Sie Frau Bethmann für ihren Sohn gegeben haben, hat unser Labor eine erhöhte Atropin-Konzentration *auf* den Globuli festgestellt – und außerdem bestanden auch die Kügelchen selbst nicht nur aus Zucker: Auch darin war Atropin verarbeitet. Beide Mengen zusammen genommen …«

Ein Schlüsselbund fiel krachend auf den Holzboden des Flurs. Neben den Schlüsseln stand Günther Heegen, sein Gesicht war unnatürlich blass, mit roten Flecken auf den Wangen, und die rote Nase deutete darauf hin, dass er die Nacht mit Alkohol verbracht und den Morgen nicht mit einem Kaffee begonnen hatte. Er schwankte, offenbar war er sowohl angetrunken als auch tief getroffen von dem, was er gerade gehört hatte.

»Das wollte ich nicht«, stammelte er noch, bevor die Beine unter ihm nachgaben.

Es war eine unglaubliche Verkettung von Zufällen, bösen Absichten und aus dem Ruder gelaufenen Streichen, die die Marburger Kriminalpolizei über das Wochenende in Befragungen zutage förderte.

Zunächst bestätigte sich, dass Dr. Claus Krohn als Junge unter dem Namen Roland Claus Scheurer in einem Dorf bei Mannheim aufgewachsen und 1985 im Alter von zehn Jahren beinahe durch eine Atropinvergiftung ums Leben gekommen war. Marianne Holler hatte damals tatsächlich in einer Mannheimer Apotheke gearbeitet, die das Ehepaar Scheurer regelmäßig aufsuchte. Sie hatte die Zuckerkügelchen vermutlich aus Versehen mit der Urtinktur getränkt statt mit der potenzierten Lösung. Zwar kam nie heraus, wie die beinahe tödliche Dosierung zustande kam, und Frau Holler, die auch jetzt nicht darüber sprechen wollte, wurde auch nie für die Überdosierung belangt, weil die Ermittlungen im Sand verliefen – aber kurz nach dem Zwischenfall kündigte sie in Mannheim und heuerte in der Salus-Apotheke an.

Günther Heegen hatte sich seit Jahren Hoffnungen darauf gemacht, die Apotheke zu übernehmen, zumal Elisabeth Wenderoth sich auch mehrmals dahingehend geäußert hatte. Doch sie hatte sich nach wie vor nicht zur Ruhe gesetzt, obwohl sie schon weit in den Siebzigern war. Er hatte schon Pläne geschmiedet, die Apotheke zu modernisieren und die Herstellung von Globuli im Haus aufzugeben. Das lohne sich nicht, hatte er seiner Chefin gegenüber mehrmals betont – lieber wollte er industriell hergestellte Globuli nur noch zum Verkauf anbieten. Davon wollte Elisabeth Wenderoth natürlich nichts wissen, und mit der Zeit beschlich Heegen das Gefühl, sie sehe eher in Thomas Lonitzer einen potenziellen Nachfolger.

Heegen hatte seiner Chefin deshalb einen Denkzettel verpassen und zugleich dem Ruf der in der Salus-Apotheke hergestellten homöopathischen Arzneien schaden wollen, indem er Anfang Februar eine Charge von Rohglobuli, die keinen Wirkstoff enthielten, mit einer gerade noch ungefährlichen Dosis Atropin präparierte. Für ihn als Pharmazeuten war es kein Problem gewesen, den Wirkstoff aus den Früchten und Wurzeln einiger Tollkirschenpflanzen zu gewinnen, die er aus dem Neuen Botanischen Garten gestohlen hatte. Von diesen Globuli hatte das Team von Sabine Wehner einen kleinen Rest in einem Schrank in Elisabeth Wenderoths Büro gefunden. Um den Verdacht auf Marianne Holler zu lenken, von der er wusste, dass sie heimlich Wodka trank, holte Heegen eine angebrochene Flasche aus einem der Verstecke, die sie in der Apotheke und im Keller angelegt hatte, und ließ sie unter den Schrank im Aufenthaltsraum kullern. Aber anders, als er angenommen hatte, wusste Elisabeth Wenderoth nichts von dem Wodkafaible ihrer Freundin, sodass sein angeblicher Hinweis ins Leere gelaufen war.

An der Tür und auch im Laborgebäude selbst wurden auf der Suche nach Einbruchsspuren zahlreiche Fingerabdrücke gesichert, ebenso am Hintereingang des Wohnhauses und an einer Schranktür in Wenderoths Büro – alle gehörten zu Salus-Mitarbeitern. Allerdings fanden die Kriminaltechniker auch Haare und Schuppen in Elisabeth Wenderoths Büro und im Labor, die sich Robert Bethmann zuordnen ließen. Darauf angesprochen, gab er schließlich zu, in Krohns Auftrag Glasröhrchen und Fläschchen gestohlen zu haben, die an diesen Orten versteckt gewesen waren. Zugleich habe er an denselben Stellen andere Fläschchen mit Globuli deponieren sollen, die Krohn ihm zu diesem Zweck gegeben habe.

Das sorgte zunächst für ratlose Gesichter, bis endlich auch Krohn seinen Widerstand aufgab und alles gestand: In seinem fast wahnhaften Engagement gegen die Homöopathie hatte er sich vor Jahren beigebracht, Urtinkturen herzustellen und zu potenzieren, ja sogar die Herstellung von Rohglobuli hatte er erlernt. Solche mit Atropin präparierten »Rohglobuli« hatte er Ende Januar im Laborhäuschen und in Frau Wenderoths Büro versteckt. Im Haus war er in den vergangenen Jahren schon mehrmals gewesen und hatte inzwischen Übung darin, die Schlösser von Haustür oder Hintereingang mit einem Dietrich zu öffnen. Bisweilen hatte er seine Drohbriefe direkt auf dem Wohnzimmertisch oder in der Küche von Elisabeth Wenderoths Wohnung hinterlassen, und einmal hatte er ihr eine Tiegelzange gestohlen, die als Deko auf einem Wandbord lag – alles nur, um der alten Apothekerin Angst einzujagen und ihr zu zeigen, dass er jederzeit wieder in ihr Haus eindringen konnte. Nach Evelyn Derns Tod Mitte Februar hatte er Frau Wenderoth keine weiteren anonymen Schreiben zukommen lassen, aber nun hatte ihn die Angst befallen, dass er womöglich zu viel von dem Gift in die Rohglobuli gemischt haben könnte, die er in der Apotheke und im Laborgebäude deponiert hatte. Mittlerweile hatte Heegen einige der bereits präparierten Kügelchen ein weiteres Mal präpariert – und ihnen so eine Dosis Atropin verpasst, die der alten Stammkundin zum Verhängnis wurde. Bethmann hatte alle Röhrchen und Fläschchen, die er auf Krohns Geheiß gestohlen hatte, entsorgt – und damit waren nun auch die doppelt vergifteten Globuli verschwunden.

Die erste Hausdurchsuchung hatte die Polizei etwas schlampig durchgeführt – der leitende Kripokommissar hielt wohl so große Stücke auf die Chefin der Salus-Apotheke, dass er die Kollegen bat, sich auf die fertig potenzierten Globuli im Medikamentenschrank und auf die Urtinkturen im Safe zu konzentrieren. Als Elias Bethmann in der Uniklinik um sein Leben kämpfte, kam auch das zur Sprache, woraufhin Sabine Wehner die Leitung der Ermittlungen übertragen wurde.

Jedenfalls konnte Krohn durch seinen Kumpan, den Polizeibeamten Hegel, nach der ersten Hausdurchsuchung in Erfahrung bringen, dass in der Salus-Apotheke keine vergifteten Globuli gefunden worden waren. Dennoch ließ ihm der Gedanke keine Ruhe, dass an den Fläschchen und Röhrchen mit den von ihm manipulierten Kügelchen womöglich Spuren zu finden waren, die auf ihn als Urheber hindeuteten. Krohn wollte sie daher durch andere ersetzen – um danach der Polizei anonym einen Hinweis zu geben und die Salus-Apotheke, in der die verhasste Marianne Holler arbeitete, endgültig zu ruinieren. Also war er mehrmals nachts zur Apotheke geschlichen, aber erst in der Nacht auf Montag, der ersten Nacht, die Maja in ihrem Gästezimmer unter dem Dach verbrachte, hatte er sich ungestört genug gefühlt, um in das Nebengebäude einzudringen. Er nahm zwei der versteckten Röhrchen an sich, hörte dann aber Geräusche und zog sich in den Wald zurück. Von dort aus hatte er das Wohnhaus eine Zeit lang beobachtet, doch als er in einem der Gaubenfenster eine Frau stehen sah, entschied er, dass es zu gefährlich sei, auch die übrigen präparierten Globuli zu holen. Damit hatte er später Bethmann beauftragt, der stattdessen Fläschchen und Röhrchen mit Globuli deponieren sollte, für die er reine Zuckerkügelchen mit deutlich weniger Atropin präpariert hatte als die anderen.

Krohns Kreis von Homöopathiehassern stellte sich als trauriger Haufen verbohrter oder enttäuschter Zeitgenossen heraus, die aus ganz unterschiedlichen Gründen gegen Globuli zu Felde zogen. Robert Bethmann erzählte von seiner Patentante, der eine Krebserkrankung mit halbwegs guten Heilungschancen diagnostiziert worden war. Doch sie hatte die schulmedizinische Behandlung abgelehnt, hatte allein auf Homöopathie gesetzt und war für einige Monate in ein dubioses Heilzentrum in der Eifel gezogen. Dort verstarb sie an ihrem Krebsleiden, und nach ihrem Tod erfuhr Bethmann, der sich bisher für den Alleinerben gehalten hatte, dass das Testament der Patentante zugunsten des Heilzentrums geändert worden war.

Während die Kripo Marburg noch die letzten Wissenslücken zu schließen versuchte, fuhren Maja und Markus an die Ostsee. Er hatte dort einen Freund, einen Kollegen aus seiner Zeit in der Kripoinspektion Regensburg, der eine Ferienwohnung vermietete, und die hatte Markus als Überraschung für eine Woche gebucht. Sie ließen sich an der Küste den Wind um die Nase wehen, schlenderten durch Stralsund und Rostock, machten ausgedehnte Spaziergänge und nahmen für einen Ausflug nach Dänemark die Fähre hinüber nach Gedser. Auf der Rückreise nach München machten sie wieder in Marburg Station und nahmen Elisabeth Wenderoths Angebot an, für eine Nacht das Gästezimmer unter dem Dach zu nutzen.

Die alte Apothekerin fuhr für das gemeinsame Abendessen drei wunderbare Gänge auf. Auf ihrem Freisitz war für fünf Personen gedeckt, und als Maja fragte, wer denn noch zum Essen komme, erklärte die alte Apothekerin:

»Die Ereignisse der letzten Wochen haben mich dazu bewogen, mich aus dem Geschäft zurückzuziehen. Ihrem Großonkel habe ich bereits alles erzählt, und er hat mich beglückwünscht – auch dazu, dass ich mich endlich zur Ruhe setze, wie er es ja schon vor Jahren getan hat. Ich habe gemerkt, dass mir das Ganze allmählich doch zu viel wird. Und in einem Punkt muss ich dem ehemaligen Kollegen Günther Heegen recht geben: Eine gewisse Modernisierung der Apotheke ist dringend nötig, auch wenn ich mich jahrelang dagegen gesperrt habe. Übrigens hat mich mein Entschluss auch davor bewahrt, doch noch Ärger im Zusammenhang mit Frau Derns Tod zu bekommen. Was die vergifteten Globuli angeht, ist meine Unschuld ja erwiesen – aber ich habe der Kommissarin gestanden, dass das unetikettierte Röhrchen, das in Frau Derns Wohnung gefunden wurde, doch von mir war. Da ich ihr zuvor schon erzählt hatte, an wen ich die Apotheke übergeben möchte, hat sie nur gegrinst und gemeint, dass das mit dem fehlenden Etikett dann ja nicht mehr so wichtig sei. Wozu, meinte sie, solle man die Salus-Apotheke damit noch belasten und den beiden neuen Betreibern den Start unnötig schwer machen? Ach, da kommen sie auch schon.«

Meret Rogler und Thomas Lonitzer waren zu ihnen getreten, die Maja und Markus nun als Elisabeth Wenderoths Nachfolger präsentiert wurden. Einträchtig und vertraut standen sie nebeneinander, und Maja konnte sich gut vorstellen, dass die beiden in Zukunft nicht nur beruflich ein gutes Gespann abgeben würden.

Alle fünf unterhielten sich prächtig, und später am Abend brachte Meret Rogler noch einen Toast auf Marianne Holler aus, die sich auf Anraten von Elisabeth Wenderoth in eine Entzugsklinik begeben hatte.

Während Markus Brodtbeck in seinem und Maja in ihrem Wagen am nächsten Morgen hintereinander Richtung Süden fuhren, unterhielten sie sich über die Freisprecheinrichtungen ihrer Handys.

»Wer ist denn jetzt eigentlich schuld am Tod von Evelyn Dern?«, fragte Maja. »Heegen oder Krohn oder alle beide?«

»Das müssen die Richter entscheiden«, antwortete Markus nach einigem Nachdenken. »Manchmal ärgere ich mich ja über das, was Gerichte aus dem Material machen, das wir ihnen liefern. Mörder oder andere Täter kommen bisweilen billiger weg, als wir aus der Ermittlungsgruppe uns das gewünscht hätten – aber diesmal beneide ich die Richter nicht. Ganz ehrlich: In solchen Fällen bin ich froh, dass wir von der Polizei nur die Fakten und Aussagen zusammentragen und dann alles der Staatsanwaltschaft übergeben.«

Eine Weile fuhren sie schweigend hintereinander her, dann meldete sich Markus wieder zu Wort.

»Die Kollegin von der Marburger Kripo war ja ganz

froh, dass du ihr bei den Ermittlungen ein wenig auf die Sprünge geholfen hast. Aber dass du dich schon wieder in Gefahr gebracht hast, fand ich gar nicht witzig, ehrlich gesagt.«

»Na ja, aber diesmal konnte ich wirklich nichts dafür, Markus.«

»Da hast du natürlich recht.«

»Und sonst hättest du ja auch gar nicht den Retter spielen können, oder?«

»Auch das stimmt, aber trotzdem …«

»Na, dann komm einfach nächstes Mal ein bisschen früher, dann kannst du mich rechtzeitig vor dem Schlamassel bewahren.«

»Moment, was heißt denn hier nächstes Mal? Willst du mir etwa weiterhin Konkurrenz machen als Ermittlerin?«

»Mal sehen, was sich so ergibt«, neckte sie ihn.

»Hoffentlich nichts«, stöhnte Markus. »Ich könnte mir unsere Beziehung in diesem Punkt durchaus etwas ruhiger vorstellen.«

»Da schau her! Dem Herrn Kommissar werde ich langsam zu aufregend?«

»Nein, nein, keineswegs – du bist genau richtig so. Nur mache ich mir halt Sorgen, wenn du dich immer wieder in so brenzlige Situationen bringst …«

Sie lachte. »Normalerweise kann ich ganz gut auf mich aufpassen.«

»Wobei du ja indirekt auch mir geholfen hast«, fuhr er fort. »Ich hab dich nämlich ziemlich vermisst in den letzten Tagen, und die Aussicht auf einen gemeinsamen

Urlaub mit dir hat mich zusätzlich motiviert. Jedenfalls konnten wir den Fall dann doch überraschend schnell abschließen.«

»Ich hätte dir ja ganz gern das nette Bistro in Marburg gezeigt, von dem ich dir erzählt habe, aber dazu ist es jetzt ja leider nicht mehr gekommen.«

»Sollen wir umkehren?«, schlug Markus vor.

»Noch einmal fast zwei Stunden zurück und dann den ganzen Weg von vorn? Nein, da weiß ich was Besseres. Gib mir ein paar Minuten.«

Sie unterbrach das Telefonat, und während sie Markus überholte, sah er sie mit jemand anderem telefonieren. Kurz darauf rief sie ihn wieder an.

»Nichts gegen das Bistro in Marburg«, sagte Maja und klang sehr zufrieden, »aber du bekommst heute etwas ganz Besonderes zu essen. Es sind noch knapp eineinhalb Stunden bis nach Neumarkt in der Oberpfalz. Dann lernst du endlich meinen Großonkel Heribert und meine Großtante Hildegard kennen – das hat ja vor zwei Wochen leider nicht geklappt, weil du noch arbeiten musstest.«

Markus hörte genau hin, aber in ihrer Stimme schwang kein Vorwurf mit. Maja klang vergnügt und schien sich einfach nur auf den Abstecher zur Verwandtschaft zu freuen.

»Die beiden werden dir gefallen«, fuhr sie fort. »Er ist ein Apotheker vom alten Schlag, hatte aber im Gegensatz zu Elisabeth Wenderoth kein Problem damit, sein Geschäft schon vor Jahren einem Nachfolger zu übergeben. Und Tante Hildegard, ebenfalls Pharmazeutin, versteht vielleicht noch mehr von Kräutern als ihre Marburger Kollegin – vor allem, wenn sie sie in der Küche verwendet.«

Markus lachte. »Solange sie nicht mit Belladonna würzt …?«

»Ich muss zugeben: Alle ihre Rezepte kenne ich nicht.«

Danksagung

Sollte sich jemand in diesem Buch wiedererkennen, danke ich dafür, dass meine Romanfiguren als so lebendig empfunden werden – aber natürlich sind alle handelnden Personen und die Geschichte selbst frei erfunden. Wenn Sie Marburg nach der Lektüre dieses Krimis besuchen, wünsche ich Ihnen viel Spaß damit, herauszufinden, welche Schauplätze auch in der Realität existieren. (Wer es gleich wissen will: Die wunderschön im Wald gelegene Salus-Apotheke gibt es leider nicht, die Heilige Eiche und die namentlich nicht genannten Bistros und Cafés in der Stadt dagegen schon.)

Und obwohl dieser Kriminalroman von mir geschrieben wurde, wäre er doch ohne die Hilfe vieler anderer nicht möglich gewesen. Deshalb danke ich ganz herzlich all meinen Gesprächspartnern, die meine Fragen zu Pharmazie, Homöopathie und allen anderen Themen, die der Krimi berührt, geduldig und kenntnisreich beantwortet haben – und vor allem dem wunderbaren Team der Apotheke am Bahnhof in Stuttgart-Bad Cannstatt, das mich sogar ein wenig in den Apothekenalltag hat schnuppern lassen. Ich habe viel lernen dürfen und hoffentlich das meiste auch verstanden und so in die Handlung eingebunden, dass sich meine Quellen nicht dafür genieren müssen. Homöopathen und Apotheker mögen mir verzeihen, dass ich manches etwas vereinfacht dargestellt habe, damit der Krimi auch für Nichtfachleute verständlich und lesbar ist.

Ebenso wichtig sind die Mitarbeiter des Piper Verlags, die das Buch von der ersten Idee (diesmal sogar inklusive der Anregung zur Mordmethode) bis zum fertigen Roman begleitet haben und es auch künftig noch begleiten werden. Und schließlich danke ich im Voraus allen Leserinnen und Lesern für ihr Feedback, für Gespräche und am liebsten natürlich für Lob – ich freue mich darauf, Ihnen im Rahmen von Lesungen zu begegnen, von Mordstouren, Krimidinner-Abenden und was ich sonst noch so anzettle.

Alle Termine, Neuigkeiten und Ankündigungen finden Sie unter: www.seibold.de

Jürgen Seibold

KENNEN SIE DIE?

BAND 1

ISBN 978-3-492-30074-2

BAND 2

ISBN 978-3-492-30075-9

BAND 5

ISBN 978-3-492-30852-6

Kommissar Hansen ermittelt weiter …

ISBN 978-3-492-30542-6

ISBN 978-3-492-30543-3

ISBN 978-3-492-30853-3